Knaur.

Über den Autor:

Gert Anhalt, geboren 1963, studierte Japanologie in Marburg und Tokio und berichtet seit vielen Jahren als Korrespondent für das Zweite Deutsche Fernsehen aus dem Fernen Osten, gegenwärtig aus Japan. Sein erster Kriminalroman mit Privatdetektiv Hamada Ken, *Tote mögen keine Sushi*, wurde für den renommierten Glauser-Krimipreis nominiert und von der Kritik nicht nur wegen seines Witzes, sondern auch wegen seiner tiefen Einblicke in die japanische Kultur und Mentalität gelobt.

Gert Anhalt

Für eine Hand voll Yen

Hamada Kens zweiter Fall

Roman

Knaur Taschenbuchverlag

Von Gert Anhalt ist außerdem erschienen:

Tote mögen keine Sushi

Besuchen Sie uns im Internet:
www.knaur.de

Originalausgabe 2004 Knaur Taschenbuch
Ein Unternehmen der Droemerschen Verlagsanstalt
Th. Knaur. Nachf. GmbH & Co. KG, München

Redaktion: Antje Nissen
Umschlaggestaltung: ZERO Werbeagentur, München
Umschlagabbildung: Getty Images unter Verwendung
eines Fotos von Gert Anhalt
Satz: Ventura Publisher im Verlag
Druck und Bindung: Clausen & Bosse, Leck
Printed in Germany
ISBN 3-426-62452-4

5 4 3 2 1

**Für Elisabeth und Helmut Anhalt,
meine Eltern**

Samurai of Song

Susanne löffelte die letzten kalten Sahnereste aus ihrem Cappuccino. »Ich verstehe dich nicht, Hamada«, schnaubte sie. »Ich verstehe dich einfach nicht mehr.«

Ich versuchte, entschlossen und möglichst visionär auszusehen. Daher zog ich meine Augenbrauen zusammen und heftete meinen Blick auf ein grellbuntes Wandgemälde, das allem Anschein nach die geheimnisvolle und exotische Stadt Neapel darstellen sollte, die keiner der Gäste in diesem Lokal jemals besucht hatte. Damit die Kundschaft beim Pizza- und Pasta-Essen kein Heimweh nach Japan bekam, hatte der Künstler dem Vesuv die vertraute Form des Fuji gegeben. Es ist ein fester Bestandteil unserer Kultur, dass man es immer allen so leicht und angenehm wie möglich macht – besonders denjenigen, die dafür bezahlen.

»Du verstehst mich nicht!«, seufzte ich zurück, als handelte es sich dabei um eine neue Erkenntnis.

»Du bist plötzlich so … so unglaublich kindisch! Du hattest eine Zukunft, eine Karriere und jetzt willst du alles wegwerfen. Warum?«

Die Reste meiner *Insalata Verdi* und ihrer *Lasagna Tosca* trockneten bereits an den Tellerrändern fest – wir saßen schon so lange in der *Trattoria Opera* im Obergeschoss des *Ichi-Maru-Kyu*-Warenhauses, dass die vergesslichen Kellner uns offenbar für einen Teil des Mobiliars hielten und nicht auf die Idee kamen, den Tisch abzuräumen. Vielleicht wollten sie uns auf diese Art auch zu verstehen geben, dass sie unsere Anwesenheit eher lästig fanden und dass dieses intime Restaurant kein Platz für eine interkulturelle Auseinandersetzung war.

»Ich bin also kindisch, ja?«, bohrte ich nach.

»Ja.«

Ich entdeckte einen halben Champignon auf dem Ärmel meiner Lederjacke und kratzte ihn ab, was vorübergehend meine ganze Aufmerksamkeit beanspruchte. Sie zündete sich eine Zigarette auf die unheimlich reife und erwachsene Art an. In letzter Zeit war dies die einzige Art von Zigarettenanzünden, die ich noch bei ihr feststellen konnte. Es nervte. Außerdem blies sie den Rauch durch ihre Nasenlöcher wie ein Drache.

»Ich kann einfach nicht zusehen, wie du die größte Chance deines Lebens nicht ergreifst und etwas daraus machst. Und wie du stattdessen einem Hirngespinst nachrennst!«

»Ja. Ich weiß schon, was du meinst. Du meinst, dass ich kein Talent habe.«

»Absolut richtig. Du hast nicht die Spur von Talent.«

»Vielleicht hast du Recht. Aber darauf kommt es doch gar nicht an. Es kommt einzig und allein darauf an, dass ich ehrlich bin. Wichtig ist, was ich zu sagen habe und wie ich es sage. Du weißt doch, wie wir in Japan sagen: *tatemae* und *honne*. Schein und Sein, Konvention und Wahrheit. Ich habe die Schnauze voll von all dem falschen, verlogenen *tatemae* und mache eben nur noch *honne*.«

»*A-soo-desu-ka* …«

»*Soo-desu!*«

Lange Pause. Eine besondere Tücke der japanischen Sprache besteht darin, dass sie überhaupt nicht dazu taugt, konkrete Sachverhalte zu beschreiben. Das ist gleichzeitig eine ihrer Stärken: Man teilt sich mit wenigen, vagen Worten sehr viel mit. So gibt es mindestens 300 verschiedene Arten, die beliebte Redewendung *A-soo-desu-ka* auszusprechen, und genauso viele Arten, darauf angemessen mit *Soo-desu* oder *So-desu-nee* zu antworten. Und in den seltensten Fällen heißt es einfach nur: *Ach, so ist das? – Ja, so ist das!* Meistens heißt es etwas völlig anderes, je nach Gespräch. In unserem aktuellen Kontext hatte Susanne zu mir gesagt: »*Du bist ein verbohrter Trottel!*« Und ich hatte passend geantwortet: »*Und du bist eine dumme Kuh.*«

»Du hast mir früher immer vorgehalten, dass ich nichts von Frauen verstehe«, bemerkte ich und ließ eine Pause, bis sie: »Ja … und?« sagte.

»Jetzt halte ich dir mal etwas vor: Du verstehst nichts von Männern. Männer, jedenfalls die Besten unter ihnen, kommen von der Pubertät direkt in die *Midlife-Crisis* und wenn sie dabei keinen Traum verfolgen, dann entwickeln sie Magengeschwüre oder sonst irgendetwas Finales und dann sterben sie wie unglückliche Kanarienvögel in ihren Käfigen. Kippen einfach eines Tages wortlos von der Stange und mucksen sich nicht mehr. Was du nicht kapierst, ist, dass eine gute Frau dem Mann seine Träume lassen muss, selbst wenn sie diese Träume albern findet.«

Ich langte neben mich, wo meine neue Geliebte in ihrem schwarzen Koffer schlummerte. Die Schnappschlösser öffneten sich mit einem elektrisierenden *Klick*, und ich klappte den Deckel hoch.

»Tu das nicht, Hamada. Nicht hier!«, keuchte Susanne.

Ich streichelte versonnen ihren Hals, bevor ich sie herausnahm. Die Leute im Restaurant hielten inne. Blickten sich nach uns um und tuschelten erwartungsvoll.

»Hamada – *onegaishimasu!* – bitte!«

»Ich kann nicht anders, Susanne. Ich habe es viel zu lange unterdrückt. Aber es muss einfach aus mir heraus. Ich kann es nicht länger einsperren. Mein *honne* bricht sich seine Bahn. Ich will nie wieder sagen müssen, was ich nicht wirklich meine, nur um andere Leute zufrieden zu stellen.«

Sie war immer noch gut gelaunt. Sie klang voll und samtig, als ich den ersten Akkord anschlug. A-Dur.

Susanne funkelte mich kriegslüstern an.

»Hamada«, fauchte sie. »Du machst dir was vor, wie oft soll ich dir das noch sagen? Ich kann nicht länger zusehen, wie du dein Leben zerstörst für eine lächerliche Farce. Du bist nicht einmal musikalisch! Dein Gesang hört sich an, als werde eine Katze gequält. Ich habe Schimpansen gesehen, die ein besseres Rhythmusgefühl hatten als du. Gib es auf und werde vernünftig!«

Ich nahm die Attacke im Vorbeigehen. »Wie du meinst. Das ist eben deine Meinung. Ich finde es gar nicht so übel. Ich ziele ja auch gar nicht auf den deutschen Markt – jedenfalls noch nicht. Zuallererst will ich mal meine japanischen Landsleute ansprechen. Dann vielleicht den Sprung über den Pazifik wagen nach Amerika. Billboard. Und wenn ich da erfolgreich bin, werden die Deutschen schon angekrochen kommen. Da sind sie ganz japanisch.«

»Himmelherrgott – wieso nimmst du nicht endlich Vernunft an? Deine so genannten Songtexte sind krauser Nonsens. Damit kannst du nicht deine japanischen Landsleute ansprechen, sondern allenfalls die Mitinsassen in der Gummizelle, in die du gehörst. Niemand will so was hören!«

Sie klang genau wie mein Vater. So sehr ich ihre Offenheit – *honne* – hätte bewundern müssen, sie stieß mich nur ab. *Gaijin*, Ausländer, sind immer offen. Es ist kein Kunststück für sie, sie müssen dazu keine Scheu überwinden. Sie fallen uns damit eher lästig. Genauso wie Väter eben.

Ich klopfte mit meinen nagelneuen, spitzen Schlangenlederstiefeln den Takt auf den Fußboden. Die Stiefel waren eine Sonderanfertigung des exquisiten Schuhhauses *Stiefel-Fetisch* in Ikebukuro, dessen Mitarbeiter Stein und Bein schworen, dass es in ganz Japan nur zwei Paare dieses Typs gab. Eines hatte ich teuer erworben, das andere gehörte einem bekannten, homosexuellen Kabuki-Darsteller.

»Hmmm-hm-hmm ...«, summte ich und bekam prompt eine Gänsehaut. Der neue Song war ohne Frage einer meiner besten.

»Ich gehe jetzt, Hamada. Und ich komme nicht zurück.« Das wäre schön.

Jetzt war F-Dur an der Reihe.

»Wohu-woo-hu ... Hör dir wenigstens diese eine Nummer an. Die habe ich heute Morgen geschrieben. Das Lied heißt *Tomodachi* – Freund. Vielleicht kannst du daraus etwas lernen ...«

Susanne rauschte aus dem Restaurant wie ein abziehender Taifun.

Und wenn schon. Irgendwann musste auch sie endlich einsehen, dass Hamada sich nicht mehr verbiegen lassen würde. Das Leben ist einfach zu kurz, um nicht das zu tun, wozu man berufen ist.

»Wer soll dich retten
Aus der Feinde Ketten?
Wer soll dich bergen
Aus den Klauen der Schergen?
Oder wenn du dich plötzlich bewaffnet mit
Handgranaten und
Plastiksprengstoff und einem Dutzend Geiseln im
Schalterraum
Einer Bank wiederfindest?
Wer redet dann noch mit dir und holt dich da raus?
Dein tomodachi, niemand sonst.
Nur dein tomodachi ...«

Ein toller Song, den ich, sobald der Text fertig war, als erstes Lied auf meine erste CD spielen würde. Die CD sollte *Samurai of Song* heißen. Ein englischer Titel empfahl sich, damit sie auch auf dem schwierigen, amerikanischen Markt bestehen konnte. Ich hoffte nur, dass ich bald einen Vertrag auf dem Tisch hätte, denn es kamen fast täglich neue Titel dazu und allmählich wurde es schwierig, die Auswahl zu treffen.

Die Gäste in der *Trattoria Opera* blickten mich sorgenvoll an. Zwei oder drei nickten im Takt mit, andere schlossen die Augen, denn offenbar hatte ich genau das ausgedrückt, was sie selbst schon lange mit sich herumtrugen und sich nie getraut hatten zu sagen.

Ein Kellner näherte sich respektvoll und fragte etwas.

»Noch nicht«, antwortete ich, während ich ohne auf die Finger zu schauen den komplizierten Mittelteil spielte, der über zwei halsbrecherische Barrégriffe zu einem überraschenden C-Dur führte und auf den ich besonders stolz war. »Aber ich habe eine Demokassette gemacht und an Sony Music geschickt. Sie bekommen natürlich dann ein Gratisexemplar.«

»Was?«

Ich ließ wurdevoll das mächtige C-Dur ausklingen, vom bekümmerten Gesicht des Kellners zu irritiert, um die zweite Strophe anzustimmen.

»Was?«, fragte er noch einmal.

»Ich sagte, dass Sie natürlich ein Gratisexemplar bekommen. Mit persönlicher Widmung. Das können Sie sich hier an die Wand hängen.«

»Was?«

»Kennen Sie eigentlich noch andere Wörter? Haben Sie mich nicht gerade gefragt, ob meine Songs schon als CD erschienen sind?«

»Nein. Ich habe Sie gefragt, ob es Ihnen etwas ausmacht, Ihre Songs draußen weiterzuspielen.«

Es war Dezember in Tokio. Der Himmel war so blau wie ein sehr blaues Tischtuch. Die Sonne machte Überstunden, aber es war trotzdem lausig kalt. Der Wind fegte eisig um die Hochhäuser, durch die Einkaufsgassen von Shibuya und durch die Löcher an Knie und Gesäß meiner nagelneuen Gebrauchtjeans. Die Lichtreklamen und Leuchtgirlanden an den Geschäften und Bars, den Spielhallen und Restaurants hatten in Erwartung der nahen Dämmerung bereits zu blinken begonnen. Irgendwo plärrte albern Japans beliebtestes Weihnachtslied *Rudolph the Red Nosed Reindeer* aus einem Lautsprecher. Die Leute kauften überflüssigen Quatsch und Kitsch, als ob sie dafür bezahlt würden, und jeder zweite Laden hatte seine Schaufenster mit Abbildungen erdbeerbestückter Sahnetorten dekoriert, die in Japan zur Weihnacht gehören wie andernorts der Tannenbaum. Ich trat hinaus auf den überfüllten Bürgersteig vor dem *Ichi-Maru-Kyu*, dem Trend-Warenhaus für den abenteuerlustigen, urbanen Modefetischisten, warf meinen roten Wollschal um, damit meine Stimmbänder nicht unter dem Winterwetter zu leiden hatten, und marschierte mit sentimentalem Stirnrunzeln durch das Gedränge, während ich mir vorstellte, es würde gerade ein Musikvideo von mir gedreht.

Hamada, der Großstadt-Desperado.

Beinahe wäre ich auf der anderen Seite des Fußgängerüberwegs mit einem zwergenwüchsigen Weihnachtsmann zusammengestoßen, der mir reflexartig ein Päckchen Papiertaschentücher als Werbegeschenk hinhielt.

»*Meerii Kurisumasu!*«, fiepste der Weihnachtsmann mit der Stimme einer Studentin im dritten Semester. »Beachten Sie bitte die Sonderangebote in unserer Handyabteilung bei *Bic Camera!*«

Ich fühlte mich schlecht. Missverstanden. Weggeworfen wie ein ausgelesenes Buch. Zerfleddert. So sah ich wohl auch aus. Trotz der erheblichen Kosten meines neuen Looks. Ich trug jetzt nur noch ausgewaschene Jeans und brüchiges Leder. Die Jeans kamen aus einem exklusiven Spezialladen in Meguro und waren direkt aus den USA importiert. *Secondhand*. Malerisch ausgebleicht und mit edlen Rissen über dem Knie und einem kleineren, raffinierten am Hintern. »*Das sind die Jeans, die Bob Dylan getragen haben könnte*«, hatte der Verkäufer gesagt, der sofort verstanden hatte, um was es mir ging. Anders als Susanne: »*Ja. Und die seit dem nicht mehr gewaschen wurden*«, hatte sie geraunzt. Und sie wurde richtig wütend, als ich 120.000 Yen dafür hinblätterte. Sie war immer so verdammt materialistisch und hat einfach nie kapiert, dass es wichtigere Dinge im Leben und auf der Welt gibt, die mit Geld einfach nicht zu bezahlen sind. Da war sie ganz japanisch. Nur ganz wenige Menschen in diesem Land verstehen das. Es gibt noch nicht einmal ein japanisches Wort dafür. Das mussten wir, genauso wie die Jeans, aus Amerika importieren. *Supiritto – Spirit.* Den hat man oder man hat ihn nicht.

Diese Jeans gaben jedenfalls mir meinen Spirit. Das galt auch für die abgewetzte, schwarze Lederjacke mit dem *Airforce*-Emblem, die Susanne selbstredend abscheulich fand. Genauso wie meine Schlangenleder-Stiefel. Und meine neue Frisur. Ich trug das Haar nämlich jetzt etwas länger, schulterlang, um genau zu sein, mit einem friedfertigen Mittelscheitel. Auch bei Regenwetter und Dunkelheit legte ich selten meine runde Sonnenbrille ab. Kontaktlinsen brauchte ich nicht mehr, seit ich die Laser-Operation riskiert hatte. Freiheit war mir wichtiger als alles andere – Freiheit auch von der Brille. Susanne sagte, ich sehe aus wie John Lennon, der als Irrer aus dem Grab gefahren sei und sich für Yoko Ono hielt. Als ich mir das Haar dann noch rötlich blond färben wollte, wurden ihre Kommentare so feindselig, dass ich das erst mal sein ließ. Immerhin hatte ich mittlerweile gut 15 Kilo abgenommen. Mein Bauch war praktisch weg, denn ich ernährte mich vorwiegend vegetarisch. Hauptsächlich Salate und Tofu. Aber auch meine drahtige Statur konnte meine deutsche Jugendliebe nicht für mich einnehmen. Sie meckerte ohne Unterlass an mir herum. An allem, was ich tat, hatte sie etwas auszusetzen. An meiner Garderobe, meinem Geruch, meinen Tischmanieren, meinen neu gewonnenen politischen Ansichten, an meinen vier Kumpels und meiner Stammkneipe *Little Box* in Kugayama. An meiner Wohnung im Hazienda-Stil, an meiner Seele, an meinem Deutsch. An der Art, wie ich schlief und wie ich lief. Nichts konnte ich dieser Frau mehr recht machen. Aber am meisten hasste sie meine Songs und quälte mich immerfort mit beißender Kritik und spitzen Bemerkungen über meine Fähigkeiten als Sänger und Songschreiber. Sie wollte natürlich, dass ich wieder als Detektiv arbeitete. Gerade jetzt, nach dem Takahana-Fall und der damit verbundenen Publicity, müsste ich unbedingt dranbleiben, sagte sie. Ein paar Talk-Shows im Fernsehen, Interviews für die Wochenmagazine, Klienten suchen. Aber ich hatte einfach keine Lust mehr. Michiko, die Frau meiner Träume, war tot und verbrannt. Mein gemütliches Barackenbüro hinter dem *Marui-Marui*-Modehaus hatten die Behörden entdeckt und abgerissen und niemand konnte mich dazu bringen, wie jeder andere Idiot in diesem Land in irgendeinem anderen Büro zu arbeiten. Eine Schnecke, der man ihr Haus wegreißt, baut sich ja auch nicht einfach ein neues Haus und tut so, als wenn nichts gewesen wäre. Oder doch? Ich weiß nichts von Schnecken. Ich jedenfalls hatte meinen persönlichen Schlussstrich unter das Detektivleben gezogen.

»Versuch doch mal, das Ganze positiv zu sehen«, hatte Susanne damals noch gesagt. *»Du hast jetzt die Chance, nochmal ganz neu anzufangen und dich neu zu erfinden!«*

»Okay«, sagte ich. *»Dann mache ich genau das!«*

»Prima!«, hatte sie sich da noch gefreut.

Und ein paar Tage danach – und ich schwöre, ich konnte das Schicksal hinter ihr aufgeregt winken sehen – hatte ich im Schaufenster eines Gebrauchtwarenladens diese wundervolle, bauchige schwarze Gitarre gefunden und mich sofort in sie verliebt. Dazu erstand ich im Musikhandel das Buch *600 Akkorde für Anfänger* und ein pfiffiges Schultergestell, wie Neil Young es gerne trug und auf das man eine Mundharmonika montieren konnte. Ich hatte seither mehr als 30 Songs geschrieben. Liebeslieder für Michiko. Protestlieder gegen Globalisierung, gegen

Walfang, Atomkraft, Atomwaffen und gegen Susanne. Folksongs. Sparsame, rustikale Instrumentierung – Gitarre mit gelegentlichen Ausbrüchen von Mundharmonika – schwerfälliger, gedankenvoller Gesang. Nüchterne Alltagspoesie. Ich kaufte mir alle CDs von Bob Dylan, Peter, Paul and Mary und Cat Stevens. Vor zwei Wochen hatte ich ein Studio gemietet und mein erstes Demoband eingespielt, das ich an die Talentabteilung von Sony Music schickte. Ich rechnete täglich mit ihrem Anruf. Susanne hatte sich das Band nicht einmal angehört. Sie sagte, sie müsse sonst kotzen.

Zerrüttete Beziehung.

In Shibuya erwischte ich einen Schnellzug der *Inokashira*-Linie, der mich innerhalb einer Viertelstunde hinaus in die Vorstadt, nach Kugayama, brachte, in meine Wohnung im Hazienda-Stil. Vor der Tür stand meine Vermieterin, die gestrenge Oya-san, die Arme vor ihrer Blumenschürze verschränkt, und begrüßte mich wie die Cholera. »Hamada-san! Ich habe schon wieder eine Beschwerde bekommen. Sie sollten wirklich ein wenig Rücksicht auf die Nachbarn nehmen. Manche Leute müssen nämlich morgens zur Arbeit und wenn Sie nachts so laut singen, dann wird das mit der Nachtruhe sehr schwierig, *nee.*«

Oya-san war die einzige lebende Person auf dieser Welt, die noch weniger auf *tatemae* gab als Susanne und die einem das *honne* gleich links und rechts ins Gesicht schlug.

»Ich bin Ihnen eine große Last!« Mit einer tiefen Verbeugung tauchte ich an ihr vorbei und fischte meinen Briefkastenschlüssel aus der Hosentasche.

Nichts. Nur die Rechnung von den Gaswerken. Wieder keine Nachricht von Sony Music. Die ließen sich wirklich Zeit. Vielleicht überlegten sie gerade zusammen mit ihren Anwälten, ob sie damit durchkommen würden, wenn sie mein Material einfach klauten und von Superstar Keisuke Kuwata singen ließen statt vom Newcomer Hamada Kenji. Man musste vor diesen Schurken auf der Hut sein.

»Bitte, denken Sie doch an die anderen Mieter. Sonst zwingen Sie mich, ernsthaft über unliebsame Konsequenzen nachzudenken.« Die Vermieterin verfolgte mich wie ein sprechender Geier die Treppe hinauf. »Ich bin ja nicht unmusikalisch. Aber ich muss den Frieden in diesem Haus bewahren.«

Jaja. Alte Hexe.

Und die Nachbarn waren sowieso ein Haufen von unmusikalischen Ignoranten und unverbesserlichen Spießern. Ich kannte zwar keinen von ihnen persönlich, aber wenn sie einer geregelten Arbeit nachgingen und mich bei der Vermieterin anschwärzten, dann war von ihnen nichts Gutes zu erwarten. Ich verbeugte mich noch einmal demutsvoll vor der Oya-san und schlüpfte in meine Wohnung. Das Telefon läutete. Keine Zeit, die minutenlange Prozedur des Stiefelausziehens auf mich zu nehmen, bevor ich meine Wohnung betrat. Die Schlangenlederdinger klebten an meinen Füßen wie eine zweite Haut. Ich hatte es eilig, zum Telefon zu kommen, denn ich vermutete, dass es Susanne war, die sich wieder einschleimen wollte. Ich stellte den Gitarrenkoffer ab, ging auf die Knie und robbte durch den kleinen Flur ins Wohnzimmer, die spitzen Stiefel unter größten Mühen exakt 15 Zentimeter über dem Boden haltend. Beim Telefon angekommen hielt ich mich nicht lange mit Vorreden auf.

»Es ist zwecklos. Ich kann nicht anders und ich will auch nicht anders. Es ist aus – endgültig. Gute Heimreise.«

»*Moshimoshi ...?*« Eine Frauenstimme. Aber nicht Susanne.

»*Hai!?*« Vielleicht die Plattenfirma. Endlich. Mein Puls hüpfte aus dem Stand in den fünfzehnten Stock.

»Ist dort Hamada Kenji, der Privatdetektiv?«

»Nein, hier ist Hamada Kenji, der Folksänger.«

Lange Pause und mein Puls kletterte enttäuscht wieder auf Normalnull. Irgendetwas sagte mir, dass dies kein Anruf von der Plattenfirma war. Die konnten schließlich gar nicht wissen, dass ich in einem früheren Leben mal Detektiv war. Außer, sie hatten selbst einen Detektiv auf mich angesetzt. Unwahrscheinlich. Außerdem gab es in diesem Land keinen Ermittler, der das so schnell herausgefunden hätte. Ich war der Beste und ich hatte meinen Beruf gewechselt.

»Kenji-*chan?*«

Chan? Kenji-chan? Mit der Koseform meines Vornamens hatte mich außer meiner Mutter, einem Dutzend lispelnder Studentinnen während meiner ebenso glanzlosen wie wilden Studienzeit nur eine einzige Person angesprochen. Meine Mutter hatte mit dem *-chan* aufgehört, nachdem sie meinen wahren Charakter erkannte, und war inzwischen verstorben. Die Studentinnen waren inzwischen alle verheiratet und lispelten nicht mehr.

Blieb nur eine.

»Ogata-san? Ogata Hiroko-san?«, fragte ich.

»Ja, das bin ich. Du kennst mich also noch. *Yokatta* – da bin ich aber erleichtert. Es ist schon so lange her ...«

»Und wenn es hundert Jahre wären – wie könnte ich Sie vergessen, Ogata-san?« Mit einem Mal sammelten sich Tränen in meinen Augen und ein dicker Klumpen aus schöner, warmer Erinnerung materialisierte sich in meinem Hals. Ogata Hiroko war konkurrenzlos, uneinholbar und auf ewig die wichtigste Frau in meinem Leben. Die Schönste, Klügste, Sanfteste. Eine Heilige. Hamadas erste Liebe und Hamadas größte Liebe. Ogata Hiroko war die einzige Frau, der ich jemals ernsthaft einen Heiratsantrag gemacht hatte. Damals war ich fünf Jahre alt und Hiroko war so um die 35.

»Ogata-san ...«, stammelte ich.

»Bitte, Kenji-chan, nenne mich doch, wie du mich früher genannt hast«, sagte sie und ich konnte durch das Telefon hören, dass auch sie weinen musste.

»*Oba-san* – Tante ...«, sagte ich, meine Stimme nicht mehr als ein Flüstern. Es war unheimlich, bewegend – so als spräche ich mit meiner eigenen Vergangenheit. Ich sah mich selbst dazu wie in einem parallel laufenden Film auf einem Spielplatz toben, sah mich am Flussufer im Dreck wühlen, sah mich in hohem Bogen von meinem ersten Fahrrad stürzen, in der Schuluniform mit den albernen kurzen Hosen, der Kappe auf dem Kopf und dem Ranzen auf dem Rücken durch die Nachbarschaft hüpfen. Ich sah mich, wie ich von der Schule nach Hause lief. Nicht in das Haus, in dem meine Eltern wohnten, sondern in das Nachbarhaus. Zur *Oba-san*, zu Tante Hiroko. Einmal sogar, ein einziges Mal und lange bevor ich wusste, was eine Freudsche Fehlleistung war, hatte ich zur ihr »*Okaasan*« gesagt.

Mutter.

»*Hisashiburi-desu-nee* ... es ist lange her.«

Ich hätte schon längst mal wieder bei ihr vorbeischauen müssen, in ihrem Häuschen da drüben in Chiba. Hätte die Neujahrskarten nicht immer vergessen dürfen, hätte ihr Früchtekörbe und Blumen vorbeibringen müssen oder wenigstens hätte ich sie häufiger anrufen und fragen sollen, ob sie irgendetwas brauchte. Ob ich irgendwas für sie tun könnte. So hätte ich wenigstens einen Teil der immensen Schuld abtragen können, die ich bei ihr hatte. Ihr und niemandem sonst hatte ich zu verdanken, dass ich so ein netter Kerl geworden war. Stattdessen hatte ich sie vergessen. Von wegen netter Kerl.

Hamada, der treulose Stinkmops.

»Kenji-chan. Ich habe eine große Bitte. Ich weiß, es kommt sehr plötzlich und es ist schon spät. Aber könntest du bitte ...«

Ich hörte ein Geräusch im Hintergrund, das ich nicht zuordnen konnte. Es hörte sich an, als laufe im Fernsehen ein wüster Horrorfilm. Schreie, Röcheln, splitternde Knochen, Kettensägen, die sich durch das Mobiliar fraßen.

»Oba-san? Ist alles in Ordnung?«, fragte ich alarmiert.

Sie gab jede Verstellung auf.

»Bitte, Kenji-chan«, flehte sie mit gebrochener Stimme. »Komm zu mir. Komm, so schnell du kannst. Ich brauche Hilfe.«

Ich bin nicht umsonst lange Jahre Detektiv gewesen

und ich verstand sofort. Was immer Hirokos Problem war – es war etwas, das weit über verbummelte Neujahrskarten und vergessene Anrufe hinausging.

»Was ist los?«

Sie war kaum noch zu verstehen. »Ich lebe nicht mehr lange –«

Dann war die Leitung tot. So wie ich vor zwei Minuten die Wohnung betreten hatte, robbte ich auch wieder hinaus. Ließ die Gitarre am Eingang liegen und stürzte ins Treppenhaus. Die Vermieterin lauerte immer noch dort herum, denn sie war noch nicht ganz zu Ende mit ihrem Vortrag.

»Und noch etwas, Hamada-san …«

»Keine Zeit!«, rief ich ihr im Vorbeirennen zu. Die alte Fuchtel sollte sich bloß nicht so wichtig nehmen.

Heute Nacht würde der *Samurai of Song* ohnehin nicht mehr zum Singen kommen.

Hiroko

Es wäre wohl anders um diese Welt bestellt, wenn die Menschen sich öfter und eindringlicher mit dem Spiegelbild beschäftigten, das ihnen aus den Fenstern eines durch die Nacht rasenden Zuges entgegenblickt, dachte ich, während ich mein Spiegelbild im Fenster des durch die Nacht rasenden Zuges betrachtete.

Ich sah aus wie Scheiße. Dunkle Ringe unter den Augen, der Mund schief und verzerrt dank schalldämpfender Doppelverglasung. Die Nase blass und verbogen, die Haare spröde und glanzlos. Hohle, eingefallene Wangen von der alarmierenden Farbe ernsthaften Vitaminmangels. Einmal bekam ich direkt Angst vor meinem Spiegelbild und musste wegsehen, bis der unwiderstehliche Drang sich einstellte, mehr in dieser dunklen Visage zu lesen, die ja nichts weiter war als das ins Bestialische verzerrte Abbild meiner selbst.

Das Bildnis des Dorian Hamada.

Ich hatte meine wiedergefundene Jugendliebe Susanne einfach abgeschrieben und eine erfolgversprechende Detektivlaufbahn abgebrochen. Sony Music meldete sich nicht, vielleicht spielten sie mein Demoband bei ihren Betriebsfesten und kugelten sich in den Fluren vor Lachen. Meine Nachbarn hielten mich für einen gemeingefährlichen Störenfried und die anderen Passagiere in meinem Waggon fürchteten sich offensichtlich vor dem Moment, da ich mein Klappmesser hervorziehen und sie alle ausrauben und abstechen würde.

Dabei bin ich eigentlich gar kein so übler Bursche. Ich kenne mindestens sieben Leute, die das bezeugen könnten. Vier davon sitzen jeden Abend in der Kneipe *Little Box* in Kugayama, deren Grundfläche so groß ist wie zwei nebeneinander liegende Badetücher. Einer ist Nori, mein Studienfreund, der jetzt bei der Zeitung arbeitete, eine natürlich Kiko, die Berufscatcherin und einzige Frau, der ich niemals gesagt habe, dass ich sie liebte – und vermutlich auch die Einzige, die mich wirklich liebte. Zur siebten und letzten Person, die eine günstige Aussage über meinen Charakter machen konnte, war ich gerade unterwegs. Ogata Hiroko kannte mich schon, als ich mir selbst noch ein Rätsel war und kreischend die Bekanntschaft mit meinen ersten Zähnen machte. Sie war unsere Nachbarin, damals, als wir noch draußen in Chiba wohnten. Heute weniger als eine Zugstunde östlich von Tokio gelegen, damals noch ein strukturschwaches Provinznest, aus dem bei erstbester Gelegenheit zu flüchten das Ziel jedes Heranwachsenden war. Mein ebenso ehrgeiziger wie unbegabter Vater war der eifrige Nachwuchskandidat des dortigen Ortsverbandes der Liberaldemokratischen Partei und wäre gerne Parlamentsmitglied geworden. Seine Arbeit bestand hauptsächlich darin, angetan mit weißen Handschuhen und ausgerüstet mit einem Megafon, vor dem Einkaufszentrum auf dem Bahnhofsvorplatz die Leute anzubetteln, doch bitte bei nächstbester Gelegenheit für ihn zu stimmen. Dazu verbeugte er sich ohne Unterlass vor den vorbeieilenden Passanten, die ihn keines Blickes würdigten. Er ging dieser Beschäftigung mit großer Gewissenhaftigkeit und wenig Erfolg viele Jahre lang nach. Irgendwann bekam er von der Partei – oder von der genervten Bahnhofsverwaltung – sogar einen kleinen Bus spendiert, den er mit Wahlplakaten beklebte, auf denen er aussah wie ein Popstar. Er fuhr mit aufgepflanztem Lautsprecher durch die Straßen, wo er seine Show unter leeren Balkons abzog, auf denen Wäsche und *futons* zum Trocknen aushingen. Ich glaube, der einzige Grund, warum die Bürger von Chiba ihn schließlich doch wählten, war, dass sie seiner selbst und seiner geräuschvollen Touren endlich überdrüssig wurden. Wahlerfolg durch Auszehrung und Ermüdung der Wähler – ein nicht zu unterschätzendes politisches Moment in diesem Land. Meine Mutter, beseelt von der Vorstellung, eines Tages die Gattin eines leibhaftigen Parlamentariers zu sein und ihm im Fernsehen zuwinken zu können, brachte ihm zweimal täglich Tee an den Bahnhof. Dazu Halstabletten, damit er nicht heiser wurde. Das wiederum erzürnte meinen Vater, der heiser sein *wollte*, weil er meinte, die Leute würden ihm wenigstens aus Mitleid ihre Stimme geben, wenn er seine verloren hatte. Mutter blieb trotzdem ein Weilchen bei ihm, um ihm zuzuhören und ihn durch Applaus zu neuen rhetorischen Höhenflügen zu ermuntern. Später saß sie auf dem Beifahrersitz des Kleinbusses und winkte mit weißen Handschuhen wie eine Königin. Mich parkte sie in der Zwischenzeit bei unserer Nachbarin, Ogata Hiroko. Ogatasan war verwitwet, ihr Mann bei einem völlig sinnlosen Verkehrsunfall ums Leben gekommen, kurz nach der Geburt ihres einzigen Sohnes Hisashi. Dieser war nur wenige Monate jünger als ich und wir hätten eigentlich die perfekten Spielkameraden werden können. Aber Hisashi hatte ein massives Problem, man könnte sagen einen Persönlichkeitsdefekt, einen Konstruktionsfehler, der ihn in jeder Gesellschaft dieser Welt vor größere Probleme gestellt hätte. In der japanischen, deren Geduldsfaden für Andersartigkeit nicht besonders lang ist, war es eine schlimme Strafe. Hisashi war ein Genie. Er hatte keine Freunde, war unfähig, sich in allgemein verständlicher Form mitzuteilen, und war so schnell im Denken, dass keiner mehr mitkam. Ich schon gar nicht. Ich erinnerte mich daran, wie wir gemeinsam *manga* lasen, Comics. Hisashis gierige Blicke glitten über die Seiten wie die Scheinwerfer eines vorbeirasenden Sportwagens, ständig wollte er weiterblättern, während Klein-Hamada noch dabei war, die erste Sprechblase zu entziffern und die Bilder zu verdauen. Hisashi werkelte, unverständliches Zeug in sich hineinbrummelnd, stundenlang in seinem Zimmer herum, tief gebeugt über irgendwelche Chemie- und Physikbaukästen, die ihm seine hilflose Mutter hingestellt hatte, wie man einer hungrigen Bestie Futter in ihren Käfig stellt. Er aß oft tagelang nichts, redete nicht, wusch sich nicht und war nicht ansprechbar. In der Schule war er, wenn nicht gerade aufsässig, dann geistig abgemeldet, tief versunken in einem Labyrinth absurder Gedanken und Phantasien, in die ihm kein Mensch mehr folgen konnte. Und wenn er manchmal scheinbar grundlos vor sich hin kicherte, dann konnte er einem direkt unheimlich werden. Hisashi war ein hundertprozentiger *Otaku*, ein verschrobener Einzelgänger, einer, der sich von der Welt verabschiedet hatte und sich allein um das kümmerte, was in seinem hermetisch abgeriegelten Hirn vor sich ging. Ständig bastelte er irgendwas, nahm Elektrogeräte auseinander und setzte sie mit kleinen Modifikationen wieder zusammen. Er experimentierte mit elektrischem Strom und Allzweckreininger und ließ niemanden zu sich. Als schließlich die japanische Elektronikindustrie endlich die ersten Spielkonsolen auf den Markt warf, war es vollends um Hisashi geschehen. Tagelang, nächtelang kauerte er vor dem Fernseher, starren Blickes und völlig aufgesogen von dem einen oder anderen lächerlichen Spiel. Eckige, skeletthafte Figuren walzten grob durch grellgrüne Irrgärten oder warfen sich quadratische Bälle zu. Das Ganze akustisch begleitet von quäkenden und quietschenden Geräuschen, die mir Gänsehaut verursachten. Hisashi, in sein Spiel versunken, ahmte diese Geräusche ziemlich treffsicher nach. Er verschlang Mangas so schnell, wie die Verlage sie auf den Markt werfen konnten, und eignete sich Sprechweisen und Marotten seiner bevorzugten Figuren so schnell an, wie er sie wieder ablegte, um neue Helden zu entdecken. Er lebte in einer komplett anderen Geschwindigkeit als alle anderen.

Seine Mutter Hiroko, das verstand ich schon damals,

hätte es gerne gesehen, wenn Hisashi und ich gute Freunde geworden wären. Und weil ich ihr jeden Wunsch erfüllen wollte, habe ich es versucht. Aber es ist nichts daraus geworden. Allein schon, weil ich nie richtig verstehen konnte, was Hisashi sagte. Er redete, wenn er mal was sagte, so schnell und unverständlich, dass ich manchmal meine Zweifel hatte, ob er sich überhaupt auf Japanisch äußerte oder bereits seine eigene *otaku*-Sprache erfunden hatte. Ich erinnerte mich noch sehr gut an das einzige längere Gespräch, das ich jemals mit ihm geführt habe. Es war während eines mehrtägigen Schulausflugs in die Berge, nach Fukushima. Wir mussten wohl neun oder zehn Jahre alt gewesen sein. Einer hatte von seinem Vater Zigaretten geklaut und wir entfernten uns abends von der Gruppe, legten uns auf eine Wiese und pafften, wobei wir in den Sternenhimmel aufblickten und uns unheimlich erwachsen und wichtig vorkamen. Wir sprachen über Ufos und Weltraumexpeditionen, die bevorstehende Invasion von Marsmonstern und all den existenzialistischen Kram, der einen Zehnjährigen so anwandelt, wenn er, vom ersten Nikotinschub seines Lebens berauscht, in den Nachthimmel starrt. Und da sagte Hisashi zu mir: *»Hast du dir schon mal überlegt, dass die Erde nichts weiter ist als ein winziges Körnchen von dem Zucker, den ein hungriger Gott sich morgens auf seine Corn-Flakes streut?«*

Hatte ich nicht.

Ein paar Wochen später hatten die Passanten am Bahnhofsvorplatz und die Einwohner der von ihm heimgesuchten Straßen endgültig die Nase voll von meinem Vater und seinem Megafon und wählten ihn ins Parlament. Wir zogen um nach Tokio, wo er endlich seine Laufbahn als Abgeordneter, Ausschussmitglied, Parteifunktionär, Kofferträger, Speichellecker und schließlich Kurzzeit-Minister fortsetzte. Ich weiß nicht einmal mehr genau, welches Ressort mein alter Herr eigentlich zu verantworten hatte, und vielleicht hat er es selbst nie erfahren, denn das Kabinett, dem er angehörte, trat nach ein paar Tagen geschlossen zurück. Immerhin hatte er zu diesem Zeitpunkt bereits so viele Bestechungsgelder aus der Bauindustrie kassiert, war von der Parteikasse mit so vielen Bonuszahlungen bedacht worden und bekam zudem noch eine so fürstliche Ministerpension, dass er nie wieder arbeiten musste. Und ich, der einzige Nachfahre und Alleinerbe, eigentlich auch nicht.

Hisashi habe ich nach unserem Umzug nach Tokio nur noch einmal wieder gesehen. An einem Sonntag auf der *Omotesando*, als sich dort noch einmal in der Woche alle Ausgeflippten der Stadt – alle Punker, Rock 'n' Roller und Discofans, Rollschuhartisten, Breakdancer und Pseudo-Rebellen – am Nachmittag trafen, tanzten und Musik machten und so taten, als lebten sie ihren Nonkonformismus aus. Ich ging da nur hin, weil meine damalige Freundin ihr neues, selbst genähtes Babydoll-Kostüm ausprobieren konnte, ohne dass sie auffiel und sich dafür verantworten musste. Plötzlich stand Hisashi vor mir und ich erschrak. Sein Haar war ungefähr so lang wie meines heute und seit zwei Sommern weder gewaschen noch gekämmt worden. Auf seinem Kinn sprossen vereinzelte, spätpubertäre Barthaare. Er trug eine Cordhose, die sich an seinen stelzendürren Beinen ausnahm wie ein übergroßer Sack, und ein Hemd, das mit irgendeiner Soße befleckt und aus dem Bund gerutscht war. Außerdem stand sein Hosenstall offen. Er tauchte plötzlich einfach vor mir auf und glotzte mich an.

»*Shibaraku-desu-nee* – lange nicht gesehen«, schluckte ich, nachdem ich viel zu lange überlegt hatte, wer diese menschliche Vogelscheuche sein konnte und was sie von mir wollte.

»Ja, nicht wahr«, krächzte er. »Ich habe dich gleich wiedererkannt, Hamada.«

»Wirklich?!« Als er mich das letzte Mal gesehen hatte, trug ich kurze Hosen über aufgeschürften Knien, eine massive Hornbrille, war einen halben Meter kleiner und interessierte mich für nichts anderes als meine kleine Godzilla-Figur aus Plastik. So besorgniserregend funktionierte Hisashis Hirn.

»Und …?«, versuchte ich die Pein dieses unerwarteten Wiedersehens zu durchbrechen. »Was machst du so heutzutage?«

»Nichts Besonderes …« Er fuhr sich mit einer nervösen Handbewegung durchs Haar und nuschelte. »Wir versuchen gerade, die Geschwindigkeitsmessung von Isotopen im Vakuum neu zu definieren.« Und als ich ihn ansah und entgegenkommend lächelte, als warte ich noch auf den Abschlussgag, setzte er hinzu: »Das hat was mit dem Ursprung des Universums zu tun.«

»Oh«, sagte ich. »Das ist aber mal was Interessantes …« Ich hätte vielleicht das Gespräch noch ein wenig fortsetzen können. Zum Beispiel mit der Frage, wer »*wir*« waren – ob er mit ein paar *otaku*-Freunden eine

Selbsthilfegruppe gegründet hatte oder bereits von einer geschlossenen Anstalt aus operierte. Oder ob er vielleicht schon so weit war, dass er sich selbst für mehrere Personen hielt. Aber irgendwie war ich nicht in der Lage, mit ihm zu reden. Ich fand einfach keine Sprache für dieses Wesen. Außerdem graute mir davor, dass mein Babydoll mich hier mit ihm erwischen und mir peinliche Fragen stellen könnte. Er schien sich auch bereits ausgesprochen zu haben: »Na ja, Hamada. War nett, dich wiedergesehen zu haben.«

»Gleichfalls. Wie geht es übrigens deiner Mutter?« Er hatte sich bereits zum Gehen gewandt.

»Gut. Glaube ich. Habe seit Jahren nichts mehr von ihr gehört.«

Erst da begriff ich, wie sehr die stille, einsame Hiroko, die so gerne eine gute und verständnisvolle Mutter gewesen wäre, gelitten haben musste. Wie sie niemals die Nähe zu ihrem eigenen Sohn fand, wie sie praktisch einen Fremden großzog, der sie zurückwies und zu dem kein Weg führte. Ich hatte es als Kind sehr wohl gefühlt, aber erst jetzt verstand ich, wieso sie mich so gerne um sich hatte. Wieso sie gerne für mich kochte, während meine eigene Mutter wie eine Idiotin auf dem Beifahrersitz eines Minibusses durch den Ort fuhr und mit weißen Handschuhen die Rückenpartien davoneilender Passanten anwinkte. Wieso Hiroko mich drückte und mich auf dem Schoß hielt, mir was vorlas, bei den Schulaufgaben half und mich pflegte, wenn ich krank war. Andere Kinder wären gewiss eifersüchtig geworden, wenn sie gesehen hätten, wie das Herz ihrer Mutter dem pummeligen

Nachbarsjungen Hamada zuflog. Ich bezweifele, dass Hisashi das überhaupt jemals bemerkt hatte.

Der Zug rollte im Bahnhof von Chiba ein und ich verabschiedete mich von Dorian Hamada, meinem schemenhaften Abbild im Abteilfenster, das mich mit seinen stechenden Augen und seiner ausgezehrten Visage auf meiner Zeitreise begleitet hatte. Am Kiosk kaufte ich den Gepflogenheiten folgend eine Packung *okashi*, Süßigkeiten aus Bohnenpaste. Man macht in Japan keinen Besuch, ohne etwas zum Naschen mitzubringen. Schon gar nicht bei lieben Menschen. Während die Verkäuferin in zeitlupenartiger Geschwindigkeit das Wechselgeld zusammensuchte, befiel mich plötzlich das Gefühl von Dringlichkeit. Ich riss ihr die Münzen und das Päckchen aus der Hand und eilte los. Der Bahnhofsplatz von Chiba hatte sich mächtig verändert seit jenen Tagen, da der hoffnungsvolle Kandidat Hamada Senior hier seine wenig beachteten Reden gehalten hatte. Ein klotziges Warenhaus war gewachsen, Bürotürme, Restaurants, Kneipen, 24-Stunden-Läden und bunt blinkende Spielsalons. Ringsherum eine ganz neue Straßenführung. Ich fand mich nicht sofort zurecht, sondern musste mich am *koban*, dem Polizeihäuschen, nach dem Weg in die Straße erkundigen, in der ich die ersten zehn Jahre meines Lebens verbracht hatte. Die Blicke des braven Schutzmannes huschten aufgeregt zwischen mir und dem Plakat am Eingang hin und her, auf dem die Fahndungsfotos der gesuchtesten Galgenvögel abgebildet waren. Das war mir sehr peinlich.

»Ich bin Privatdetektiv«, sagte ich, von dem Drang befallen, meine Rechtschaffenheit zu beweisen, und bereute es sofort. Verdammt, ich war Folksänger.

»*A-soo-desu-ka*«, sagte der Beamte. Was in diesem Kontext so viel bedeutete wie: »*Wer und was immer Sie sind, Fremdling, scheren Sie sich zum Teufel und machen Sie bitte keinen Unfug in meinem Bezirk. Ich werde Sie nämlich ganz genau im Auge behalten.*«

Trotzdem erklärte er mir den Weg.

Die Schritte meiner hochhackigen Stiefel hallten gespenstisch von den Mauern der engen, menschenleeren Wohnstraße wider. Kein Haus in der Straße war mehr, wie ich es in Erinnerung hatte. Und doch wusste ich, dass die Architektur sich ändern konnte, aber nicht das Leben, das in den Häusern spielte. Da saßen in Küchen und Wohnzimmern nette Familien beim Abendessen, da bügelten Mütter die Hemden ihrer Männer, die sich noch einige Stunden nach Dienstschluss mit ihren Kumpels aus dem Betrieb in den Kneipen am Bahnhof volllaufen ließen. Da brüteten Schüler über Tabellen von nutzlosem Wissen, das sie für die nächste Prüfung auswendig lernen mussten. Da saßen die Kleinsten mit großen Augen vor dem Fernseher oder der *Playstation* und berauschten sich an den neuesten Abenteuern irgendwelcher alberner Zeichentrickmonster. Ich stieß bei jedem Atemzug kleine Wölkchen aus, in denen sich kurz das gelbliche Licht der Straßenlaterne fing. Das Haus Bunkyo 1-2-32, mein Vaterhaus, war abgerissen und durch eines dieser beliebten Fertighäuser ersetzt worden, das mit seinem falschen Säulenportal aussehen sollte wie die Miniaturausgabe von Tara in *Vom Winde verweht*. Dieses Modell war inzwischen schon wieder aus der Mode, es war ja der Hazienda-Stil aufgekommen. Das Haus daneben, Bunkyo 1-2-43, sah noch genauso aus wie damals: japanische Bauart, schwarz angelaufene Holzwände und schweres Ziegeldach, eine Sammlung von Bonsai und anderen Topfpflanzen auf einem klapprigen Regal neben dem Eingang. Hinter der Mauer ein gepflegter, winziger Garten mit einer Steinlaterne und einem briefmarkengroßen Teich, in dem früher mal ein vereinsamter Goldfisch schwamm.

Das Schellen war so laut, dass ich erschrak. Schlurfende Schritte, dann wurde die unverschlossene Milchglastür zur Seite geschoben.

»*Kenji-chan, yokatta, yokatta, doozo, ohairi-kudassai …*« Sie verbeugte sich drei-, viermal und richtete ihren Oberkörper nicht einmal so weit auf, dass ich ihr Gesicht sehen konnte. Ich sah, dass sie eine Perücke trug, denn die verrutschte, als sie sich verbeugte. »*Doozo, doozo …*« Soweit ich sehen konnte, war sie abgemagert wie ein Skelett und blass. Und die Art, wie sie sich schnell wegdrehte, verriet mir, dass sie hoffte, ich möge das alles nicht bemerken. Jedenfalls nicht sofort.

»*O-jama-shimasu*«, sagte ich mit einem Kloß im Hals. Das sagt man eben, wenn man jemanden besucht: *Ich falle Ihnen zur Last.*

Ich betrat den Betonfußboden des Vorraumes, während sie mir zwei Pantoffeln hinstellte. Scheiß-Schlangenlederstiefel. Es ist kein Zufall, dass in Japan die leichten Schuhe bevorzugt werden. Solche, die man schnell, und ohne Komplikationen abstreifen kann und in die man ebenso schnell, allenfalls unter Zuhilfenahme eines langstieligen Schuhlöffels, wieder hineinschlüpft, wenn es Zeit ist, Abschied zu nehmen. Immerhin hatte ich nach drei Wochen Stiefeltraining eine Technik entwickelt, die Dinger loszuwerden, ohne dass ich dabei umfiel. Aber es war immer noch jedes Mal eine Gratwanderung, ein Kampf meines Willens und meiner Körperbeherrschung gegen einen heimtückischen Wadenkrampf, der in diesen Stiefeln lauerte wie ein böser Drache. Ich bohrte die Spitze des linken in die Hacken des rechten Stiefels, stützte mich an der Wand ab, schloss die Augen und drückte. Millimeter um Millimeter gab das spröde Leder meinen Fuß aus seinem Gefängnis frei. Ich pausierte, um den Wadenkrampf zu vermeiden, dann eine letzte Anstrengung und mein Fuß erreichte den Schaft. Aufatmen. Des anderen Stiefels musste ich mich im Sitzen auf der Schwelle zu der mit Tatami-Reisstrohmatten ausgelegten Diele entledigen. Meine Füße reagierten wie immer: Sie jubelten wie Galeerensträflinge, die endlich aus ihren Ketten befreit worden waren. Ich hörte Hiroko in der Küche klappern, wo sie Tee zubereitete.

»Oh, bitte, Oba-san, mach dir doch keine Mühe ...«

»Nein, nein«, gab sie zurück.

Das lächerliche, in rosa Papier eingeschlagene *okashi* vor mir hertragend betrat ich den Wohnraum – und erschrak.

Ich konnte mich an dieses Zimmer besser erinnern als an das Wohnzimmer meiner eigenen Eltern. Damals hingen hier noch Bilder und Kalligrafien an den Wänden, dazu die Diplome des verstorbenen Gatten. Rund um den gemütlichen *kotatsu*, den Heiztisch in der Mitte des Raumes, lagen immer Sitzkissen und man konnte jederzeit unter eine dicke Decke schlüpfen und sich die Beine wärmen. Ein kleines, chaotisches Bücherregal an der Wand, der Fernseher auf der anderen Seite. Ein Karton mit Hisashis Spielzeug, das dieser entweder in seinem Forscherdrang längst zerlegt hatte oder nicht einmal anrührte, weil es ihn langweilte. In einer Schmuckecke neben der Schiebetür in den Garten standen eine ziemlich kostbare Ikebana-Vase, die Hiroko von ihrer Großmutter bekommen hatte, und die dekorative, aber unnütze Samurairüstung, die japanische Eltern für ein Heidengeld ihren Söhnen kaufen, damit diese mutig, klug und erfolgreich werden. Gegenüber befand sich ein kleiner Holzaltar mit einem Schwarzweißfoto ihres Mannes, vor dem immer Früchte, ein Schälchen Reis und ein Becher Sake standen. Das war damals. Jetzt war das Zimmer leer. Neun Tatamimatten, neunmal 90 x 180 cm gähnendes Nichts. Ich lugte in die Küche. Damals hatte sie wie jede japanische Küche ein Sammelsurium der verschiedensten Elektrogeräte. Übereinander stapelten sich damals Grill, Toaster, Reiskocher und der Fernseher, dann Schüsseln, Töpfe, Schalen und andere Kochwerkzeuge, alles kunterbunt durcheinander und urgemütlich. All das war nun verschwunden. Hirokos Küche war, abgesehen von einem einflammigen Gaskocher, ebenfalls leer. Sie spürte meine fragenden Blicke und schien noch kleiner zu werden. Ihre Hände zitterten, als sie den Tee in die Schälchen goss.

»Danke, dass du so schnell gekommen bist, Kenji-chan«, sagte sie schnell. Es gab eine logische Erklärung für all das, tröstete ich mich. Wahrscheinlich hatte Tante Hiroko gerade ihren lange geplanten Umzug abgeschlossen. Ihr war in dem leeren Haus die Decke auf den Kopf gefallen, Erinnerungen an alte Zeiten kamen hoch und sie brauchte jemanden zum Quatschen. Seelenlose Möbelpacker hatten den ganzen Tag lang hier herumgewirbelt, hatten ihr ganzes Leben und Tausende Erinnerungen mit rauen Händen eingesammelt und in eine kleine, praktischere Wohnung gebracht, vielleicht zu einer Schwester in Akita oder einem Bruder in Shikoku. Allein – Hiroko hatte keine Familie, soweit ich wusste.

Auf einem alten Buchdeckel, der ihr als Tablett diente, brachte sie die Tassen ins leere Wohnzimmer und kniete sich auf die Tatami nieder. Ich setzte mich ihr gegenüber und reichte ihr mit den üblichen Worten *»Es ist etwas völlig Unzureichendes …«* die *okashi* dar, die mit einer Verbeugung angenommen und sofort ausgepackt wurden. Sie bot, den Gesetzen der Gastlichkeit folgend, natürlich zuerst mir einen der Bohnenpastekeksen an und griff dann selbst zu. Sie schluckte, während ich meines noch in der Hand wiegte, das eiergroße Ding fast ohne zu Kauen hinunter, wartete, nervös blinzelnd, exakt zwei Sekunden und nahm sich das nächste. Mein Magen krampfte sich zusammen, als ich kapierte, dass Tante Hiroko Hunger hatte. Nackten, existenziellen Hunger, wie man ihn allenfalls aus den Kriegsgeschichten verstörter Greise kennt oder aus Afrika, aus dem Fernsehen. Ich legte meinen Keks zurück in die Schachtel und ballte die

Fäuste. Wenn in diesem Moment Hisashi hereingekommen wäre, ich hätte mich mit Gebrüll auf ihn gestürzt. Vielleicht hatte dieses weltfremde Arschloch inzwischen den Ursprung des Universums erkundet. Wunderbar. Aber durfte man deswegen seine eigene Mutter verhungern lassen? Niemand, den ich kenne, kann von sich sagen, dass er für seine alten Eltern alles tut, was er tun müsste. Ich selbst nicht ausgenommen. Wo war ich, als erst mein Vater starb und ein paar Monate später meine Mutter? Hatte ich sie nach dem Verlust getröstet? Nicht im Mindesten angemessen. Fühlte ich mich deswegen schlecht? Nicht sonderlich. Eltern sterben irgendwann, so ist das eben. Dann nimmt man Beileidswünsche entgegen, verflucht die entstehenden Unannehmlichkeiten, kümmert sich pflichtschuldigst um das Begräbnis, bedauert sich ein wenig selbst und geht zur Tagesordnung über. Das war normal, und wer selbst Kinder hatte, dem wurde seine verdammte Nachlässigkeit irgendwann mit gleicher Münze heimgezahlt. Aber seine Mutter verhungern zu lassen, das war nicht normal.

»Tante Hiroko …«, stammelte ich und sie senkte den Blick. Dicke Tränen tropften mit einem hörbaren Plop auf die Tatami. »Bitte, sage mir, was passiert ist.«

Sie schüttelte den Kopf, ihre Stimme war aus dem Schluchzen kaum herauszuhören: »Ich kann es nicht. Ich kann es nicht sagen, Kenji-chan. Eine Schande, eine Schande … Es tut mir so leid, dass du mich so sehen musst, aber außer dir habe ich niemanden.«

»Was ist mit deinem Sohn? Wie kann er zulassen, dass es dir so schlecht geht?«

Ihr Kopfschütteln wurde noch heftiger. »Ich kann es nicht sagen.«

»Du musst!« Jetzt konnte ich meine Wut kaum mehr bändigen. »Er hat die verdammte Pflicht, sich um dich zu kümmern. Er hätte es niemals so weit kommen lassen dürfen. Wo ist er?«

»Ich weiß es nicht!«

»Tante Hiroko ... wenn du Geld brauchst ...« Das war ein schweres Kapitel. Über Geld spricht man schließlich nicht. Und ich wusste, dass sie niemals etwas von mir annehmen würde. Aber trotzdem hegte ich die verzweifelte Hoffnung, dass dies alles mit ein paar Millionen Yen doch noch irgendwie zu beheben war. Von mir aus auch ein paar Milliarden. Ich hatte Geld. Eine fulminante Erbschaft, die auf irgendwelchen Konten, als Immobilienbesitz und Aktienvermögen Staub ansetzte, weil ich mich weigerte, davon zu naschen. Als ich das letzte Mal den rabenhaften Finanzjongleur meines Vaters zum Gespräch empfangen hatte, handelte es sich um eine Summe von knapp unter 4 Milliarden Yen und das war eine erhebliche Stange Geld. Aber ich hatte geschworen, dass mir eher die Hand abfaulen sollte, bevor ich dieses schmutzige Geld auch nur anrühren würde. Es stammte zu 90 Prozent aus Bestechungsgeldern bedeutender Baufirmen, Chemieunternehmen und sicherlich auch einiger waschechter Gangster. Und daran, dass mein alter Herr ein rückgratloser, korrupter Strolch gewesen war, wollte ich mich nun wirklich nicht bereichern. Immerhin ergab sich hier vielleicht die Chance, das Vermögen einem sinnvollen Zweck zuzuführen. »Bitte, Tante Hiroko, lehne nicht gleich ab. Ich sehe vielleicht nicht so aus, aber ich bin ziemlich gut betucht. Ich weiß ehrlich gesagt gar nicht, wohin mit dem Geld.«

»Nein, bitte, Kenji, kein Geld. Zu spät. Sie wollen immer nur Geld und noch mehr Geld.«

»Wer sind *sie*?«

Wie schlimm konnte es sein? Wen gab es auf dieser Welt, der Geld und immer mehr Geld wollte und über den man nicht reden durfte? Ich analysierte blitzschnell die Situation. Yakuza fielen mir ein, die japanische Mafia. Hisashi hatte vielleicht Spielschulden und sie hatten ihm beide Arme gebrochen, er verlor seinen Job bei der Ursprung-des-Universums-AG und pumpte seine Mutter an. Ausgeschlossen, Hisashi hatte noch nie gespielt, weil er gar nicht wusste, wie das ging. Was sonst? Arztkosten? Das Finanzamt? Die Bank? An der Börse verspekuliert? Aber darüber konnte man doch reden und musste einer alten Frau nicht gleich die ganze Wohnung ausräumen. Eine hässliche Scheidung mit überzogenen Unterhaltsforderungen? Verdammt, mir wollte nur Unsinn einfallen. Eine Erpressung vielleicht?

»*Oba-san*, ich halte nicht viel von unserer Polizei. Aber manchmal muss man ihr mehr Vertrauen schenken, als sie verdient.«

Eine Träne fiel in ihren Tee.

»Es ist zu spät.« Ihre Stimme war jetzt kaum mehr als ein Hauchen. Sie zitterte unter der Anstrengung, die sie es kostete, sich wieder in den Griff zu bekommen. Tapfere Hiroko. Sie sprach hochkonzentriert, immer nur zwei, drei Worte, dann eine Pause, um sich zu sammeln und das

Schluchzen niederzuringen. Sie sprach mit geschlossenen Augen. »Ich kenne nur dich, Kenji-chan. Ich habe sonst niemanden auf der Welt. Ich würde dich nicht bitten, wenn es einen anderen Ausweg gäbe. Es gibt aber keinen. Ich bin sehr krank. Ich werde bald sterben. Ich habe ihnen alles gegeben und ich habe nichts mehr.«

»Tante Hiroko«, unterbrach ich und griff nach ihren Händen. Sie fühlten sich an wie knochige Äste. »Du sagst mir sofort, wie viel du brauchst, und ich gebe es dir. Und wir reden nie wieder darüber.«

»Es ist zu spät«, sie zog ihre Hände zurück. »Sie dürfen niemals erfahren, wer du bist, sonst werden sie dich nicht in Ruhe lassen. Und auch den Kleinen nicht, Kenji. Du musst ihn in Sicherheit bringen. Wenn sie ihn in die Hände bekommen, dann ...«

Die Sache begann, völlig verworren zu werden. Wer würde mich nicht in Ruhe lassen? Die Yakuza-Schuldeneintreiber und Knochenbrecher? Und von welchem Kleinen war hier die Rede und wieso war er nicht in Sicherheit? Meinte sie etwa Hisashi? Den allerdings würde ich auch nicht in Sicherheit bringen, sondern ihm jeden noch heilen Knochen in seinem Vogelscheuchenleib persönlich brechen. Hatte Tante Hiroko den Verstand verloren? Zumindest zeitweise? Unterschied sie nicht mehr zwischen Gegenwart und Vergangenheit, Realität und dem Albtraum, in den sie ihr Sohn katapultiert hatte? Ich dachte gerade verzweifelt darüber nach, wo ich in aller Schnelle, und wenn möglich noch in dieser Nacht, Spezialisten und Therapeuten für dieses Problem ausfindig machen konnte – da erklang wieder dieses Geräusch.

Das Geräusch, das ich schon am Telefon gehört hatte. Es war, erkannte ich nun, ein gurgelnder Schrei, der in der ausgeräumten Wohnung klang wie ein Hilferuf aus den Folterkammern der Hölle. Ich fuhr zusammen und fegte mit meinem Knie die Teetasse um. Hiroko hatte nicht mehr die Kraft zum Aufstehen, sie krabbelte auf allen vieren in den Nachbarraum – ehemals Hisashis Kinderzimmer. Sobald ich mit dem Ärmel meines Pullovers die Teeüberschwemmung auf der Tatamimatte beseitigt hatte, folgte ich ihr. Mittlerweile war der Schrei zu einem Gebrüll angeschwollen und ich wusste schon, was ich sehen würde, bevor ich den Nebenraum betrat. Da saß sie, Tante Hiroko, im Halbdunkel auf dem Boden des kleinen Zimmers, das ebenfalls leer war bis auf die Tragetasche mit »dem Kleinen«. Sie nahm ihn umständlich heraus und wiegte ihn in ihren Armen.

»Er heißt Akira«, sagte sie über das Gebrüll des Säuglings hinweg. »Er ist jetzt ein halbes Jahr alt. Mein Enkelsohn.«

Mir dämmerte in erstaunlicher Geschwindigkeit, dass ich es hier mit einem Problem zu tun hatte, das ich absolut nicht lösen konnte. Nicht ich, nicht an diesem Punkt in meinem Leben, nicht, wenn es mit einem Baby zu tun hatte, das ich in Sicherheit bringen sollte. Wohin denn? Und vor wem?

»Sie haben ihn noch einmal vorbeigebracht, weil ich ihnen sonst nicht mein Haus überschreibe. Das war meine Bedingung, dass ich Akira noch einmal sehen müsste, bevor ich sterbe.«

»Wer? Wer hat ihn vorbeigebracht?« Ich hätte die todkranke Greisin am liebsten bei den Schultern gepackt und durchgeschüttelt. »Bitte rede mit mir!«

»Bring ihn weg von hier, bevor sie zurückkommen!«

Aha. Sie kamen also wieder. Dann musste ich also nichts weiter tun als hier warten und konnte mit eigenen Augen sehen, von wem Tante Hiroko überhaupt sprach. Aber irgendetwas sagte mir sehr dringlich, dass ich »ihnen« lieber gar nicht begegnen wollte. Und das schon, bevor es an der Tür nicht nur klopfte, sondern hämmerte.

»Sie haben dich gesehen!«, jammerte Hiroko. »Sie haben das Haus beobachtet. Nimm den Jungen und flieh, Kenji. Lauf, so schnell du kannst!« Sie erhob sich wie eine wandelnde Mumie und drückte mir das Bündelchen Mensch an die Brust. Reflexartig griff ich zu.

»Aufmachen!«, brüllte eine Stimme von der Haustür. Gleich darauf ertönte das Splittern von Glas. Jetzt konnte ich immerhin ausschließen, dass es die Polizei, das Jugendamt, das Vormundschaftsgericht oder sonst irgendeine Behörde war, die den Jungen haben wollte. Es waren genau die Typen, um die ich schon zu Zeiten meiner Karriere als Privatermittler wenn möglich einen weiten Bogen gemacht hatte: *yakuza*. Tätowierte, finger- und hirnamputierte, niedrigstirnige Dauerwellenträger, eine niedere Intelligenzform aus dem Forschungsgebiet der urbanen Parasitologen. Menschen von rüden Umgangsformen und abstoßender Sprache. Menschen, die sich über die gesitteten Manieren dieses Landes rücksichtslos hinwegsetzten, wenn man nicht das tat, was sie von einem verlangten.

»Hier heraus«, lotste mich die sprechende Mumie Hiroko zur Hintertür. »Lauf durch den Garten. Lauf, Kenji!«

Sie öffnete die Tür. Von der Ecke her erklang ein Geräusch, das entsteht, wenn sich ein sehr wütender Mann mit Wucht an einem Haus vorbei durch einen Ziergarten und einen dornigen Busch zwängt. Sie waren dabei, mir den Fluchtweg abzuschneiden. An der Tür hämmerte es weiter. Es waren also mindestens zwei.

»Lauf, Kenji!«

»Ich hole die Polizei!«

»Nein, das darfst du nicht. Das wäre das Ende. Rette den Jungen. Lauf, Kenji!«

Aber wie? Die verdammten Schlangenlederstiefel standen am Eingang und ich hätte mindestens fünf Minuten gebraucht, um sie wieder an meine Füße zu bekommen. *Verzeihung, meine Herren, dürfte ich wohl um einen Moment Geduld bitten, während ich in meine eleganten Stiefel schlüpfe?* Raus in den Garten und das in Pantoffeln. Der Kerl hatte sich aus dem Dornenbusch befreit und stolperte über einen kopfgroßen Zierstein. Ein Hoch auf die japanische Gartenkunst. Er rappelte sich wüst fluchend wieder hoch. Ich drückte Hiroko, die hinter mir stand, den inzwischen apokalyptisch schreienden Kleinen in die Arme und fühlte den Schmerz schon in meiner Faust, bevor ich zuschlug. Es fühlte sich an, als hätte ich mir sämtliche Finger gebrochen. Wie sollte ich jemals wieder ohne Schmerz eine Gitarrensaite zupfen? Immerhin hatte ich meinen schattenhaften Verfolger zielsicher im empfindlichen Bereich zwischen Nase und Kinn erwischt und hörte, wie er in den nächsten Dornenbusch fiel, hoffentlich um in Ruhe Blut und Zähne zu spucken. Inzwischen hatte sein Freund die Eingangstür zerlegt und stürmte ins Wohnzimmer. Ich sah ihn für den Bruchteil einer Sekunde. Keine Dauerwelle. Vielleicht war die inzwischen bei den Gangstern wieder aus der Mode gekommen. Ich sah in meiner Jeans-Leder-Montur zehnmal asozialer und gefährlicher aus als er. Er war klein, sauber, wenn auch etwas phantasielos frisiert, trug einen taubenblauen Anzug mit weinroter Krawatte. Ein Gangster, der sich als Versicherungsvertreter verkleidet hatte. Schon schob mich Hiroko an die Mauer, ich kletterte hinauf, sie reichte mir den Kleinen nach und sagte: »*Onegaishimasu*, ... ich bitte dich ...«, und das war das Letzte, was ich von ihr sah und hörte.

Ich flüchtete durch winzige Ziergärten, Hofeinfahrten, durch Garagen und Werkstätten und eine Waschmaschinenladung feuchter Hemden. Eine Flucht in karierten Pantoffeln, die mir zwei Nummern zu klein waren. Fenster öffneten sich hinter mir, ängstliche oder empörte Rufe verfolgten mich. Das Baby schrie die ganze Zeit wie eine Feuerwehrsirene. Ich hörte Hecheln und Fluchen hinter mir. Sie verfolgten mich, versuchten wieder, mir den Weg abzuschneiden. Es waren mindestens drei. Drei erwachsene Männer jagten einen entführten Säugling. In was, um alles in der Welt, war ich da hineingeraten?

»Er ist hier entlang!«, brüllte jemand aus der Dunkelheit.

Ich verfing mich in einer Wäscheleine. Der Kleine in meinem Arm bekam ein nasses Handtuch ins Gesicht und war so verblüfft, dass er für wenigstens zehn Sekunden sein Geschrei einstellte. Autogeräusche auf der Hauptstraße. Ich rechnete und kam zu dem Schluss, dass ich hier ungefähr auf der Höhe des Hauses von Teehändler Ito sein musste.

»Ich finde ihn nicht«, ertönte es von hinten. »Er muss weiter vorne sein.«

»Bleib, wo du bist, und bring mir den Kleinen!«, war die erboste Antwort.

Die nächste Mauer war zu hoch. Ich konnte den Jungen nicht darüberwerfen und hinterherklettern. Das Haus des Teehändlers nahm die ganze Breite des Grundstücks ein. Hamada in der Falle.

»Hierher, hier ist er durchgekommen!«

Ich spurtete auf die hell erleuchtete Fensterfront zu und klopfte mit der Stirn an die Scheibe. Wenn ich Glück hatte, war der Teehändler Ito nicht weggezogen und erinnerte sich an mich.

»Wer ist da?«

»Wundern Sie sich bitte nicht, lieber Teehändler Ito-san!«, hechelte ich gewinnend. »Hier ist überraschenderweise Hamada Kenji, der Sohn des Parlamentsabgeordneten Hamada Hideaki. Entschuldigen Sie die Eile. Die Situation ist zwar etwas ungewöhnlich, aber könnten Sie mich freundlicherweise hereinlassen?«

Unendliche Sekunden vergingen. Ich hörte von drinnen ein Tuscheln und vom Grundstück nebenan die Auseinandersetzung zweier Männer mit einem Wachhund. Endlich öffnete sich die Schiebetür.

»Hamada-san?« Der Teehändler trug einen blauen

Hausanzug und seine Frau war eben dabei, die *futon*, die Nachtlager, auf den Tatami auszubreiten. Sie hielt inne.

»Moment noch, ich bereite gleich einen Tee ...« Unbezwingbare Reflexe der japanischen Gastfreundschaft.

»Machen Sie sich keine Umstände.« Beschämt starrte ich auf die Dreckspuren, die meine Pantoffeln in ihrem Schlafgemach hinterlassen hatten. »Ich muss leider gleich weiter. Wenn jemand nach mir fragt, bitte, dann haben Sie nichts gesehen. Das ist sehr, sehr wichtig.«

Das musste reichen, um einem netten, älteren Ehepaar meine schwierige Situation zu erklären. Es reichte.

»Ich war immer ein großer Bewunderer Ihres Vaters.« Ito-san folgte mir zur Tür. »Arbeiten Sie auch für die Regierung?«

»Nein. Eigentlich nicht. Lassen Sie bloß niemanden rein und – wie geht das hier auf?«

Er öffnete mir die Eingangstür und ich drängte hinaus auf die Straße. »Danke, Ito-san. Bitte, rufen Sie die Polizei und einen Krankenwagen. Zu Ogata-san!«

»Was ist denn mit ihr?«

»Ich muss weiter«, rief ich bereits von der Straße her. »Tun Sie, was ich Ihnen sage!«

»Und grüßen Sie Ihren Herrn Vater!«

Akira schrie, als hätte er statt Scheiße glühende Kohlen in seinen Windeln. Am Bahnhof fand ich einen *Seven-Eleven*-*24*-Stunden-Laden und kaufte ein Häagen-Dazs-Eis. Erdbeergeschmack. Damit fütterte ich ihn, während wir auf den Zug nach Tokio warteten. Das stellte ihn für eine Weile ruhig und für eine wundervolle halbe Stunde schlief er sogar in meinen Armen ein.

Er stank barbarisch.

Ich starrte, noch immer leicht unter Schock und schwer atmend und schwitzend trotz der eisigen Dezemberkälte, auf meine verklebten Haaren in meinem Spiegelbild im Fenster des durch die Nacht rasenden Zuges und konnte mich beim besten Willen nicht mehr wiedererkennen.

Little Box

Ich tauchte durch den Vorhang des Eingangs hinein in die Wärme des Raumes wie ein Säugling zurück in den Mutterleib, nachdem er einen kurzen Blick auf die Alternative geworfen hatte und zu dem Schluss gekommen war, dass er da drinnen allemal besser aufgehoben sein würde als draußen. Jeder Mann braucht einen Platz, wo er sich verkriechen kann, wo eine Whiskyflasche ihn erwartet, auf der sein Name geschrieben steht, wo er etwas Warmes zu essen bekommt, wo ihn Freunde umgeben und tiefsinnige Gespräche ihn geistig herausfordern. Ich hatte einen solchen Platz und er hieß *Little Box*. Ich brauchte jetzt ganz dringend einen Ort, wo ich mich verkriechen konnte. Die Kneipe war nicht größer als ein Hühnerstall für Zwerghühner ohne nennenswerten Bewegungsdrang. Auf vier niedrigen Barhockern an der Theke saßen wir im gemütlichen, goldenen Licht zweier nackter Glühbirnen, die verträumt und von freundlichen Spinnweben umgeben von der Decke baumelten. *Little Box* stand, ähnlich wie mein geliebtes, inzwischen abgerissenes Barackenbüro, direkt an den Gleisen einer

Bahnlinie und vibrierte gemütlich, wenn draußen ein Zug vorbeifuhr. Meines Wissens hatte sich noch niemals ein unbekannter Gast in diese Schenke verirrt. Die *Little Box* wurde getragen von vier standhaften Zechern aus der Nachbarschaft, von denen ich einer war. Die einzigen Möbel waren eine Theke und diese vier niedrigen Barhocker. Das einzige Getränk war Whisky und die einzigen Speisen gedünstete *edamame*-Bohnen, Tofu mit Sojasoße und irgendetwas Schleimiges aus dem Meer, von dem niemand so genau wusste oder wissen wollte, was es eigentlich war, das aber köstlich schmeckte. Weil es der nahe liegendste Ausdruck war, um das Ding zu beschreiben, hieß es bei uns »Penis«. Der einzige Wandschmuck war das vergilbte Plakat eines der ersten Godzilla-Filme, mit einer Riesenechse so groß wie Belgien, die aussah wie die Mischung aus einem Tyrannosaurus und einer Krokoledertasche. Sie walzte, Autos zermatschend und Stromleitungen niederreißend, im aufrechten Gang durch Tokio, in der Hand einen Waggon der *Yamanote*-Linie, in dem die Pendler einen sehr schlimmen Tag erlebten. Das einzige Gesprächsthema der Gäste, jedenfalls ab einer bestimmten Uhrzeit, war eben jenes Godzilla-Plakat, das bereits unter allen erdenklichen Aspekten analysiert worden war und zwar mehrfach. Im Laufe der letzten Jahre waren in mitunter turbulenten Diskussionen künstlerische, kulturhistorische, zoologische, moralische, cineastische, ästhetische, sozialpsychologische und sexualwissenschaftliche Argumente über das Plakat ausgetauscht worden und noch immer schien das Thema nicht völlig erschöpft zu sein. Es begann immer damit, dass alle anderen Felder der Konversation – Baseball, Frauen, Politik, Immobilienpreise etc. – abgegrast waren und sich einer in dem Raum umsah und bemerkte, dass da ja noch immer dieses Godzilla-Poster an der Wand hing. Und schon ging es los.

Ich war heute spät dran, es war schon nach ein Uhr, somit hatte ich den Ausgangspunkt des Streitgespräches verpasst.

»Hamada«, grunzte Tamura, der Wirt, der wie immer die Ellenbogen auf die Theke gestützt hatte und sein bullenhaftes Haupt in den Handflächen ruhen ließ, während seine undurchdringlichen Blicke aus blutunterlaufenen Augen von einem Gast zum nächsten wanderten, als wäge er sorgfältig deren Argumente ab. Ohne hinzusehen langte er hinter sich und holte meine Flasche aus dem Regal.

»Nein, nein«, empörte sich Kobayashi, der blasse Versicherungsangestellte, der eigentlich Astronaut werden wollte. »Es ist überhaupt nicht dilettantisch. Es ist ... wahrhaftig!«

»Unfug«, gab Saburo zurück, weltgewandt und kosmopolitisch, wie er nun mal war. Immer braun gebrannt und ein wenig verwegen aussehend, immer in Vorbereitung irgendeiner neuen aufsehenerregenden Teufelei, mit der er über den verhassten Zustand hinwegtäuschen wollte, dass er als Japaner auf die Welt gekommen war. »Jeder Fünfjährige kann sehen, dass wir es bei diesem Godzilla mit einem verkrachten Schauspieler zu tun haben, der in ein albernes Kostüm gestiegen ist, weil er sonst seine Miete nicht bezahlen könnte. Und da stampft er nun wie ein Volltrottel durch eine Spielzeugstadt. Wir Japaner finden das vielleicht toll, aber im Ausland lachen sie über so was. Uns Japaner kann man eben mit billigen Tricks zufrieden stellen.«

»Hamada!«, grunzte Yuki, der noch immer auf eine dritte Chance wartete, seinen zwei Mal versiebten Einstellungstest beim diplomatischen Dienst erfolgreich nachholen zu können. »Gut, dass du endlich da bist. Wir fragten uns gerade, ob unser Godzilla hier nicht zu harmlos für ausländische Augen aussieht. Ich meine, ob er wirklich wie eine schlimme Horrorfigur wirkt oder eher wie eine harmlose Plastikpuppe.«

Aha. Der interkulturell vergleichende, sozio-historische Ansatz mit einer guten Prise Nationalmasochismus. Unter normalen Umständen hätte ich auch einiges zu diesem Thema zu sagen gehabt, besonders nach meinem Schiffbruch mit Susanne. Ich schüttelte aber nur betroffen den Kopf und ließ mich auf meinen Hocker sinken. Noch bevor ich meine Lederjacke abgestreift hatte, war das Glas voll und ich kippte das Feuerwasser in meinen Schlund.

»Keine Ahnung«, sagte ich. Keine Ahnung. Das passte alles ziemlich gut zusammen. Von nichts eine Ahnung. Keine Ahnung, in was ich da hineingeraten war. Keine Ahnung, wie ich wieder hinauskommen sollte, und keine Ahnung, was ich vorfinden würde, wenn ich es jemals wieder wagen sollte, meine Wohnung zu betreten.

Zum Glück erkannte keiner die Tiefe und die Dunkelheit meines Abgrunds. Ich war jetzt wirklich nicht in der Lage, zusammenhängende Erklärungen abzugeben.

»Willst du was essen? Es sind noch ein paar Penisse übrig«, sagte Kobayashi.

»Nein, danke.«

Hätte ich nicht besser in Chiba bleiben sollen? Hätte ich mich nicht vergewissern müssen, dass der Teehändler Ito tatsächlich die Polizei und den Notarzt verständigt hatte? Stattdessen war ich gerannt wie ein Hase, nachdem Hiroko mich weggejagt hatte. Den ganzen Weg bis nach Kugayama in Pantoffeln und mit einem kreischenden, furzenden Kind auf dem Arm. Niemand kann sich die Blicke vorstellen, die ich unterwegs von den Passagieren in den diversen Bahnen erntete – die meisten waren zwar müde Verwaltungsangestellte, erschöpft nach einem langen Abend der unbezahlten Überstunden bei Alkohol, Imbiss vom Grill und sinnlosen Gesprächen mit ihren Arbeitskollegen. Hilflos hatte ich dem kleinen Schreihals was vorgeschnuckelt, vorgeschnippt und vorgebrummt, hatte ihn aufmunternd angeschnalzt – was man eben mit Babys so macht. Nutzlos. Akira brüllte und brüllte. Jedes Mal, wenn ich dachte, er hätte es sich anders überlegt, holte er nur Luft, suchte nur eine andere Frequenz, um dann noch lauter und noch durchdringender weiterzubrüllen. Statt mich, wie es sich für einen rebellischen Folksänger empfahl, an seiner Auflehnung zu erfreuen, wäre ich am liebsten im Boden versunken vor Scham. Ich lächelte und verbeugte mich unentwegt entschuldigend in die Gegend, aber alle wichen meinem Blick aus. Am Bahnhof in Kugayama kaufte ich im 24-Stunden-Laden noch ein Erdbeereis, obwohl ich bereits überdeutlich riechen konnte, dass ihm schon das erste Eis nicht übermäßig gut bekommen war. Aber immerhin stellte es ihn ruhig, bis wir die Wohnung erreicht hatten und das Treppenhaus hinter uns lag. Sobald ich ihn aber ablegte, ging das Geschrei wieder los. Ich redete ununterbrochen auf ihn ein, appellierte an seine Konsensfähigkeit, die bei jungen Japanern offenbar noch nicht sehr gut ausgeprägt war. Ich machte Faxen, versuchte es mit Schattenspielen an der Wand, mit dem Fernseher, der immerhin vorübergehendes Interesse wecken konnte. Und als gar nichts mehr helfen wollte, holte ich meine Gitarre aus dem Koffer und sang ihm etwas vor.

Ein Wunder geschah. Akira verschluckte sich, rülpste freudig etwas Erdbeereis auf meine Tatami und grinste. Dann lachte er sogar. Während seine Tränen noch trockneten und seine Nase weiterlief, als pumpe jemand von innen Schleim nach, krabbelte er zu mir und klopfte mit seinen kleinen Fäusten den Takt auf dem Gitarrenkörper.

»Wen willst du fragen
An schlechten Tagen
Wer soll dich trösten
Mit freundlichen Gesten
Und wer deinen sechs Monate alten Enkelsohn
in Sicherheit bringen
Wenn ihn böse Männer holen wollen, die schon
dein ganzes Haus
Ausgeräumt haben?
Wer hilft dir dann noch?
Dein tomodachi
Dein tomodahachiiii«

Die zweite Strophe. Ganz spontan entstanden. Akira jauchzte wie ein glücklicher Pinguin, und wenn ich seine Gesten richtig deutete, dann versuchte er sogar, in die Hände zu klatschen. Er mochte das Lied. Was man nicht von der Person behaupten konnte, die gleich darauf an die Tür hämmerte.

»Wer ist da?«, schrie ich und Akira zuckte vor Schreck zusammen und fing, sobald er ausreichend Atem geholt hatte, wieder mit dem Gebrüll an. Für einen Moment dachte ich, die Finstermänner aus Chiba hätten mich verfolgt und gefunden. Für einen Moment sah ich den einzigen Ausweg darin, mich mit meinem Küchenbeil zu bewaffnen und zu hoffen, dass ich sie damit niederstrecken konnte, bevor sie mir oder dem Jungen etwas zuleide taten. Ich war fest entschlossen, ihn bis zum letzten Blutstropfen zu verteidigen. Auch wenn er schrie, spuckte und furzte – sie würden den Kleinen, den mir Tante Hiroko anvertraut hatte, von mir nicht zurückbekommen. Aber dann hörte ich die vertraute Stimme meines häuslichen Dämons.

»Hamada-san. Ich habe Ihnen doch erst heute gesagt, dass das so nicht weitergehen kann. Was ist das denn überhaupt für ein Lärm? Denken Sie nicht an die Nachbarn? Haben Sie vergessen, dass das Halten von Tieren in diesem Haus nicht gestattet ist? Liegt Ihnen denn gar nichts am Frieden in unserem Haus?«

Die Oya-san, meine Vermieterin. Die Geißel Gottes – aber dem Himmel sei Dank waren es nicht die Verfolger. Ich nahm den furzenden Akira auf den Arm und ging zur Tür.

»*Ara!* – also so was«, war alles, was sie hervorbrachte. Ich hatte jetzt keine Nerven mehr für höfliche Umgangsformen und *tatemae*. Sollte sie mir kündigen, sollte sie mich noch heute Nacht auf die Straße setzen, um ihren verdammten Frieden zu wahren – egal. Ich war am Ende.

»Oya-san«, hob ich an, um mir endlich mal Luft zu machen, aber sie unterbrach mich mit einem Wutschnauben.

»Wie können Sie nur …?«

»Was?«, blaffte ich zurück. »Ist in diesem Haus das Halten von Kleinkindern etwa auch nicht gestattet?«

»Ja, sehen Sie denn nicht, dass das Kind kaum Luft bekommt?«, keifte sie mich an, entriss mir den Jungen und schnüffelte. »Und die Windeln sind auch voll. Haben Sie denn überhaupt kein Verantwortungsgefühl? Singen hier herum wie ein Esel und das Kind leidet schreckliche Qualen!«

Sie stürmte meine Wohnung, erblickte mein zerwühltes Futon, das eigentlich seit dem Morgen ausgelüftet und im Schrank hätte verstaut sein müssen, bettete Akira darauf und feuerte einen Blick auf mich ab, der sagte: »*Und so was will Kinder großziehen!*«

»Bringen Sie mir einen feuchten Lappen!« Ich hatte meine Vermieterin noch nie so energisch gesehen und ich muss sagen – sie gefiel mir. Und sie gefiel auch Akira. Er gackerte und strampelte fröhlich, als sie ihm die Hosen auszog.

»Nicht einen kalten Lappen!«, schnauzte sie mich an, als ich aus der Küche zurückkam. »Alles wund hier unten. Der arme Kerl! Cremen Sie ihn denn niemals ein?«

»Es ist nicht meiner!«, erwiderte ich zu meiner Verteidigung und bereute es sofort.

»Nein, natürlich nicht. Wie bin ich denn nur auf diesen Gedanken gekommen? Männer sind doch alle gleich. Unfähige Nichtsnutze, die vor jeder Verantwortung fliehen. Wo sind die Windeln?«

Ich legte in Rekordzeit die Strecke zum 24-Stunden-Laden am Bahnhof zurück, kaufte gleich drei Pakete, weil ich nicht wusste, welche Größe er brauchte. Es passte keine – aber immerhin eine passte fast.

Akira war nach einer halben Stunde *Oya-san* nicht wiederzuerkennen. Er gluckste und schäkerte und schien das glücklichste Kind auf Erden zu sein. Nur ab und zu erschrak er angesichts seiner eigenen Erdbeereisfürze.

»Sie haben wirklich ein gutes Händchen mit Kindern«, lobte ich die Vermieterin.

»Sie offensichtlich nicht. Ich werde den Jungen heute Nacht mit zu mir nehmen. Das bin ich den Nachbarn schuldig. Keine Widerrede!« Dabei hatte ich nur Luft geholt, um ihr von ganzem Herzen zu diesem Einfall zu gratulieren und mich überschwänglich zu bedanken.

»Na gut«, sagte ich, um nicht durch allzu große Begeisterung ihr Misstrauen zu erregen. »Aber morgen früh hole ich ihn wieder zu mir.«

»Sie bekommen ihn, wenn er ausgeschlafen hat. Das arme Kind ist total übermüdet …« Damit trug sie ihn so vorsichtig aus dem Zimmer, als balanciere sie eine Ladung Flüssigsprengstoff.

Das war der Punkt, als ich auf die Uhr sah und erleichtert feststellte, dass im *Little Box* noch Betrieb sein musste.

»Was macht eigentlich die Singerei, *Panama Hamada?*«, fragte Saburo, der Weltenbürger. Der Konsens im *Little Box* sah vor, dass ich mir für meine Karriere einen eingängigen Künstlernamen zulegen sollte, und nach langem Hin und Her lautete der Beschluss, dass *Panama Hamada* ein guter Name für mich wäre. Die richtige Mischung aus tropischer Coolness und japanischer Solidität. Wenn ich den entsprechenden Hut dazu trüge, sagten meine Kumpels voraus, wäre mir der Erfolg gewiss.

»Sag mal, Hamada – meinst du nicht, dass gerade seine vermeintliche Tollpatschigkeit unseren Godzilla so bedrohlich macht?«, wollte Yuki wissen, bevor ich auf Sabus Frage antworten konnte. »So wie bei uns Japanern – wir werden unterschätzt bis zu dem Punkt, wo alle plötzlich wieder Angst vor uns haben.«

»Kann ich mal das Telefon haben?« Während die anderen in unverminderter Lautstärke ihr tief schürfendes Gespräch fortsetzten, fragte ich mich fernmündlich durch zur Polizeistation in Chiba. Ich erwischte einen sehr auskunftsfreudigen Beamten. Ja, in der Tat, es habe an diesem Abend im Bezirk Bunkyo einen Einbruch gegeben. Eine Frau sei dabei verletzt worden. Als Täter wurde ein ungepflegter Typ mit Stiefeln, Lederjacke und schulterlangen Haaren gesucht, der sich beim *koban* nach dem Weg erkundigt hatte. Allem Anschein nach einer von diesen unseligen *bosozoku*, den Motorradrowdys. Ob ich einen sachdienlichen Hinweis zu machen hätte?

Prima, dachte ich. Mal wieder unter falschem Verdacht von der Polizei gejagt. Hatte mir schon beim letzten Mal so viel Freude bereitet. Immerhin war ich aus Erfahrung klüger geworden. Ich ließ mich mit dem ermittelnden Kommissar verbinden, der sich anhörte, als hätte ich ihn aus dem Tiefschlaf gerissen.

»Hier ist der ungepflegte Typ mit den schulterlangen Haaren«, stellte ich mich vor. Neben mir erstarb langsam das Fachgespräch und vier Gesichter wandten sich mir zu. »Ich habe mit dem Einbruch in Bunkyo nichts zu tun. Es war streng genommen überhaupt kein Einbruch, sondern ein Überfall. Ich bin Privatdetektiv Hamada Kenji.« Als das seinen Eindruck offenbar verfehlte, ergänzte ich streng und wichtig: »Der Hamada Kenji, der den Takahana-Fall aufgeklärt hat.« Der Wackerstein plumpste in einen tiefen Teich von Unwissen, ohne große Wellen zu schlagen. Kein: »*Oh, Sie sind das, Hamada-san! Wie sehr ich Ihnen immer schon sagen wollte, dass ich Sie bewundere …*« Kein: »*Da bin ich aber erleichtert, dass ein so fähiger Detektiv sich dieses Falles annimmt.*« So schnell verblasst irdischer Ruhm, wenn man einen Bogen um Fernsehtalkshows und Wochenmagazine machte. Also setzte ich noch einen drauf. »Hier spricht nämlich Hamada Kenji – der Sohn des Parlamentsabgeordneten und ehemaligen Ministers Hamada Hideaki.«

»*A – soo-desu-ka*«, sagte der Beamte, was in diesem Kontext bedeutete: »*Oh, das tut mir aber aufrichtig leid – das konnte ich ja nicht wissen. Ich hatte ja keine Ahnung, mit wem ich es da zu tun hatte. Verzeihen Sie mir bitte vielmals, dass wir Sie verdächtigt haben, und sagen Sie es bitte nicht den einflussreichen Freunden Ihres verehrten Herrn Vaters weiter, denn das könnte sehr unangenehm für uns werden. Einverstanden?*«

Gegenüber meinem Vater, der sich durch seine kindischen Wahlkampfauftritte so tief in das kollektive Bewusstsein der Bevölkerung von Chiba eingebrannt hatte, dass man sich seiner noch Jahrzehnte später erinnerte, verspürte ich ein tiefes Gefühl von Dankbarkeit.

Für einen kurzen Moment jedenfalls.

»Ich hatte in Chiba unsere ehemalige Nachbarin besucht, Frau Ogata. Wie ist ihr Befinden?«

»Oh, Hamada-san. Da habe ich eine sehr traurige Nachricht für Sie. Die alte Dame ist leider verstorben. Offenbar ist, kurz nachdem Sie ahnungslos gegangen sind, jemand gewaltsam in ihr Haus eingedrungen. Das hat Ogata-san so aufgeregt, dass ihr altes Herz nicht mehr mitspielte. *Moshimoshi* – Sind Sie noch dran?«

»Ich sterbe bald, Kenji-chan«, hörte ich sie aus der Ferne wispern.

»Wir würden gerne ihren Sohn benachrichtigen«, quasselte der Beamte unbekümmert weiter. »Laut unseren Unterlagen ist er verheiratet und wohnt in Tokio. Aber unter der angegebenen Adresse meldet sich niemand.«

Ich konnte kaum reden. »Welches ist denn die Adresse?«

»Nakano, Chubu 2-3-12.«

Ich notierte diese Information wie ferngesteuert auf einer Serviette. »Wenn er da nicht zu erreichen ist, dann weiß ich es auch nicht«, presste ich hervor. Meine Augen standen inzwischen so weit unter Wasser, dass ich Tamuras breites Karpfengesicht nur noch verschwommen wahrnahm. Meine Nase war komplett verstopft. »Ich suche ihn auch«, sagte ich und hätte beinahe noch hinzugefügt: »*Wenn Sie einen Mord verhindern wollen, dann sollten Sie ihn zuerst finden.*« Dann legte ich auf.

»Schlechte Nachricht, Hamada?«, wollte Sabu wissen.

Ich schluckte schwer. »Meine Mutter ist tot.«

»Ohne dir zu nahe treten zu wollen, Hamada …«, lallte Yuki, der glücklose Anwärter für den diplomatischen Dienst. »Ich dachte, deine Mutter sei schon seit einer ganzen Weile tot.«

Die anderen blickten ihn tadelnd an und rollten die Augen. Ich hatte nicht den Nerv, irgendetwas zu erklären.

»Ich habe es erst jetzt erfahren«, sagte ich. Sie grunzten verständnisvoll und hingen eine Weile den Gedanken an ihre eigenen Mütter nach. In dieser Situation hätte eigentlich einer von uns sagen müssen: »*Da hängt ja immer noch dieses Godzilla-Poster an der Wand.*« Aber diese Diskussion erschien allen plötzlich fehl am Platze. Also sagte Sabu, nachdem er sich lange suchend umgeblickt hatte: »Du hast da einen Fleck auf deiner Lederjacke.«

»Ja, ich weiß. Erdbeereiskotze.«

»Ich vertrage auch kein Erdbeereis. Scheißzeug ist das«, sagte Kobayashi und die anderen brummten zustimmend.

»Es ist von dem Jungen – Akira. Er hat mich vollgekotzt …«

So ging das eben in der *Little Box* – es war wie ein Zauber. Man ging rein mit dem festen Vorsatz, dass man keine Lust auf lange Erklärungen zu seinem Leben und seinem Leid hatte, dass man seine Sorgen lieber in sich hineinfressen wollte und niemanden daran teilhaben lassen würde – und plötzlich entleerte man fast ohne es zu bemerken den ganzen übel riechenden Mist aus seiner Seele und ging raus und fühlte sich wieder einigermaßen.

»Au weia«, sagte Yuki, als ich meinen Bericht beendet hatte.

»Schöne Scheiße«, sagte Kobayashi und Sabu sagte: »Hört sich an, als habe dein alter Kumpel die falschen Leute um Geld angepumpt.«

Der Wirt Tamura, der die ganze Zeit über schweigend zugehört hatte, wie es so seine Art ist, seit er Casablanca gesehen hatte und offenbar darauf wartete, dass jemand voller Ehrfurcht von ihm sagte: »*Tamura spricht nie mit seinen Gästen*«, räusperte sich schwermütig. Jetzt, dass wussten wir alle, kam was Großes.

»Ich finde, *Panama Hamada* ist ein Scheiß-Künstlername«, brummte er, und als er unsere leeren Gesichter bemerkte, fügte er hinzu: »Okay. Wollte ich grundsätzlich nur mal loswerden. Du sagst also, der kleine Junge ist der Sohn von diesem Hisashi, der verschwunden ist, ja?«

»Ja ...«, flüsterte ich wie vor dem Orakel. Es wohnt, das kennen wir aus Büchern und Filmen, eine tiefere Einsicht und Weisheit in den Gehirnen von Barkeepern. Sie sind vielleicht die besten Menschenkenner und haben für alle Lebenslagen eine einfache und patente Lösung parat. Je schweigsamer die Barkeeper, desto patenter ihre Lösungen, und Tamura hatte in den vergangenen Jahren nicht mehr als 20 Wörter gesprochen. Noch nie, seit wir ihn kannten, hatte er einen ausgewachsenen Satz formuliert. Vielleicht würde dieser übergewichtige Mann mit einem genialen Streich mein Problem einfach auslöschen.

»Na ja«, seufzte er nach minutenlanger Denkpause. »Ich schätze, dann musst du wohl diesen Hisashi irgendwie aufstöbern. Oder die Mutter des Jungen. Am besten beide.«

Vier Augenpaare starrten ihn so erwartungsvoll an, dass er verlegen wurde und begann, seine Theke abzuwischen.

»*Soo-desu-nee*«, brachte schließlich mit einiger Anstrengung Kobayashi hervor und Sabu, Yoshi und ich stimmten ein.

»Wird dann auch Zeit zu gehen, Jungs«, sagte Yoshi. »Ist schon gleich zwei Uhr.«

»Ja. Und Hamada muss morgen früh raus wegen des Babys.«

»Kann ich den letzten Penis mitnehmen? Ich habe kein Frühstück mehr im Haus.«

»*Mata-nee* – bis morgen.«

So zerstreute sich unsere Runde.

Auf dem Heimweg dachte ich über Tamuras Barkeeperweisheit nach und kam zu dem Schluss, dass er irgendwie Recht hatte, auch wenn es mir gar nicht passte. *Panama Hamada* war ein Scheiß-Künstlername und ich musste Hisashi oder seine Frau finden. Aber ich wollte nicht ermitteln. Ich wollte meine Ruhe. Ich wollte Lieder schreiben und mich endlich selbst verwirklichen. Aber was sollte aus Akira werden? Ich konnte ihn ja wohl kaum in ein Heim geben, nachdem Hiroko ihn mir anvertraut hatte. Ich selbst konnte ihn nicht großziehen, ich war selbst nicht mal erwachsen. Wenn der Junge aber zu lange in der Obhut meiner Vermieterin blieb, würde er irgendwann sonderbar werden und anfangen, mit einer Schürze herumzulaufen und den Mietern Vorhaltungen wegen ihrer Lebensgewohnheiten zu machen. Er war in einem Alter, wo man noch leicht zu beeindrucken war.

Ich schlich am Haus der Oya-san vorbei, die direkt neben dem auf ihrem Grund errichteten Appartementblock im Hazienda-Stil in einem alten, japanischen Haus wohnte. Nichts. Kein Geschrei, kein Genörgel, keine überlauten Erdbeereisfürze. Wenn man die Ohren spitzte, dann meinte man allenfalls das kraftvolle Schnarchen einer alten Dame zu vernehmen. Akira schien es gut zu gehen. Und das war erst mal der wichtigste, heiligste Dienst, den ich meiner lieben, toten Hiroko erweisen konnte.

Oya-san

»Hamada«, er rülpste meinen Namen aus wie den bitteren Nachgeschmack einer Magenmedizin. Wenn man es genau betrachtet, ist mein alter Kumpel und Studienfreund Nori nichts weiter als die menschliche Ausführung des Fensters eines durch die Nacht rasenden Zuges. Mit dem Unterschied, dass man nicht in ihn hineinsieht, sondern mit ihm spricht und ihn gelegentlich um einen Gefallen bittet. Der Effekt aber ist der gleiche wie bei dem Fenster: Man fühlt sich im Umgang mit ihm wertlos, niedrig und irgendwie ungepflegt. Ich hockte in T-Shirt und Unterhosen auf meinem *futon*, es war kurz nach acht Uhr morgens. Ich war früh erwacht, weil ich geträumt hatte, dass die ganze Sache mit Hiroko und Akira nur ein Traum gewesen war. Ich war so erleichtert darüber, dass ich sofort die Augen aufschlug – nur um von einer hässlich grinsenden Wirklichkeit begrüßt zu werden.

»Was ist los?«, blaffte Nori mich an. »Ich hoffe, du erwartest von mir keinen Kommentar zu deiner Sangeskunst!«

Ich wusste, dass es ein Fehler war, ihm eine Kopie meines Demobandes zu schicken. Dabei hatte ich nur gehofft, er könnte es einem seiner Kollegen aus der Kulturredaktion vorspielen und ihn zu einem wohlwollenden Artikel über mich und meine Songs überreden. Wozu hat man schließlich Freunde bei der Zeitung?

»Hast du es gehört?«

»Vor allen Dingen habe ich was von Susanne gehört. Du bist nicht mehr zu retten. Sie geht nach Deutschland zurück. Wenn ich nicht irre, ist sie gerade auf dem Weg zum Flughafen.«

»Wirklich?« Mit einem Mal wurde mir die Endgültigkeit unserer Trennung bewusst. Nie wieder morgens neben ihr aufwachen und sie wachküssen, nie wieder im Café auf der Omotesando mit ihr sitzen und über die papageienhaften Passanten lästern, nie wieder mein *futon* mit ihr durchwühlen und mich an ihren herrlichen Brüsten laben. Aber auch kein Genörgel mehr und keine Besserwisserei, keinen kalten Zigarettenqualm in meiner Wohnung. Jetzt, mit Akira in meinem Leben, hätte sie hier sowieso nicht mehr rauchen dürfen und das wäre unweigerlich das Ende unserer Beziehung gewesen. Also gelangte ich geschwind zu dem Schluss, dass alles so gekommen war, wie es eben kommen musste. Fertig. Nicht mehr darüber nachdenken.

»Dein Demoband ist übrigens Scheiße«, sagte Nori. »Dein Gesang hört sich an, als würde eine Katze gefoltert.«

Entweder er hatte mit Susanne darüber gesprochen und ihr vernichtendes Urteil einfach übernommen oder ich sollte tatsächlich über Gesangsstunden nachdenken.

Ich konnte es mir jetzt nicht leisten, den beleidigten Künstler zu spielen, denn ich brauchte seine Hilfe. Sobald ich erkannt hatte, dass der Traum mit dem bösen Traum leider nicht die Wirklichkeit war, hatte ich beschlossen, dass ich die ganze Sache schnell hinter mich bringen konnte, wenn ich den Rat des weisen Wirtes Tamura befolgte und Hisashi fand.

»Nori, ich möchte dich um einen Gefallen bitten.«

»Vergiss es.«

»Du könntest mal in deiner Datenbank oder was immer du da hast einen Namen für mich durchlaufen lassen und schauen, ob du was über diese Person finden kannst. Der Name ist Ogata Hisashi.«

»Ist das dein Musikagent, oder was? Oder ein Musiktherapeut?«

»Haha, wirklich witzig. Deine Witze werden immer besser. Nein. Es ist jemand, den ich sehr dringend finden muss – warum, erkläre ich dir später.«

»Ich denke gar nicht dran«, gab er zurück. »Weißt du eigentlich, was ich deinetwegen hier zu erleiden habe?«

Oh ja, das wusste ich wohl. Seine Nähe zum vermeintlichen Ninja-Killer Hamada und der damit verbundenen Riesenstory hatte ihm in der Redaktion mächtig geschadet. Statt sich zu freuen, hatten seine Kollegen und Vorgesetzten ihn geschnitten und bestraft. In Japan ist es niemals ratsam, sich von seinen Talenten forttragen zu lassen und sich durch überdurchschnittliche Leistungen hervorzutun. Wer von sich aus und ohne, dass er an der Reihe ist und ausdrücklich von allen dazu aufgefordert wird, Überdurchschnittliches leistet und den Konsens der

Mittelmäßigkeit verlässt, der hat nichts zu lachen, weil alle anderen sich dann schlecht und übergangen fühlen. Nori hatte für seine exklusiven und fundierten Enthüllungsartikel zum Takahana-Fall grausam bezahlt. Statt ihm endlich ein Büro mit Fenster zu geben, eine eigene Sekretärin und eine Verdoppelung seiner Bonuszahlungen, hatten sie ihn auf die heimtückischste aller Arten »befördert« – er wurde ein Morgen- und Abendlauerer. Seine neue Aufgabe bestand nun darin, morgens und abends vor dem Haus des stellvertretenden Regierungssprechers zu lauern und darauf zu hoffen, dass der stellvertretende Regierungssprecher beim Verlassen seines Hauses oder bei seiner Rückkehr irgendetwas Bedeutsames von sich gab. Für Nori hieß das, dass er morgens um halb sieben zusammen mit einem Dutzend anderer armer Schweine vor einem vornehmen Appartementhaus in Tomigaya darauf wartete, dass ein muffeliger Politiker seine Limousine bestieg, und abends um halb zwölf an ebendieser Stelle auf die Rückkehr ebendieses Politikers wartete. Der sagte natürlich selten etwas, das sich verwerten ließ – und besonders jetzt, im Winter, war dieser Dienst eine fürchterliche Pein und gesundheitsschädlich. Kein Wunder also, dass Noris Gefühle mir gegenüber nicht gerade freundlich waren. Andererseits spielte er auch gerne den harten Mann und miesepetrigen Journalisten, weil er meinte, er müsse so sein. In Wirklichkeit hat er eine riesengroße Schwäche für mich, weil er selbst gerne so wäre wie ich, sich aber nicht traut. Natürlich würde er das niemals zugeben, selbst wenn er es verstehen könnte. Während er noch herummotzte, dass er keine Zeit für so was hätte und gerade an einer wichtigen Story arbeitete, hörte ich, wie er Hisashis Namen in die Tastatur seines Recherchecomputers hackte.

»Vier Dokumente in unserem Archiv«, meldete er. Weiteres Tastenklicken. »Drei davon beziehen sich auf Auszeichnungen für herausragende Leistungen an der Universität von Tokio, bei irgendeinem Wettbewerb und als Mitarbeiter in einem Forschungsteam am Nikko-Institut. Die vierte Meldung ist eine kurze Notiz, aus der ich nicht schlau werde. Irgendeine Familienanzeige. Aha. Heiratsbekanntmachung Ogata Hisashi und Kaneko Mariko.«

»Na, das ist doch schon was«, lobte ich.

»Willst du auch noch Datum, Uhrzeit und Ort der Eheschließung?«

»Immer her damit.« Ich notierte mir alles. Immerhin ein Anfang, wenn auch kein sonderlich vielversprechender.

»Wenn du zu dieser Trauung eingeladen warst, Hamada«, sagte Nori mit schlecht gespieltem Ernst und mit einem Zittern in der Stimme, das darauf hindeutete, dass er dabei war, einen seiner sinnlosen Witze vorzubereiten. Ich konnte ihn vor mir sehen, wie er die Füße auf seinen Schreibtisch legte, der aussah wie ein Friedhof für alte Zeitungen, Notizblöcke und Bleistifte, und sich in seinem Stuhl zurücklehnte und dämlich grinste. Armer Nori – fast 40 Jahre alt und noch nie auch nur einen einzigen erfolgreichen Witz gelandet. »Wenn du da eingeladen warst, dann habe ich schlechte Nachrichten für dich: Du bist zwei Jahre zu spät dran.« Da konnte er sich nicht mehr halten und prustete los.

»Haha«, sagte ich. »Gute Pointe, alter Freund. Wirklich, echt witzig. Ich verstehe nicht, wieso sie dir noch keine eigene Fernsehshow gegeben haben.«

Aber Nori war noch nicht fertig. Toller Witz, zweiter Teil: »Und wenn du nach dem Fiasko mit Susanne denkst, es wäre jetzt an der Zeit, dich wieder mal um deine alte Jugendliebe Kaneko Mariko zu kümmern, dann habe ich schlechte Nachrichten. Sie heißt jetzt Ogata Mariko.«

Er lachte heiser, als habe er eine Gräte im Hals.

»Danke für deine Hilfe!« Ich wollte das Gespräch nun lieber schnell beenden, denn ich wusste, was jetzt gleich kommen würde. Nori gehört zu jener Art von Freunden, die einen manchmal zum Wahnsinn treiben können, weil sie sich einbilden, dich wirklich gut zu kennen und tiefere Einsichten in deinen Charakter und deine Gefühle zu haben. Sie glauben, bestimmte Dinge voraussehen und davor warnen zu können – und sei es auch nur, um hinterher sagen zu können: »Habe ich dir doch gleich gesagt!«

»Schön, Hamada«, sagte er mit einem breiten, aufdringlichen Grinsen, das ich direkt hören konnte. »Ich freue mich, dass du endlich zur Vernunft gekommen bist und wieder ermittelst.«

»Ich ermittle nicht!«, fuhr ich ihn an.

»Tust du doch.«

»Jemand ist an der Tür. Ich muss aufhören.« Ich legte schnell auf.

Es war wirklich jemand an der Tür: Oya-san, die böse Vermieterin, mit Akira auf dem Arm. Der Junge tat, was er offenbar immer tat, wenn er mich sah: Er begann zu brüllen. Und die Oya-san bedachte mich mit einem Blick, als habe sie zum Frühstück saure Milch durch die Nase getrunken.

»Sie könnten sich wirklich eine Hose anziehen, bevor Sie die Türe öffnen«, tadelte sie.

»Ich hoffe, der Kleine hat sich gut benommen«, rief ich versöhnlich, während ich hinter der angelehnten Tür in meine Gebrauchtjeans stieg. Und dann, dummerweise, entfuhr mir ein »*chikusho* – Schweinescheiße!«. In der Hektik war ich mit der großen Zehe in dem modischen Knieriss hängen geblieben, der sich mit einem hässlichen »Ratsch« um das Dreifache vergrößerte.

»Sie sollten sich übrigens auch einer anderen Ausdrucksweise befleißigen«, kam die prompte Reaktion von draußen.

»Tut mir leid.«

»Wenn Sie fertig sind, möchte ich Sie gerne in meinem Haus sprechen.«

Oh weh – das hörte sich gar nicht gut an.

»Komme sofort!«, flötete ich.

»Ich habe heute Vormittag einen Arzttermin«, erklärte die Vermieterin. Wir hatten am *kotatsu*-Heiztischchen in ihrem Wohnzimmer Platz genommen und sie bot mir demonstrativ keinen Tee an, während Akira einen bunten Stoffball jagend über die Tatami krabbelte und vor Vergnügen quietschte. Oya-sans Haus, eines der wenigen Gebäude in Tokio, das tatsächlich älter war als seine Bewohnerin, stand drei Schritte neben dem Appartmenthaus im Hazienda-Stil, das sie vor ein paar Jahren errichtet hatte, um sich mit den Mieteinnahmen dumm und dämlich zu verdienen. Irgendein progressiver, weit gereister Architekt hatte das Appartmenthaus und seine kleinen, sinnlosen Vordächer mit bräunlichen Ziegeln gedeckt und an einigen Punkten dunkles Holz angebracht. Fertig war die Hazienda. So umarmten einander auf einem mittelgroßen Grundstück im Osten Tokios das traditionelle Japan und ein mediterranes Monstrum, ohne dass sich jemand daran stören würde. Das Schöne an Japan ist, dass hier im Grunde jeder bauen kann, was er will.

Oya-sans Wohnzimmer war auf eine altmodische Art gemütlich und konservativ möbliert und dekoriert. Einzig der gigantische Breitbild-Fernseher und ein großer Stapel illustrierter Frauenzeitschriften mit den aktuellen Klatschthemen der Saison deuteten darauf hin, dass sie im Hier und Jetzt wohnte und nicht irgendwie tief in der Vergangenheit stecken geblieben war, als Frauen sich noch die Zähne schwarz färbten und Männer sich den Bauch aufschlitzten. Ein kleiner Holzaltar an der gegenüberliegenden Wand war ihrem verblichenen Gatten gewidmet – von einem Schwarzweißfoto sah mir traurig ein schafsgesichtiger Hornbrillenträger entgegen, den ich nie leibhaftig gesehen hatte. Armer Tropf, dachte ich voller Mitleid. Ich war nur ihr Mieter und wurde durch sie ständig zu Mordphantasien inspiriert. Er hatte mit dieser Frau vermutlich den Großteil seines Lebens verbracht.

Das hatte er nun davon.

Zum großen Schiebefenster hinaus blickte man gefällig in einen gepflegten japanischen Garten mit Steinlaternen, verkrüppelten Bäumen und Goldfischteich. Hinter einem

Sichtschutz aus geflochtenem Holz stand der mächtige, alte Kirschbaum, der zur *Sakura*-Zeit im April die gesamte Nachbarschaft mit einer wundervollen rosa Wolke von Blüten beglückte und unter dessen ausladenden Zweigen die Oya-san mit ihrem Kränzchen von älteren Damen hockte und sich einmal im Jahr mit Sake zulaufen ließ.

»Ich kann Akira zu diesem Termin nicht mitnehmen. Sie müssen sich also selbst um ihn kümmern.« Bedeutungsschwerer Seufzer. »Ich würde aber zuvor noch gerne einige grundsätzlichen Fragen an Sie richten, Hamada-san.«

»Soo-desu-nee«, seufzte ich zurück, was in diesem Zusammenhang ungefähr so viel bedeutete wie *»Ich wünschte, wir würden diese Unterhaltung nicht führen und ich besäße die Gabe, mich unsichtbar zu machen.«*

»Das ist eine sehr lange und äußerst komplizierte Geschichte und ich fürchte, Sie würden den Arzttermin nicht schaffen, wenn ich Ihnen das alles jetzt erzählte ...« Ein *Déjà-vu*-Erlebnis, ich fühlte mich wie vor der Prüfungskommission an der Uni, wo ich nach Strohhalmen griff, während ich schon wusste, dass ich keine der nun folgenden Fragen auch nur annähernd zu ihrer Zufriedenheit würde beantworten können.

»Ist dieses arme Kind hier Ihr Sohn?« Rundheraus, von der Leber weg gefragt. Meine Vermieterin hatte mehr mit Susanne gemeinsam, als sie jemals erfahren würde.

»Man könnte sagen, er ist mein Pflegesohn«, stotterte ich. »Ich habe versprochen, dass ich mich ein Weilchen, für eine begrenzte Zeit, seiner annehmen werde.«

»Gestatten Sie, dass ich frage – aber wer auf diesem Planeten würde *Ihnen* ein Kind zur Pflege anvertrauen?«

Da hatte sie mich aber in meiner Ehre getroffen und ich beschloss, das nicht so einfach auf mir sitzen zu lassen. Auch Mieter haben ihre Würde: »Offenbar jemand, der sehr verzweifelt war und der keine andere Wahl hatte. Und jemand, der mir vertraut«, gab ich umgehend zurück und sah ihr dabei direkt in die Augen. Sie senkte den Blick. Kleiner Test des Willens. Erster Satz geht an Hamada.

»Ich bin ganz ehrlich mit Ihnen«, sagte sie fromm. »Ich habe mehr als einmal daran gedacht, die Polizei anzurufen.«

»Bitte nicht!«, jaulte ich auf. »Die würden ihn nur in ein Heim geben und ich habe die Verantwortung dafür, dass dieses Kind glücklich wird!«

Zweiter Satz – klarer Sieg für Oya-san.

»Dann sagen Sie mir jetzt und auf der Stelle, wo der Junge herkommt, wer seine Eltern sind und was aus ihm werden soll. Ich bin gerne bereit, Ihnen zu helfen. Aber ich werde mich nicht an einer illegalen Handlung beteiligen.«

Ich starrte an ihr vorbei ins Nichts und tat so, als suchte ich nach den passenden Worten. Eine Minute verging, Oya-san rutschte ungeduldig auf dem Sitzkissen hin und her. Akiras fröhliches Glucksen und das schwermütige Ticken einer alten Uhr waren die einzigen Geräusche in ihrem Haus. Meine Rettung bestand darin, rechtzeitig zu bemerken, dass ich gar nicht in Nichts starrte, sondern geradewegs auf einen Stapel von Klatschzeitschriften und auf die Titelseite des obenauf liegenden Blattes. Auf das Foto einer sehr bekannten Frau, die mit einem sehr bekannten kleinen Mädchen auf einer Wiese im kaiserlichen Palast spielte. Eine Intrige von dynastischen Ausmaßen erhob sich aus den Nebeln meiner Hilflosigkeit und bevor ich sie noch zu Ende gedacht hatte, begann ich schon zu sprechen.

»Also gut. Aber ich schwöre Ihnen, wenn Sie es jemandem verraten, dann ist es aus mit unserer Freundschaft.« Eine wirklich wirkungsvolle Drohung, Oya-san zog einen Mund wie eine Ente. »Ich muss Sie bitten, mir zu schwören, dass Sie nie einer Menschenseele etwas von dem verraten werden, was ich im Begriff bin, Ihnen nun zu eröffnen.«

»Ja, ja. Ich verspreche es«, sagte sie ein bisschen zu schnell. Ich war auf dem Weg zum Satzgewinn.

»Dieses Kind«, ich drehte mich zu Akira um und machte eine lange Pause, »dieses unschuldige Kind ist kein normales Kind. Es ist ein Kind, das verfolgt wird, weil böse Mächte ihm seinen rechtmäßigen Platz streitig machen wollen.«

»Ich verstehe nicht«, sagte Oya-san. Wer wollte ihr das vorwerfen? »Welchen Platz denn?«

»Den allerhöchsten Platz«, hauchte ich und zeigte mit dem Finger an die Zimmerdecke.

»Den allerhöchsten ...«, echote sie nachdenklich.

»Oh ja, sehr hoch. Sie und ich, wir können uns gar nicht vorstellen, wie hoch das ist. Und mir ist es zugefallen, ihn vor den feindlichen Mächten zu schützen.«

»Wieso Ihnen?«, fragte sie empört.

»Weil niemand darauf kommen würde, dass der rechtmäßige Thronerbe bei einem kleinen, unbedeutenden Privatdetektiv –!« Ich legte beide Hände vor den Mund. Jetzt war es raus. Oya-san wurde leichenblass und griff sich ans Herz. Nur gut, dass sie sowieso zum Arzt musste.

»Der rechtmäßige Thronerbe …«, flüsterte sie und sah sich um, als hätten die Wände plötzlich Ohren bekommen. Mein inneres Ich riss die Arme in die Luft und warf seinen Tennisschläger ins jubelnde Publikum. Spiel, Satz und Sieg Hamada. »Ich wollte Sie in diese Sache nicht hineinziehen«, sagte ich edelmütig.

»Im Gegenteil«, hauchte sie. »Ich bin Ihnen dankbar, dass Sie mir die Gelegenheit geben, etwas für die Dynastie zu tun. Mein Bruder wird sehr stolz auf mich sein …«

Ach, du Scheiße. Den hatte ich ganz vergessen. Oya-sans Bruder Hidehasa war ein ausgemachter Irrer von einem Kaiserfanatiker. Man wusste immer, wann er seine Schwester besuchte, weil dann sein schwarzer, mit der rot-weißen Kriegsflagge und Kriegsparolen bemalter Propagandabus im Hof geparkt war und keiner mehr rein oder raus kam. Nicht nur ein weltanschauliches Ärgernis. Natürlich traute sich kein Mieter aus dem Haus im Hazienda-Stil, etwas zu sagen, weil Hidehasa in seiner blauen Uniform aussah wie ein Bullenschlächter und mit tiefer Stimme und rollendem »R« redete wie die Gangster im Fernsehen. Mit dem Bus, wenn er nicht gerade auf unserem Parkplatz den Verkehr behinderte, brausten Hidehasa und seine Freunde von der *uyoku*, der Rechtsnationalen Front, lärmend durch die Gegend und machten mit quäkenden Durchsagen und donnernder Marschmusik Stimmung für Umsturz, Attentat, Krieg gegen Russland und die Machtübernahme des Kaisers.

Bravo, Hamada.

Mit meiner abenteuerlichen Geschichte von der Palastintrige, der redseligen Vermieterin und ihrem gemeingefährlichen Bruder hatte ich soeben leichterhand das soziale Äquivalent einer unkontrollierbaren Kernschmelze geschaffen.

»Um Himmels willen!«, stöhnte ich auf. »Auf gar keinen Fall dürfen Sie Ihrem werten Herrn Bruder von dieser Sache erzählen! Sie bringen uns alle in allerhöchste Gefahr. Sie ahnen ja nicht, mit welcher Art von Strolchen wir es hier zu tun haben.«

Ihre Miene verfinsterte sich. »Oh doch, das ahne ich«, sagte sie und stand auf, fing den krabbelnden Akira ein und zog ihm mit einem energischen Ruck die Hosen und die Windel herunter. Der Kleine kreischte wie am Spieß und bald verstand ich auch, warum. Auf seinem Hinterteil prangten zwei tiefrote Brandverletzungen von der Größe eines 1-Yen-Stückes, die eben dabei waren, zu vernarben. »Als ich das gesehen habe, hätte ich um ein Haar die Polizei angerufen, Hamada-san.«

Mir wurde schlecht. Und eine hilflose Wut kochte auf, wie ich sie selten in meinem Leben verspürt hatte. Verdammt – wenn ich nicht aus eigener Anschauung wüsste, dass sie nichts weiter waren als eine Truppe von verkrachten Katasterbeamten ohne Phantasie, Motivation und Schneid, deren ganze Energie vom Ausfüllen von Formularen und Fortbildungsseminaren zum Ausfüllen von neuartigen Formularen aufgebraucht wurde, dann hätte ich selbst an diesem Punkt die Polizei gerufen!

Irgendjemand hatte auf der pfirsichsanften Babyhaut

des kleinen Jungen glühende Zigarettenstummel ausgedrückt.

»Ich habe nur deswegen nichts unternommen, weil ich weiß, dass Sie nicht rauchen.«

»Danke, Oya-san«, würgte ich hervor. Eine Welle von unsinnigen Schuldgefühlen durchbrauste mich und am liebsten hätte ich ihr den Kleinen aus dem Arm gerissen, ihn ganz fest an mich gedrückt und ihm irgendwie erklärt, dass nicht alle Menschen auf dieser Welt Verbrecher und Kinderquäler sind.

»Wer tut so etwas, Hamada-san?«, fragte meine Vermieterin. »Wer kann so tief sinken, dass er einem unschuldigen Kind solche Schmerzen zufügt?«

Ich konnte nur die Schultern zucken und den Kopf sinken lassen. Sie stand über mir, übermenschlich groß, in ihrer omahaften Schürze, ihren streng am Hinterkopf verschnürten Haaren und einem Blick wie ein Strafgericht. Es fehlte nur noch die grüne Schuppenhaut und ein Waggon der *Yamanote*-Linie in ihrer Hand und sie wäre Godzilla gewesen.

»Sie sind Detektiv – finden Sie es heraus!«, befahl sie.

»Ich bin kein sehr guter Detektiv«, sagte ich kleinlaut.

»Dann werden Sie einer.«

Aber ich will Folksänger werden, hätte ich beinahe geantwortet und tat es zum Glück nicht.

Rudi Matsumoto

Der Befehl meiner Vermieterin, ein guter Detektiv zu werden, erwies sich als schwer umsetzbar. Den größten Teil des Tages verbrachte ich damit, mit einem Päckchen Ersatzwindeln unter dem linken Arm und einem Säugling, der abwechselnd schlief und randalierte, auf dem rechten Arm, das Tokioter Bahnnetz zu strapazieren, und kam zu nichts. Hisashis letzte polizeilich bekannte Adresse in Nakano-Bezirk führte mich zu einem Parkplatz – das Haus, das da wohl mal gestanden hatte, war schon lange abgerissen worden. Weder bei den Chemikern an der Universität von Tokio noch am Nikko-Institut konnte sich einer an einen Kommilitonen namens Ogata Hisashi erinnern und in der Datenbank des Instituts fand sich nur ein einziger Artikel über irgendwelche unaussprechlichen Substanzen und deren Zusammenwirken mit anderen unaussprechlichen Substanzen, den er mal verfasst hatte. Hisashi hatte vor zwei Jahren, ungefähr zu dem Zeitpunkt seiner Vermählung mit dieser Mariko, aus dem wissenschaftlichen Leben vollends ausgecheckt und seitdem war er nie wieder hier aufgetaucht. Das ging aus den Personalunterlagen hervor, die ich niemals zu Gesicht bekommen hätte ohne Akira als Geheimwaffe. Die Sekretärin verfiel sofort seinem Charme und ließ mich ungestört für zehn Minuten in den Unterlagen wühlen im Austausch für ein wenig *Hei-ti-tei* mit dem goldigen Knaben. Überhaupt war der arme Junge nicht wiederzuerkennen. Die Nacht in der Obhut meiner Vermieterin hatte ihm gut getan. Gestern war er noch blass und verschrumpelt wie ein Grottenolm – heute strahlten seine Wangen rot im Dezemberlicht. Ich verstehe zwar so gut wie nichts von Kindern, aber er sah irgendwie wirklich aus wie ein kleiner Prinz. Er hatte unglaublich große, schwarze Augen und ungewöhnlich lange Wimpern. Sein zahnloses Lächeln konnte einem das Herz öffnen. Was es auch ausgiebig tat, nicht nur bei der Sekretärin im Institut, sondern vor allem auch bei verschiedenen Grüppchen von Studentinnen und Schülerinnen, die wir unterwegs trafen.

»*Kawaiii* – ach, wie goldig!« Mit diesem Schlachtruf stürzen sich junge Frauen in Japan auf alles, was klein, kuschelig oder zottelig ist, also ein Hündchen, ein Kätzchen oder auf mich. Seltener auf unbekannte Kinder, denn sie wollen natürlich den Eltern nicht zu nahe treten. Bei Akira aber ließen sie alle Hemmungen sausen. Sie scharten sich ein ums andere Mal unter Entzückensrufen um uns wie hungrige Bienenschwärme. Akira legte sofort ein für einen Anfänger bemerkenswertes Talent an den Tag. Er schrie nicht, er furzte nicht – er war ein Profi. Er bohrte kichernd seinen Finger in meine Nase, riss mir büschelweise Haare aus, brabbelte unverständliches Zeug und lachte – kurzum, er tat alles, was unsere Fans in eine Art Rauschzustand versetzte. Als ich schließlich am Nachmittag wieder vor dem Appartmenthaus im Hazienda-Stil auftauchte, hatte ich nicht weniger als sieben Handynummern potenzieller Babysitterinnen, die mich förmlich anflehten, sie bald anzurufen. So etwas war mir schon lange nicht mehr passiert, seit ich den Designerklamotten und dem hochfrisierten Mittelscheitel abgeschworen hatte. Ich beschloss, dass Akira und ich ein tolles Team waren, und dachte für einen kurzen Moment, dass ich tatsächlich sein Vater sein könnte. Jedenfalls vom Alter und der Veranlagung her.

Im Lauf des Nachmittags hatten sich von Osten her graue Wolken zwischen die Kanto-Ebene und ihren stahlblauen Winterhimmel geschoben. Es war kurz nach vier und das traurige Restlicht des Tages versiegte schnell im dicht bebauten Tokioter Häuserteppich und man zog in dem aufkommenden Wind unwillkürlich den Kopf ein und klappte den Kragen hoch. Es war einer dieser Abende, da die allgegenwärtigen, grell erleuchteten *Convenience-Stores,* die 24-Stunden-Läden, ihren größten Umsatz mit Einweg-Regenschirmen machen würden. Ich war froh, als ich vor dem Regen meine Wohnung erreichte, und noch froher, dass Akira nach den Verausgabungen des Tages seit einer guten halben Stunde fest in meinem Arm schlummerte und selbst dann keinen Mucks von sich gab, als ich ihn auf mein zerwühltes *futon* bettete und unter Stöhnen meinen steif gewordenen Arm massierte. Wenn ich Glück hatte, schlief er noch ein paar Stunden weiter. Dann würde ich ihn bei der Vermieterin abliefern und wenn er nachts um halb drei beschloss, dass er genug geschlafen hatte, und lieber einige seiner beliebtesten Zirkusnummern aufführen wollte, dann war das ihr Problem. Kinderbetreuung leicht gemacht.

Der Gitarrenkoffer stand an der Wand, wo ich ihn gestern Abend abgestellt hatte, und wirkte wie ein schwarzes Mahnmal eines amputierten Lebenstraumes. Ich hatte den ganzen Tag kaum an die Gitarre gedacht, nicht an Sony Music und noch nicht mal an den *tomodachi*-Song, an dem mir so viel lag. *Panama Hamada* in seiner ersten großen Schaffenskrise. Ich ließ mich neben dem friedlich schlafenden Akira nieder und sah ihn eine Weile an, dachte an die Narben auf seinem Hintern und daran, dass ich mit meiner Aufgabe heillos überfordert war. Leute, die einem kleinen Kind so etwas antun, gehörten nicht zu denen, die sich von einem wie mir etwas sagen ließen. Leute, die so etwas tun, gehörten zu denen, die einem wie mir das Nasenbein brechen, die Hände auf den Rücken binden, ihn in einen Sack stecken, diesen verschnüren und im nächsten Teich versenken. Ich ertappte mich dabei, wie ich die Wange des Jungen tätschelte, und zog schnell die Hand zurück. Bloß nicht aufwecken! Typen in taubenblauen Anzügen und weinroten Krawatten, die aussahen wie Versicherungsvertreter. Einer von ihnen hatte nach dem Zusammentreffen mit meiner Faust heute sicherlich seinen Zahnarzt aufsuchen müssen. Ein Systematiker meines Faches hätte vermutlich seine Ermittlungen damit fortgesetzt, dass er sich das Tokioter Zahnärzteverzeichnis besorgte und einen nach dem anderen anrief und sich nach Notfallpatienten mit eingeschlagenen

Schneidezähnen erkundigte. Aber ich bin kein Systematiker, ich bin ein sentimentaler Romantiker und dachte folglich an meine liebe Tante Hiroko, die jetzt tot war, und daran, dass niemand zu ihrer Trauerfeier erscheinen würde. Irgendwann im Laufe des Tages war mir, in irgendeiner überfüllten Bahn, eingefallen, dass ich eigentlich etwas tun musste – ihre Einäscherung organisieren, einen respektablen Tempel für ihre Urne finden, Briefe und Karten schreiben, Mönche zum Beten anheuern und Blumengestecke aufstellen.

Aber ich kam zu dem Schluss, dass das viel zu gefährlich war. Wer immer hinter dem Jungen her war, der wartete nur darauf, dass ich bei Hirokos Leichnam auftauchen und mich zu erkennen geben würde. Für Hiroko, die niemanden hatte, blieb also nur ein anonymes, einsames Begräbnis in Gesellschaft eines schlecht gelaunten buddhistischen Mönches, der lustlos und zum behördlichen Spartarif seine Gebete für ihre Seele murmelte. So verließen die Verlassenen diese Welt, das hatte mir mal Rudi Matsumoto erzählt, der Verbandschef der Stadtstreicher vom Bahnhof Shinjuku.

Moment mal!

Ich war gerade von wirren Ängsten, Gedanken und Ideen geplagt neben Akira auf das *futon* gesunken und es fehlten noch zehn Sekunden und ich wäre ebenfalls selig eingenickt, aber jetzt riss ich mich wieder in die Höhe. Hirokos Wohnung war komplett ausgeräumt, alles, was darin stand, vermutlich versilbert und verhökert worden. Also hatte sie oder, was wahrscheinlicher war, ihr missratener Sohn Hisashi jede Menge Schulden. Wenn einer verschuldet war und Besuch von unsympathischen Herren in taubenblauen Anzügen bekam, dann war die erste und für viele die letzte Station die Pennerszene der Großstadt, wo keiner den anderen kannte, niemand Fragen stellte und jede Spur mit einem Wechsel des Schlafplatzes schnell zu verwischen war. Ach, Tante Hiroko, dachte ich wehmütig. Wie groß war ihr Zauber, dass ich selbst auf ihrer Beerdigung, an der ich nicht mal teilnahm, den Geist von Rudi Matsumoto traf und auf eine geniale neue Idee kam. Rudi Matsumoto war nicht nur der einzige Obdachlose, den ich kannte, sondern auch der einzige, der ein Handy bei sich führte. Ich verkroch mich mit meinem Telefon in den Eingangsbereich der Wohnung, um Akira, den schlafenden Sprengsatz, nicht zu stören.

»Hamada-san – wie schön, dass Sie sich mal wieder melden!« Rudi erkannte mich sofort. Ich war ihm einmal dabei behilflich gewesen, einem betrügerischen Arbeitsvermittler das Handwerk zu legen, der die Obdachlosen mit Versprechen auf ein geregeltes Einkommen zu einer Art Sklavenarbeit bei einer Baufirma anheuerte. Dann schufteten sie sich krumm, er kassierte für seine Vermittlung 90 Prozent ihres Lohns und nach zwei Wochen wurden sie stets wieder entlassen. Einer meiner größten Fälle. Allerdings kein großer Ermittlungserfolg. Die Sache wurde allein dadurch geregelt, dass die Berufscatcherin Kiko, meine beste Freundin und auch eine Freundin von Rudi Matsumoto, der sie um Hilfe gebeten hatte, den Arbeitsvermittler kurzerhand niederstreckte und so lange mit ihren 98 Kilo auf seinem Gesicht saß, bis er schwor, nie wieder auch nur in der Nähe des Shinjuku-Bahnhofes zu kommen. Mich hatte sie nur mitgenommen, weil sie dabei jemanden zum Plaudern brauchte und ohnehin in mich verliebt war. Es war ihre Version eines gelungenen Rendezvous.

Jedenfalls lernte ich im Verlauf dieses Abends den Pennerpräsidenten Rudi Matsumoto kennen und er erzählte mir so manche herzzerreißende Geschichte aus dem Leben des Auswurfs von Tokio – unter anderem die mit der einsamen Armenbestattung.

»*Shibaraku-desu-nee*«, sagte ich. »Lange nichts von Ihnen gehört. Entschuldigen Sie, dass ich Sie so unerwartet störe und unterbreche.«

»Haha«, unterbrach mich Rudi seinerseits. »Was glauben Sie denn, wobei Sie mich stören? Glauben Sie, ich sitze mit dem Aufsichtsrat in einer wichtigen Konferenz? Haha, nein, nein, Hamada-san. Ich stehe mit vierhundert anderen Leuten im Regen im Shinjuku-Park und warte darauf, dass endlich das Essen ausgegeben wird.«

»Im Park?« Jetzt hörte ich, dass im Hintergrund Musik lief. Ein Chor sang irgendetwas Feierliches. Wie in einer Kirche.

»Ja, im Park. Heute ist doch Mittwoch. Am Mittwoch kommt immer die *Vereinte Kirche des Weltuntergangs* und gibt Curryreis und gekochtes Ei aus. Umsonst. Wir müssen nur davor eine Stunde lang singen und uns etwas vom Weltuntergang anhören.«

»Ach, so. Hört sich gut an ...«, sagte ich beklommen. Ein Scheiß-Leben, das Rudi und seine 399 Freunde da führten. Aber meine Ermittlungen kamen voran. Jetzt wusste ich immerhin schon mal, wo ich am Mittwochabend umsonst Curryreis mit gekochtem Ei bekommen konnte.

»Könnte ich Sie wohl mal in einer bestimmten, dringenden Angelegenheit sprechen? Ich bräuchte Ihren Rat.«

»Gerne, Hamada-san. Wieso kommen Sie nicht gleich in den Park, wenn es so dringend ist? Wir hören gerade etwas von der Hure von Babylon oder so. Vielleicht interessiert Sie das.«

»Bin schon unterwegs!«

Oya-san empfing mich mit einem dolchstoßartigen Blick.

»Wo haben Sie sich denn herumgetrieben?«, schimpfte sie und nahm mir sofort den schlafenden Akira aus dem Arm. Alles lief nach Plan. »Glauben Sie nicht, der Junge habe schon genug durchgemacht? Müssen Sie ihn auch noch durch die Gegend schleifen? Bei diesem Wetter?«

»Alles geschieht nur zu seinem Besten. Vertrauen Sie mir!«, beschwichtigte ich den Drachen. »Ich bin der Lösung ganz dicht auf der Spur.«

»Das will ich hoffen. Um des Jungen willen.«

»Ich muss nochmal los. Würden Sie ihn ...«

»Jaja, schon gut. Verschwinden Sie und widmen sich Ihren zweifelhaften Vergnügungen.« Sie wollte schnell die Schiebetür schließen. Zu schnell.

»Ist alles in Ordnung?«, fragte ich misstrauisch.

»Natürlich«, versetzte sie schnippisch. »Gehen Sie jetzt. Sie wecken das Kind noch auf! Auf Wiedersehen.«

Irgendetwas stimmte hier nicht und ich war nicht umsonst einmal Detektiv gewesen. Leise schlich ich um das dunkle Haus, durch tropfenhaltiges Gestrüpp und über nassglänzende Kieselsteine. Zum Glück hörte der Regen langsam auf und es tröpfelte nur noch, als ich mich an dem alten Kirschbaum emporzog. Stimmen drangen dumpf aus Oya-sans Wohnstube, wo sie mich heute Morgen ihrem Verhör unterzogen hatte. Als ich hoch genug war, um über den Sichtschutz zu spähen, traf mich fast der Schlag. Das Bündel namens Akira war der Mittelpunkt einer mindestens zehnköpfigen Hydra von alten Damen, Oya-san und ihr gefürchtetes Kirschblütenkränzchen. Kein Wunder, dass sie so ungeduldig war, als ich endlich mit dem Jungen kam – sie hatte ihre Freundinnen vermutlich schon seit Stunden hier versammelt und ihnen von dem kleinen Jungen vorgeschwärmt, den sie unter ihre Fittiche genommen hatte. Beseelte Großmütter, in bunten Schürzen unter wattierten Hausjacken, beugten sich händeklatschend über den erwachenden Akira, der bei dieser Generation die gleichen Reflexe ansprach wie bei den Studentinnen. Ich hörte ihre Entzückensrufe bis in meinen Kirschbaum.

»*Kawaiii* – nein, ist der nicht niedlich …!«

Um Babysitterinnen jedes Alters musste ich mir nun wirklich keine Sorgen mehr machen. Ich hoffte nur, Oya-san besann sich auf ihr Versprechen, niemandem die geheimnisvolle Herkunft des Kindes zu verraten, sonst drohte diesem Land und vor allem seinem hoffnungsvollsten Sänger und Songschreiber eine Krise größeren Ausmaßes.

Ich nahm ein Taxi zum Shinjuku-Park und kam zu spät zu Curryreis und gekochtem Ei. Die *Vereinte Kirche vom Weltuntergang* hatte bereits ihre Küche geschlossen und verpackt und würde am nächsten Mittwoch wieder öffnen, vorausgesetzt es kam nicht der Weltuntergang dazwischen. Einerseits bemitleidete ich die Obdachlosen, die sich grausame Predigten von babylonischen Huren, Feuerstürmen und Posaunenchören anhören und Lieder für einen fremden, rachedurstigen Gott singen mussten, bevor sie etwas Warmes zu essen bekamen, andererseits kümmerten sich die Apokalyptiker wenigstens um die Hilflosen, denen sonst kaum jemand etwas zu essen gab. Rings um den winzigen Park wuchsen die Wolkenkratzer von Shinjuku, die Tokioter Version einer Skyline, in den milchig dunklen Nachthimmel. Rote Positionslichter blinkten an den Ecken, und hinter hell erleuchteten Fensterfronten warteten ebenso brave wie verzweifelte Büroangestellte darauf, dass endlich ihr Vorgesetzter den Bleistift sinken ließ und hörbar seufzte, damit die ganze Abteilung in den Feierabend gehen konnte. In Japan geht man nicht her und sagt: *»So … 18 Uhr. Feierabend. Fein, fein, bis morgen dann, alle zusammen …«* In Japan wartet man, bis der Abteilungsleiter in seiner Weisheit und Güte den Tag für beendet erklärt. Und wenn er Krach mit seiner Frau hat und nicht nach Hause will, dann kann das für alle eine schwere Zeit voller »freiwilliger« Überstunden werden. Mir waren die grausamen Büroverliese mit ihren endlosen Reihen von Schreibtischen, ihren nackten Neonlichtern an der Decke und den verkniffenen Gesichtern immer vorgekommen wie ein Vorhof der Hölle.

Dabei wandelte ich gerade unter abgerissenen Gestalten, die selbst für einen derartigen Job vermutlich ihren rechten Arm gegeben hätten.

Ich lokalisierte Rudi Matsumoto nach einem weiteren Handyanruf im Kreis einiger seiner Freunde auf einer Parkbank. Sie schienen trotz des bevorstehenden Weltuntergangs bei guter Stimmung zu sein und verströmten einen warmen Currygeruch.

»Hamada-san«, rief Rudi, als er mich entdeckt hatte. Er trug einen karierten Mantel und darunter drei Lagen Pullover. »Sie jetzt auch bei uns?«

So abwegig war Rudis Befürchtung gar nicht. In meiner abgewetzten Lederjacke und den zerrissenen Jeans, denen der Ausflug durch das Gestrüpp und auf den Kirschbaum den Rest gegeben hatte, mit meinen langen Haaren und den ausgelatschten Schuhen, die ich anstatt der verlorenen Schlangenlederstiefel nun wieder trug, hätte ich mühelos als einer von ihnen durchgehen können. Ich hatte am Bahnhof meine Aversion gegen Tabakwaren überwunden und den Jungs drei Stangen Zigaretten gekauft, die sie begeistert annahmen. Rudi nickte mir dankbar zu. Er war so etwas wie der Doyen der Penner in Shinjuku und er liebte es, wenn einer ihnen etwas Gutes tat, was selten genug vorkam. Selbst schon seit fast zehn Jahren auf der Straße, kannte er alle Tricks und alle Gefahren. Wo man schlafen konnte, wo einen die Nachtwächter wegjagten. Wo es etwas zu essen gab und wo man sich und seine Klamotten waschen konnte. Wem man vertrauen konnte und um wen man besser einen Bogen machte. Ihm vertrauten die Neuankömmlinge ihr

Schicksal an. Und es kamen jeden Tag neue Kandidaten – die stotternde Volkswirtschaft warf ihre Kinder aus wie Müll – Arbeitslose, Scheidungsopfer, Kranke und am häufigsten Schuldner. Leute, die vor den Männern in den taubenblauen Anzügen flüchteten. Meine Hoffnung war, dass Hisashi auch hier gelandet war. Rudi Matsumoto mit seinem Handy kannte jeden, der zwischen hier und Ueno die Gepäckträger abgestellter Fahrräder nach essbarem Abfall durchsuchte und an den Wohlfahrtschaltern der Bezirksämter um trockene Kekse anstand.

»Wie geht es der lieben Kiko?«, fragte er als Erstes.

Unsere gemeinsame Freundin, die nicht weit von hier im Catcherstall des berüchtigten *Wild Man Yamagiwa* wohnte, hatte ich allerdings selbst schon seit geraumer Zeit nicht mehr gesehen. Sie hatte sich rar gemacht, nachdem Susanne so plötzlich und unerwartet in meinem Leben aufgetaucht war. Wenn ich ihr nun berichtete, dass zwischen mir und der Deutschen alles aus war, würde sie mich vermutlich vor Freude an sich drücken, bis ich blau anlief.

»Kiko ... ist Kiko«, sagte ich weise, als sei das eine Antwort.

»Ja«, sagte Rudi. »Das stimmt wohl ...«

Ich wusste nicht allzu viel von diesem Mann, aber genug, um zu erahnen, dass unter den großen Versagern der Weltgeschichte Rudi Matsumoto einer der wenigen war, die einen noch höheren Rang einnahmen als ich. Rudi hatte das mir nicht ganz unbekannte Problem, nichts, aber auch gar nichts im Leben richtig zu machen. Ich wusste nichts von den Tausenden kleinen Fehlgriffen, die einem Menschen wie ihm unterliefen, ich kannte nur zwei davon. Rudi war irgendwie Opfer der Tausenden von blöden Missverständnissen zwischen der japanischen und der westlichen Kultur und Opfer eines schlechten Gedächtnisses. Das Unglück fing offenbar damit an, dass er seinen Namen änderte. Aus Matsumoto Hideaki wurde Rudi Matsumoto. Nach seinem Idol, dem Helden eines amerikanischen Boxerfilmes, von dem er fest überzeugt war, sein Name sei Rudi. Aber sein Name war Rocky. Das fand Rudi aber erst heraus, nachdem er die nervenaufreibende bürokratische Prozedur der Namensänderung auf sich genommen hatte, und danach hatte er keine Lust mehr, das Ganze noch einmal durchzumachen. Außerdem gefiel ihm Rudi am Ende viel besser als Rocky. Rudi hatte eine Ausbildung als Koch gemacht. Er war sogar von seinen Ersparnissen nach Italien gereist, um aus erster Hand die Geheimnisse der dortigen Küche zu erlernen. Als er zurückkam, nahm er einen Kredit auf und eröffnete sein Feinschmecker-Restaurant in der Nachbarschaft von *Wild Man Yamagiwas* Catcherstall, das er *Ristorante Chiuso* nannte, nach der Hafenstadt in Norditalien, in der er sich so wohl gefühlt hatte und von der er meinte, sie hieße Chiuso. Sie hieß Genua und jeder halbwegs gebildete japanische Feinschmecker mit einer Vorliebe für italienische Küche weiß, was *chiuso* heißt. Ganze zehn Wochen lang wunderte sich Rudi, dass keine Gäste kamen, nur Kiko, seine einzige Stammkundin, und das auch nur deswegen, weil sie kein Italienisch verstand und immer Hunger hatte. Regelmäßig hingegen kamen die Eintreiber des Gangsters, von dem Rudi sich das Geld zu einem Zinssatz von 21,3 Prozent geliehen hatte. Sie zerlegten den Laden und seinen Besitzer in Einzelteile und schlugen Rudi vor, er solle sich vor den Zug werfen, dann würde seine Lebensversicherung die Schulden bezahlen und er könnte wenigstens als aufrechter Mann aus dieser Welt scheiden. Aber Rudi tat vermutlich zum ersten Mal in seinem Leben etwas Kluges und ging in den Untergrund. Da endlich blühte er auf, hier unterliefen ihm keine dummen Fehler mehr und er wurde zu jemandem. Einer, zu dem die anderen aufblicken, den sie als ihren natürlichen Anführer akzeptierten. Rudi stellte sich dieser Aufgabe und nach allem, was ich wusste, war er in seinem Bereich ein Held.

»Was kann ich für Sie tun, Hamada-san?«, fragte er im Ton eines Mannes, der wusste, dass nichts auf dieser Welt umsonst war. Er zog aus seiner Umhängetasche ein Stück Pappkarton hervor und breitete es auf der nassen Umfriedung eines Springbrunnens aus. Dann bedeutet er mir, neben ihm Platz zu nehmen. Rudi Matsumotos Büro, Kanzlei und Therapiezimmer.

»Ich suche einen alten Freund von mir und ich denke, dass Sie ihn vielleicht gesehen haben. Jedenfalls hoffe ich das ...«

Ich gab ihm die Kurzversion meiner Erlebnisse in Hirokos Wohnung und meiner Begegnung mit den taubenblauen Herren.

»Die Geschichte höre ich in der Tat mehrmals täglich«, sagte er nickend. »Die Methoden der Kredithaie werden immer brutaler. Keine Bank gibt heute noch einen Kredit. Sie haben jahrelang jedem das Geld hinterhergeworfen und dann festgestellt, dass keiner es zurückzahlen konnte. Jetzt haben die Banken den Hahn zugedreht und der kleine Mann ist gezwungen, sich diesen Verbrechern mit ihren abenteuerlichen Zinssätzen auszuliefern. Und wenn die Zahlungen stocken, dann geht es ihm ans Leder.«

Meine Hoffnung schwand. Ich hatte irgendwie erwartet, er würde sagen: *Oh ja, Hisashi, klar kenne ich den. Er und seine Frau wohnen unter dieser Brücke am Tama-Fluss. Was macht eigentlich ihr kleiner Sohn?* Fehlanzeige.

»Sie können sich also nicht an einen ausgezehrten, abwesend wirkenden *Otaku*-Typen erinnern, der so leise redet, dass ihn niemand versteht, und der schneller denkt, als man ihm folgen kann?«

»Nicht sofort. Aber ich kann mich mal umhören. Ihre Beschreibung ist nicht sonderlich hilfreich, Hamada-san.«

»Ich weiß«, seufzte ich und ließ die Schultern hängen. »Er hat eine Frau und die beiden haben ein kleines Kind. Mehr weiß ich wirklich nicht. Aber ich muss ihn finden. Ich habe den festen Vorsatz, ihm den Hals umzudrehen.«

Rudi lachte heiser. »Da sind Sie anscheinend nicht der Einzige. Die Typen, die Sie verfolgt haben, könnten durchaus Eintreiber gewesen sein, keine Frage. Es gibt einige so genannte Kreditunternehmen, die sich der übelsten Gestalten bedienen. Morita ist vielleicht der Schlimmste von allen.«

»Morita?«

»Von der Morita-Bank. Das ist natürlich keine richtige

Bank, sondern eine reine Verbrecherbande. Problemloser Schnellkredit, keine Fragen, Personalausweis oder Führerschein reicht, bis zu 500.000 Yen ohne Sicherheit auf die Hand und zwar am Automaten.

Kennen Sie nicht die Fernsehreklame? *Drücken dich die schlimmsten Sorgen, wird Morita dir was borgen? Schnelles Geld, ohne Frage, ohne Probleme bei der Morita-Bank?*«

»Doch – klar kenne ich die Reklame.« Wer kannte sie nicht? Fast täglich zu sehen und lustig gemacht. So, als sei es ein reiner Spaß, sein Leben durch eine unbedachte Unterschrift zu ruinieren.

»Aber wehe, die Rückzahlungen geraten ins Stocken.« Rudi Matsumoto nickte düster. »Ungefähr die Hälfte der armen Schlucker da draußen sind auf der Flucht vor Moritas Männern. Nach allen Gesetzen der Wahrscheinlichkeit gehört Ihr Freund, dem Sie den Hals umdrehen wollen, auch dazu. Mehr kann ich im Moment nicht für Sie tun. Aber ich verspreche, ich halte die Augen und die Ohren offen.«

Ich erhob mich.

»Vielen Dank, Matsumoto-san.«

Von einem Kerl einen Rat anzunehmen, der in seinem Leben so viel falsch gemacht hatte und in der Gosse gelandet war, und dafür auch noch ehrlich dankbar zu sein, entsprach genau meiner verzweifelten Situation. »Ich werde mir diesen Morita mal vorknöpfen«, sagte ich.

Rudi lachte so heiser und heftig, dass er dabei einen schauderhaften Hustenanfall bekam. Hoffentlich rauchte er nicht so viele der gespendeten Zigaretten selbst. Als ich schon fast in der Dunkelheit verschwunden war und er sich wieder gefangen hatte, rief er mir hinterher: »Sie sollten aber bald mal nach Kiko schauen, Hamada-san. Sie wissen es vielleicht noch nicht. Kiko hatte einen Unfall bei einem Kampf mit Banzai Betty. Sie sitzt im Rollstuhl …«

Lippenmann

So schnell konnte das gehen. Gestern noch war mein größter Feind das gelbe Laub der Gingko-Bäume auf dem nassen Bürgersteig, eine Todesfalle für Passanten in hochhackigen Schlangenlederstiefeln. Heute waren meine Stiefel weg, zurückgelassen an Hirokos Schwelle, und irgendwo da draußen liefen Gangster herum, die kleine Kinder folterten und mit mir sicherlich auch nicht freundlich umgehen würden. Gestern noch galt meine größte Sorge dem ausbleibenden Anruf der Plattenfirma und heute schon sah meine Welt aus wie das Opfer dieser amoklaufenden Riesenechse Godzilla.

Zermatscht, zertreten, zerstört.

Genauso sah auch meine beste Freundin aus. Nur dass ihr Godzilla 102 Kilo wog und *Banzai Betty* hieß und vom Ringpfosten ihrer Ecke aus mit den Knien voran auf den Rücken der am Boden liegenden Kiko gesprungen war wie eine menschliche Atombombe. Das war eigentlich ein Routinemanöver, auf das eine Proficatcherin von ihrer ersten Lehrstunde an vorbereitet wird. Aber irgendwie hatte Kiko diesmal nicht richtig aufgepasst und ihre beachtlichen Muskeln nicht genügend angespannt, um den Aufprall abzufedern, und spürte seither ihre Beine nicht mehr. Zwei Mal war sie schon operiert worden, hatte mir der besorgte *Wild Man Yamagiwa* anvertraut, und die Ärzte hatten keine Hoffnung, sie wieder hinzubekommen.

»Raus hier!«, brüllte sie mich an, als ich ihr Zimmer im Catcherstall betrat. »Hau ab, Hamada. Ich will dich nicht sehen!«

Sie saß vor dem Fernseher und sah sich die Videos von alten Kämpfen an. Sie war abgemagert und blass. Ihre rundes Gesicht zeigte plötzlich eckige Konturen, ihre Augen waren rot. Vielleicht hatte sie gerade geweint. Sie hatte eine dicke Wolldecke über ihre Beine gelegt und weigerte sich, mich anzusehen, nachdem ich mich geweigert hatte zu gehen.

»Ich weiß nicht, was ich sagen soll …«, sagte ich nach einer Weile blöde.

»Dann halt's Maul. Oder besser: verschwinde!«, sagte Kiko. »Ich brauche keine Mitleidsreden.« So heftig hatte ich sie noch nie erlebt.

»Wieso hast du nicht, wieso … nicht … angerufen?«, stammelte ich.

»Weil du viel zu beschäftigt warst mit deiner blonden, deutschen Freundin«, brauste sie mich an, ohne den Blick vom Bildschirm zu nehmen, wo sie gerade Höllen-Heidi in ihrem weißblauen Dirndl durch den Ring jagte. »Sollte ich vielleicht anrufen und sagen: Hey, Hamada, Überraschung – ich sitze jetzt im Rollstuhl. Hätte dir doch sicherlich den ganzen Tag versaut.« Sie hatte tatsächlich geweint und jetzt weinte sie wieder. Ich ließ mich neben ihr nieder und ergriff ihre Hand, dankbar, dass sie mich wenigstens nicht schlug. Ich drückte meine Stirn auf ihren Handrücken und hoffte, es möge eine warme Welle des Trostes oder der Freundschaft oder sonst irgendetwas in sie fließen, das ihr helfen könnte.

»Weißt du, was wirklich Scheiße ist?«, fragte sie nach einer Weile Stirn-zu-Hand-Beatmung. »Man fängt an, einen richtigen Hass auf die Leute zu entwickeln, die laufen können.«

»Wirklich?«, sagte ich, froh, dass sie das Schweigen gebrochen hatte.

»Wirklich. Neulich habe ich diese Marathonläuferin im Fernsehen gesehen, dieses hautbespannte Skelett, die irgendeine Goldmedaille gewonnen hat, und ich schwöre es – ich wollte sie mit bloßen Händen erwürgen.«

»Das ist nicht nett.«

»Wer ist denn nett zu mir?«

»Ich könnte es – wenn du mich lässt.«

»Sieh mal da«, sie machte eine wegwerfende Handbewegung zu einem ganzen Wald von Blumen, der an der Wand aufgestellt war. »Die sind alle von *Banzai Betty*. Jeden Tag schickt die dumme Kuh mir Blumen und Genesungskarten. Die ist nett zu mir. Nachdem sie mir das Kreuz gebrochen hat. Willst du mir vielleicht auch Blumen schicken?«

Nachdem du mir das Herz gebrochen hast – hätte sie eigentlich noch sagen wollen, aber verkniff es sich. »Lass mich gefälligst allein!«, knurrte sie stattdessen verzagt. »Ich bin nichts weiter als wertloses Gemüse.«

»Das ist nicht wahr. Du bist eine Blume!«

Kiko war die einzige Frau, der ich noch nie ein Kompliment gemacht hatte, und jetzt schien mir eine gute Gelegenheit, damit anzufangen. Sie war nie eine Grazie gewesen, aber sie hatte ein Herz aus purem Gold und darin wohnte nur ich. Und ich sülzte ihr nicht einmal etwas vor: Die 15 bis 20 Kilo, die seit dem Unglück von ihr abgefallen waren, taten ihr gut. Ohne die Wülste um ihre Augen, ohne die moppeligen Wangen und das Doppelkinn gewann ihr Gesicht an Ausdruck, Tiefe und Charakter.

»Ach, Hamada«, jetzt klang sie endlich wieder wie meine Kiko. Sie nahm meine Hand und drückte sie, so fest sie konnte. Früher hätte sie mir bei dieser Aktion mindestens zwei Finger gebrochen. Heute war es nur eine warme und weiche Händeumarmung, die ich gerührt erwiderte.

»Wer mag dich drücken
Gehst du an Krücken?
Wer dich noch lieben
Und deinen Rollstuhl schieben?
Und wer mit dir die Videos von den alten,
ruhmreichen Kämpfen
Ansehen und dir sagen, dass du eine Blume bist,
die niemals
Verblüht?
Wer ist immer für dich da?
Dein tomodachi
Dein tomodahachiiii«

Dieser Song wurde immer unübersichtlicher. Ich würde wohl einige erklärende Zeilen dazu im Begleitheftchen der CD schreiben müssen.

»Geh jetzt bitte, ich möchte gerne allein sein«, sagte sie in einem Ton, den ich ebenfalls noch nie gehört hatte. Ernst, gefasst und unendlich traurig.

»Ich komme morgen wieder«, versprach ich leise. »Ich komme ab jetzt jeden Tag. Ob du mich nun sehen willst oder nicht. Ich bin für dich da. Das ist ein Versprechen.«

Sie nickte nur und dachte wohl an mein Strafregister von Wortbrüchen. Ich fragte mich im Hinausschleichen, ob ich ihr nun doch Blumen schicken sollte wie Banzai Betty oder ob wir übereingekommen waren, das lieber sein zu lassen.

Das Taxi nach Kugayama steckte für fast eine Stunde im mörderischen Feierabendverkehr fest und ich hatte noch nichts gegessen. Deswegen ließ ich mich nicht daheim, sondern am Bahnhof abladen und gönnte mir zum ersten Mal seit vielen Wochen wieder eine Portion *sushi*. Ich war zwar eigentlich Vegetarier, aber ich war jetzt auch verdammt bekümmert und trotzig. Wieso sollte man sich den einfachen Freuden des Lebens verweigern, wenn einem schon morgen irgendein Arschloch jählings ins Kreuz springen und an den Rollstuhl fesseln konnte? Ich trank Bier und warmen Sake zu meiner Mahlzeit, bis ich das Maß verloren hatte. Um halb elf wankte ich hinaus in die bittere Kälte und tapste zur *Little Box*, drehte aber kurz davor lieber um und navigierte nach Hause, weil ich eigentlich mit niemandem sprechen wollte.

Im Briefkasten lag die Speisekarte des Pizzadienstes

und kein Brief von Sony Music. Bei Oya-san brannte kein Licht mehr. Vermutlich hatten die Vermieterin und ihre Küchenschürzen-Gang den Kleinen völlig verausgabt. Ich würgte hochkonzentriert den Hausschlüssel ins Schloss und stieg die Treppe empor, um festzustellen, dass meine Wohnungstür nicht geschlossen, sondern nur angelehnt war.

Ich bin keiner, der beim Weggehen seine Wohnungstür offen lässt. Ich bin im Gegenteil einer, der von der Straße aus nochmal zurückgeht und nachsieht, ob die Tür tatsächlich nicht nur geschlossen, sondern auch abgeschlossen ist, und wenn ich sowieso schon mal oben bin, sehe ich auch gleich noch nach, ob die Kaffeemaschine auch wirklich aus ist. Das schrille Klingeln meiner inneren Alarmglocke jagte wie ein Stromstoß durch meinen Körper und mein Herz hämmerte mit einem Mal in meinen Ohren. Ich richtete mich auf und ging mit weichen Knien weiter, an meiner Wohnungstür vorbei, in den dritten Stock. Ich spürte dabei, dass mich jemand durch meinen eigenen Türspion beobachtete. Bloß jetzt ruhig Blut bewahren und keinen Fehler machen, dachte ich panisch. Vielleicht wartete einer auf mich, der mein Gesicht nicht kannte, und ich hatte noch eine Chance, das Haus wieder unversehrt zu verlassen. Ich stand vor der Tür meines Obermieters, eines gewissen Herrn Nishisato, den ich seit seinem Einzug nur zwei Mal gesehen hatte. Adrett gekleidet, strahlendes Gebiss. Vielleicht ein Zahnarzt. Mein Hirn ratterte wie einer dieser frühen Großrechner – zu träge, zu langsam. Betäubt von Angst und Alkohol. Wollte ich meinem Besucher weißmachen, dass ich eigentlich nicht im zweiten Stockwerk, sondern hier oben im dritten wohnte, dann müsste ich jetzt fröhlich Nishisatos Wohnung aufschließen. Klingelte ich an Nishisatos Tür, würde sich der Eindringling zu Recht fragen, wieso ich wohl einen Haustürschlüssel bei mir hatte, aber keinen Wohnungsschlüssel. Und noch Schlimmeres war denkbar: Nishisato öffnete auf mein Klingeln und posaunte durch das Treppenhaus: »*Nanu – Hamada-san, was wollen Sie denn um diese Uhrzeit? Insbesondere auch, weil ich Sie noch niemals persönlich kennen gelernt habe. Aber wo Sie schon mal da sind, sollten wir uns mal über Ihre nächtlichen Gesänge unterhalten …*«

Ich handelte, bevor ich dachte. »Oh, Scheiße – der verdammte Schlüssel! Schon wieder vergessen!«, stöhnte ich laut und vernehmlich und trat den Rückzug an.

Ich kam nicht weit.

Aus meiner eigenen Wohnung sprangen sie mich von hinten an. Drei Typen, taubenblau, kräftig. Einer hatte eine grotesk angeschwollene Lippe – ich wusste, woher – und ein Messer, das er mir an den Kehlkopf setzte, nachdem die anderen beiden mich zu Boden gerungen hatten. Die marmornen Treppenstufen schnitten wie Klingen in meinen Rücken und ich dachte an Kiko in ihrem Rollstuhl.

»Wo ist das Kind?«, zischte der Lippenmann lispelnd, und noch bevor ich antworten konnte, schlug er mir seine Faust ins Gesicht. Die Rache tat ihm sichtlich gut. Mir weniger. Mir war, als würde meine Lippe aufgepumpt, die Zähne schienen sich gaumenwärts einzufalten und mein Schädel schlug auf die Haziendatreppe. Ich spürte keinen Schmerz, nur tauben Protest der Nerven im Mund und irgendetwas Warmes, das meinen Rücken hinunterrieselte und vermutlich Blut aus einer Platzwunde am Hinterkopf war.

»Bei der Polizei!«, log ich. Es klang wie ein Gurgeln. Wahrscheinlich blutete auch irgendwas an meinen Stimmbändern. Ich war im Begriff, vor meiner eigenen Wohnungstür ermordet zu werden.

»Du lügst!«, beschloss der Lippenmann. Obwohl ich vor Angst betäubt, vor Sorge um meine Schneidezähne fast besinnungslos war, konnte ich mir zu meinem prachtvollen Schlag von gestern Abend nur gratulieren. Der Kerl, dessen verzerrte Visage mein ganzes Gesichtsfeld einnahm, hatte keine sichtbaren Zähne mehr, die Lippe – wenn man für dieses aufgedunsene, zermürbte Etwas noch diesen Begriff anwenden konnte – sah aus wie Brei. Die Nase war ebenfalls auf enorme Dimensionen angeschwollen und offenbar gebrochen. Und sogar seine Augen schienen etwas abbekommen zu haben. Hamada, der Mann mit der eisernen Faust.

»Da kommt jemand!«, sagte einer seiner Assistenten. Ich hoffte, er möge Recht haben, denn ich hörte nichts außer Rauschen.

»Wo ist das Kind? Gib uns das Kind zurück und wir lassen dich leben.«

»Schluss jetzt, Yamaguchi. Wir müssen abhauen!«

»Bitte, Seiji! Er weiß alles, ich spüre das!« Das Messer und mein Kehlkopf schlossen intime Bekanntschaft. Seine Hand zitterte.

»Der Junge ist bei der Polizei!«, hörte ich mich sagen

und jetzt las ich in Lippenmanns riesenhafter Fratze nicht nur Hass und den dringenden Wunsch, mich zu frikassieren, sondern auch Angst. Abgrundtiefe, bodenlose Angst. Vor diesem anderen Kerl, Seiji.

»Gib es auf – du hast versagt«, hörte ich nun den bösen Seiji raunen und dann geschahen mehrere Dinge gleichzeitig. Ich hörte über das Rauschen hinweg ein spuckendes Geräusch, die Griffe um meine Arme und Schultern lockerten sich und jemand drückte mir etwas Kaltes in die Hand. Ich sah einen ekelhaften, roten Fleck an der weißen Haziendatreppenhauswand und Lippenmann sackte leblos über mir zusammen. Bevor ich das alles verarbeiten konnte, waren die taubenblauen Männer mit flinken Schritten verschwunden. Die Zeitschaltuhr löschte das Treppenhauslicht, Lippenmann lag tot auf mir wie ein Sack und ich hatte eine Pistole mit Schalldämpfer in der Hand.

Das Nächste, was ich sah, nachdem das Licht wieder brannte, war entweder meine Vermieterin oder ein böser Geist.

Ich versuchte, mich aufzurichten und etwas Beruhigendes zu sagen, dann verlor ich das Bewusstsein.

Toter Kommunist

Es waren die Stiefel, die verdammten, zurückgelassenen Schlangenlederstiefel, die mich verraten hatten. Die taubenblauen Herren waren – anders als ich – sehr wohl Systematiker ihres Fachs und hatten das eingenähte Label des *Stiefel-Fetisch* gefunden und in den exquisiten Laden in Ikebukuro zurückverfolgt, wo sie meine Adresse bekamen. Möglicherweise hatten sie dem bekannten, homosexuellen Kabuki-Darsteller ebenfalls Unannehmlichkeiten bereitet, aber das konnte mir egal sein. Wer im Land der luftigen Schuhe mit solchen Stiefeln herumläuft, dachte ich jetzt selbstkritisch, der gehörte unbedingt bestraft. Jedenfalls rief mich der *Stiefel-Fetisch* auf meinem Handy an, um zu fragen, ob ich meine teuren Stiefel denn auch wiederbekommen hätte. Es sei nämlich ein Herr vom Fundbüro vorstellig geworden, der vorgab, den Besitzer dieser außergewöhnlichen Fußbekleidung ermitteln zu wollen, die in einem Badehaus vergessen worden war. *Stiefel-Fetisch* war nun besorgt und bot mir, sollte ich es wünschen, ein neues Paar mit sage und schreibe fünfzehn Prozent Rabatt an. Ich lehnte dankend ab, wünschte ihn mitsamt seinen Stiefeln zum Teufel – aber das konnte er unmöglich verstanden haben, denn mir kam es vor, als hätte sich mein Mund in einen Luftballon verwandelt. Der Anruf hatte mich aus einem tiefen Schlaf gerissen. Ich fand mich in einem fremden, etwas muffigen Raum wieder und quälte mich hoch, um einen Spiegel zu finden.

Die Haut am Hals war von Lippenmanns Messer perforiert, ich trug einen Verband um den Hinterkopf gewickelt. Meine Vorderzähne wackelten bedenklich und meine Lippe war auf absehbare Zeit zu nichts Sinnvollem mehr zu gebrauchen. Ich analysierte die Umgebung und kam zu dem Schluss, dass ich mich wohl im Haus meiner Vermieterin befinden musste. Und wenn mich nicht alles täuschte, musste ich ihr auch noch dankbar dafür sein, denn sie hatte mir ein Schälchen mit Eis neben das Lager gestellt und das Eis verstand sich vortrefflich mit meiner Lippe.

Eine halbe Stunde später hockte ich am Tisch in ihrem Wohnzimmer, schlürfte vorsichtig einen Kaffee, testete ab und zu mit den Fingerkuppen die Belastbarkeit meiner Zähne und legte mir immer wieder den eisigen Lappen auf das Gesicht. Gab es einen Rachegott der Vegetarier? Wurde ich auf diese Art für meine *sushi*-Eskapade bestraft und durfte für den Rest des Jahres nur Reisbrei mit Zimt und in Milch eingeweichten Toast zu mir nehmen? Derartige Gedanken beschäftigten mich, als Oya-san sich zu mir niederließ und mich einer strengen Musterung unterzog.

»Ich habe den Termin abgesagt«, grollte sie. Ich verstand nicht, was sie mir sagen wollte. Musste sie schon wieder zum Arzt?

»Ich stehe tief in Ihrer Schuld«, sagte ich und verbeugte mich so tief, wie man sich im Sitzen eben verbeugen kann.

»Das kann man wohl sagen. Sie bereiten mir große Unannehmlichkeiten«, sagte sie spitz. Das traf mich umso härter, als man so etwas in Japan höflicherweise niemals zum Thema macht. Man versteckte sich hinter seinem *tatemae* und trampelte dabei auf dem *honne* herum, bis einen der Magenkrebs besiegte. Die Einzigen, die sich über diese Umgangsformen hinwegsetzen, sind ahnungslose Ausländer und bösartige, ältere Damen, die sich in diesem Land ohnehin so gut wie alles herausnehmen. »Ich hatte ein Treffen für Sie arrangiert, aber in diesem Zustand kann man Sie ja niemandem vorführen.«

Ich zuckte zusammen. »Mit wem sollte ich mich denn treffen?«

»Das werden Sie noch früh genug erfahren. Wenn ich es mir nicht noch anders überlege. Schluss jetzt damit. Ich wollte Ihnen gestern Abend davon berichten, aber dann kamen diese beiden Gestalten aus dem Haus gerannt und dann fand ich Sie auf der Treppe. Mit einem toten Mann auf Ihnen liegend. Haben Sie den etwa erschossen?«

»Natürlich nicht!«, protestierte ich. »So etwas würde ich niemals tun. Einer der anderen, ein Mann namens Seiji, hat mir die Pistole in die Hand gedrückt. Ich sollte selbst ermordet werden.«

»Da kam ich ja gerade noch rechtzeitig«, sagte sie kühl und überlegen, als führe sie die Kavallerie an.

»Vielen Dank noch einmal«, wieder eine Verbeugung, obwohl mein Schädel dabei zu zerplatzen drohte. Sie war nicht zu erweichen und setzte ihre vorwurfsvolle Rede mit unverminderter Heftigkeit fort: »Ich habe das Treppenhaus sauber gemacht. Es sah furchtbar aus.«

Ich dachte an den Fleck an der Wand, der aus Blut und Hirnmasse bestand, und stieß den bitteren Kaffee auf.

»Wo ist der tote Mann?«, fragte ich ängstlich, als könne er hier irgendwo herumlaufen.

»Beseitigt.« Sie klang, als gehöre das Entfernen von Leichen zu ihren Pflichten als Vermieterin. Müll wegräumen, Mieter schikanieren, Straße fegen, tote Männer zur Entsorgungsstation bringen – tägliche Routine, nichts Besonderes.

»Um Gottes willen, Oya-san – meinen Sie nicht, wir sollten doch langsam mal die Polizei einschalten?« Das von mir! Mir wurde plötzlich klar, wie angeschlagen ich sein musste.

»Dazu ist es jetzt zu spät.«

Meine Vermieterin machte mir plötzlich eine Heidenangst. Vielleicht war sie gar keine Vermieterin, sondern in Wirklichkeit eine eiskalte Gangsterbraut und hatte mit ihrem verstorbenen Gatten, dem schafsgesichtigen Hornbrillenträger aus dem Totenschrein, Banken ausgeraubt und Geldtransporte überfallen. Sie erriet meine Gedanken.

»Ich würde alles tun, um den kleinen Akira zu beschützen«, sagte sie. »Bestimmt war der Kerl auf der Treppe derjenige, der meinem kleinen Schatz die Brandwunden beigebracht hat. Jedenfalls hatte er Zigaretten in seiner

Jackentasche. Schade, dass er schon tot war, als ich ihn fand …«

Ich war sprachlos. Die Frau mochte eine Schürze tragen und meinen Lebenswandel für grob sittenwidrig halten – aber sie imponierte mir plötzlich ungemein.

»Mein Bruder Hidehasa hat die Leiche mit seinem schwarzen Bus weggeschafft. Ich habe ihm gesagt, es handele sich um einen toten Kommunisten.« Sie kicherte unheimlich. »Sie wissen ja, wie er auf Kommunisten zu sprechen ist.«

Oh ja, das wusste ich. Wenn die Rechtsradikalen mit ihren Lautsprecherbussen bisher noch nicht offen dazu aufgefordert hatten, alle Kommunisten in Treppenhäusern hinterrücks zu erschießen, dann hatten sie es zumindest insgeheim für die beste Lösung gehalten. Jedenfalls war ein toter Ganove ungeachtet seiner politischen Überzeugungen beim Bullenschlächter Hidehasa in besten Händen, denn die Rechten hatten traditionsgemäß beste Kontakte zur *Yakuza*-Szene und die japanische Mafia hatte den Lippenmann vermutlich schon erdbebensicher im Pfeiler einer Autobahnbrücke oder dem Fundament eines neuen, mit meinen Steuergeldern finanzierten Bauprojektes versenkt.

»Ich habe meinem Bruder übrigens erklärt, dass Sie den Kommunisten erschossen haben, weil er das Kaiserhaus stürzen wollte. Das hat Hidehasa mächtig beeindruckt. Sie sind jetzt sein Held.«

»Prima. Das freut mich aber.« Meine Situation wurde minütlich auswegloser.

Akira, der offenbar im Nebenzimmer geschlummert

hatte, war erwacht und begann gewohnheitsmäßig zu krähen. Oya-san war schneller aufgestanden, als meine müden Augen ihr folgen konnten. »Ich komme schon, mein kleiner, süßer Prinz«, säuselte sie dabei und das erinnerte mich dringend daran, dass ich die Eltern des Jungen finden musste.

Und zwar schnell.

Während ich den Kaffee zu Ende nippte, versuchte ich mir über die weiteren Schritte klar zu werden. Japaner lieben es, ein Problem logisch und systematisch anzugehen. Unsere Neider werfen uns deswegen gerne vor, es fehle uns an Originalität, was natürlich Unsinn ist. Wir tun das nur, weil uns sonst nichts Besseres einfällt. Ich hatte während meiner Laufbahn als Detektiv die Hamada-Schritt-Theorie entwickelt, die es mir ermöglichte, selbst einen komplizierten Fall wie diesen in überschaubare Einzelteile zu zerlegen. Erster Schritt: Hisashi, der gottverdammte Trottel und *otaku*, hatte sich bis zur Halskrause in eine Schuldenfalle manövriert. Zweiter Schritt: Der Gläubiger, vermutlich ein Strolch namens Morita von der Morita-Schnellkredit-Bank, machte ihm die Hölle heiß und nahm ihm das Kind weg, um ihn zu erpressen. Dritter Schritt: Hamada knöpft sich Morita vor und löst das Problem. Ganz einfach also.

Andere Leute hatten ein gut sortiertes Archiv, einen Stab von aufmerksamen Mitarbeitern und hoch bezahlten Informanten. Ich hatte einen alten Kumpel bei der Zeitung.

»Hier ist der stellvertretende Regierungssprecher«, meldete ich mich. »Ich hatte heute Morgen vergessen zu sagen, dass die Regierung wegen diverser geheimer Sexskandale zurücktritt.«

»Arschloch«, sagte Nori. »Weißt du nicht, dass es sehr unhöflich ist, mit vollem Mund zu telefonieren? Ich kann dich kaum verstehen.«

»Ich habe eine dicke Lippe«, erklärte ich knapp. »Jemand hat mich scheußlich verprügelt.«

Er ließ sich Zeit mit der Antwort und begann zu glucksen, was bedeutete, dass er wieder einen seiner Witze auf der Pfanne hatte: »Ich hatte dich doch davor gewarnt, deine Lieder vor Publikum zu spielen ...«

»Haha, Nori, diesmal hast du mich aber wirklich zum Lachen gebracht. Herzlichen Glückwunsch. Übrigens, was weißt du über einen Herrn namens Morita und seine Bank, die originellerweise die Morita-Bank heißt?«

»Viel. Ich habe nämlich mal etwas über diese Bank recherchiert, aber der Artikel wurde aus politischer Rücksichtnahme nie gedruckt. Moritas Einfluss reicht weit. Hast du Schulden?«

»Nein. Aber jemand, den ich finden und erwürgen muss.«

»Morita wohnt in Tomigaya – gar nicht weit vom Haus des stellvertretenden Regierungssprechers entfernt. Allerdings hat er ein besseres Haus. Und es ist besser bewacht.«

Mein Freund war vielleicht ein verklemmter und glückloser Tropf, aber für mich war er wie pures Gold. Morita Shunichi, so erfuhr ich, war so reich, dass er sich einen Angestellten hielt, der nur damit beschäftigt war, die Nullen auf seinem Bankkonto ständig auf den neuesten Stand zu bringen. Sein Vermögen wuchs täglich um mehrere Dezimalstellen. Seine Branche, die der schnellen Kredite ohne Bürgschaft, gerne auch am Automaten und ohne lästige Fragen, war so ziemlich die einzige Wachstumsbranche in diesem Land. Morita, der sich außer Steuerhinterziehung, für die er ein Jahr im Gefängnis verbracht hatte, nie etwas hatte zu Schulden kommen lassen, war ein ehemaliger Großhandelskaufmann mit einem ausgeprägten Sinn für das Geschäft. Er spendete großzügig für Kunst, Kultur und wohltätige Zwecke – sprich: Parlamentsabgeordnete, weil er hoffte, dass man ihn dann lieben und achten würde –, dabei war er einer der meistgehassten Menschen auf Erden. Besonders von denen, die er in seine menschenzerquetschende Kreditmühle gelockt hatte und danach aussaugte wie ein Vampir. Seine Inkassomethoden waren ebenso illegal wie berüchtigt, aber weil seine Bank dabei klugerweise niemals sichtbar in Erscheinung trat, konnte ihm auch niemand nachweisen, dass er in zigtausend Fällen Väter in den Selbstmord, Mütter und Töchter in die Prostitution und Familien in die Verzweiflung getrieben hatte. Von Eintreibern in taubenblauen Anzügen hatte mein Freund Nori zwar noch nie etwas gehört, aber wundern würde es ihn nicht.

»Wie kann ich es schaffen, zu diesem Wohltäter der Menschheit vorgelassen zu werden?«

»Was hast du gesagt? Mann, ich kann dich kaum verstehen. Hast du noch die Wattebäusche vom Zahnarzt im Mund?«

»Ich will ihn treffen!«

»Keine Chance, Hamada. Der redet nicht mit Leuten wie dir. Ich bezweifele, dass er überhaupt mit jemandem redet. Vielleicht kommst du über seine Frau an ihn heran. Du hast doch ein gutes Händchen für Frauen, haha. Sie heißt Mika, war vor der Heirat Sekretärin in seiner Buchhaltung und ist, wie man munkelt, Stammkundin im Club Adonis in Kabukicho.«

»Im Club Adonis, soso.« Ich kannte den Club Adonis nicht, aber Kabukicho liegt in Shinjuku und alles, was in Shinjuku liegt, kennt Kiko. Gut, dass ich sie ohnehin besuchen wollte.

»Was ist jetzt?«, trompetete er. »Ermittelst du also doch wieder?«

»Und wenn schon? Es ist nur vorübergehend und für einen guten Zweck.«

»Das freut mich.«

»Freut mich, wenn es dich freut. Aber freu dich nicht zu früh.«

»Was? Du nuschelst so!«

»Mach's gut und danke«, nuschelte ich und legte auf.

»Wo wollen Sie hin?«, fuhr mich die Oya-san an, als sie mich beim Schuheanziehen erwischte. Sie trug Akira auf dem Arm, der beseelt lächelte und mich für ein Spielzeug zu halten schien, denn er griff immer wieder nach meinem angeschwollenen Mund und dem lustigen Kopfverband.

»Ich muss in Sachen toter Kommunist recherchieren«, erklärte ich. »Wir sollten ja doch zumindest wissen, wer das war.«

»Das weiß ich doch längst!«, posaunte sie heraus

und kramte aus der Schublade seine Papiere hervor. Der Mann hieß Yamaguchi Kenzo. Geboren vor 45 Jahren in Fukushima. Seine Papiere bestanden aus Führerschein, Ausweis und einem kleinen, roten Büchlein mit einem sonderbaren, goldenen Wappen als Aufdruck – es sah aus wie eine fliegende Untertasse, die auf einem Hochzeitskuchen landete. Alle Seiten aus dem Büchlein waren herausgerissen. »Sagen Sie mir, wann Sie wiederkommen. Ich möchte nicht, dass Sie den nächsten Termin auch verpassen, Hamada-san.«

»Was denn für ein Termin?«

Sie hob stolz den Kopf in die Höhe, als schnuppere sie den süßen Bratenduft von Rechtschaffenheit. »Ich habe beschlossen, mich um Sie zu kümmern. Die Eltern des Kindes sind vermutlich tot und ich bin eine alte Frau. Sie müssen endlich lernen, Verantwortung zu übernehmen. Deswegen werden Sie baldmöglichst die Nichte einer guten Freundin von mir kennen lernen. Ihr Name ist Etsuko.«

»Ein *o-miai*?«, jaulte ich so laut auf, dass Akira erschrocken zusammenfuhr und ich mir einen giftigen Blick seiner Beschützerin zuzog. 39 Jahre meines Lebens waren glücklich vergangen, ohne dass ein wohlmeinendes Familienmitglied, ein dämlicher Freund oder ein besorgter Vorgesetzter versucht hatte, mich durch ein scheinbar harmloses Treffen mit einer heiratswilligen jungen Frau – ein *o-miai* eben – in die Ketten einer arrangierten Ehe zu legen. Und jetzt ausgerechnet das!

»Aber Oya-san, ich möchte doch nicht, dass Sie für mich solche Mühen auf sich nehmen …«, stammelte ich.

»Ich weiß schon, was gut für Sie ist«, verfügte sie im

Ton eines Feldmarschalls. »Morgen Nachmittag, 17.00 Uhr. Und ziehen Sie sich bitte etwas Ordentliches an. Ich will nicht, dass Sie mir Schande bereiten. Das Mädchen ist eigentlich viel zu gut für Sie.«

»Gewiss, gewiss.« Hamada, der Kratzfuß. Wo, um alles in der Welt, war der Knopf für den Notausstieg?

»Ihr Wohnungsschloss habe ich übrigens reparieren lassen. Die Kosten dafür schlage ich auf die Miete auf.«

»Danke«, sagte ich im Weggehen, wirklich dankbar dafür, dass in dieser unübersichtlichen Welt wenigstens manche Sachen so blieben, wie sie waren.

Ein toter Kommunist namens Yamaguchi Kenzo, ein Killer namens Seiji, ein Bankier namens Morita, seine Ehefrau Mika im Club Adonis, die Nichte einer guten Freundin namens Etsuko – fremde, feindselige Namen umkreisten mich wie hungrige Raubvögel.

Ich verlor den Verstand.

Kiko sah mich an wie ein mitfühlender Mensch eine tote Katze ansieht, die neben der Fahrbahn liegt. Die wunderschönen Blumen und die wagenradgroße Erdbeersahnetorte, die ich am Bahnhof von Shinjuku besorgt hatte, interessierten sie gar nicht.

»Hattest du wieder einen Unfall?«, fragte sie.

»Ja. Auf der Treppe«, sagte ich unschuldig und versuchte zu lächeln. Das gelang nur mäßig, weil dabei die gerade verheilende Lippe wieder aufsprang und höllisch wehtat.

»Jemand hat dich verprügelt.« Einer Proficatcherin, die nichts anderes gelernt hatte als Schläge auszuteilen und einzustecken, konnte man so leicht nichts vormachen.

»So ist es«, gab ich zu. »Aber der Kerl hatte auch nichts zu lachen ...«

Ich konnte Kiko nicht anlügen. Schon vorher nicht und jetzt schon gar nicht mehr. Sie saß aufrecht in ihrem Rollstuhl und strahlte eine Ruhe, Weisheit und Würde aus, die ich bisher nur aus meinem ehemaligen Lieblingscomic *Megaman* kannte.

Megaman, der Superheld im Astralanzug, hatte diesen alten, gebrechlichen Lehrer namens Doktor Moto, der infolge einer Sehbehinderung nicht ganz auf dem Damm war. Aber seine weisen, wenn auch nicht immer leicht zu verstehenden Ratschläge hatten meinen Helden oft aus den aussichtslosesten Situationen gerettet. Mittlerweile hatte ich *Megaman* allerdings abgeschworen. Die Zeichner, offenbar eine neue, jugendliche Generation, die mit Boygroups und internetfähigen Mobiltelefonen aufgewachsen war, hatten meine Kultfigur aus lauter Opportunismus einem *Upgrade* unterzogen – jetzt nannten sie ihn *Gigaman* und er konnte mit einem Mal auch singen, tanzen und surfen. Ich lehnte das ab. Es reichte, wenn ich mein Leben einer Veränderung unterzog. Meine Helden hatten gefälligst das zu bleiben, was sie waren.

Kiko jedenfalls erinnerte mich sehr stark an diesen Dr. Moto, als sie sagte: »Du solltest lieber den Beruf wechseln, Hamada.«

Ich strahlte sie an. »Ich war doch eben im Begriff, genau das zu tun. Aber dann kam diese unselige Sache dazwischen ...«

Und schon schüttete ich ihr mein Herz aus.

Sie hörte zu, ohne mich auch nur einmal zu unterbrechen – eine weitere Qualität, die ich sonst nur bei Dr. Moto bemerkt hatte. Susanne hatte mir praktisch nach jedem Halbsatz das Wort abgeschnitten, Nori wartete immer auf die nächste Chance für einen missglückten Scherz und die Besatzung der *Little Box* unterbrach meine Erzählungen ständig mit Bestellungen von Whiskey und Penissen.

Kiko sah mich nur an, wiegte ihr etwas eingeschrumpftes Löwenhaupt in der rechten Hand und sagte nichts. Ich beendete meinen Vortrag mit meinem ebenso kühnen wie genialen Plan, der Gattin des Kredithais im Club Adonis aufzulauern, sie mit Champagner betrunken zu machen und mir ihren Hausschlüssel zu klauen.

Kiko ließ sich nicht beeindrucken.

»Du kennst den Club Adonis?«, fragte sie forschend.

»Nein, nie gehört. Aber Club ist schließlich Club. Wahrscheinlich genau so wie die *Little Box*, nur unübersichtlicher.«

Sie schnaubte belustigt, was mich zutiefst erfreute. Wenn es mir gelungen war, sie zu erheitern, dann waren wir auf einem guten Weg.

»Der Club Adonis ist ein *Ladys Club*. Ungefähr so wie eine Hostessen-Bar, nur umgekehrt. Da sind junge Männer die Hostessen und die Frauen zahlen ein Heidengeld für Drinks und Gesellschaft.«

»Na, also. Perfekt!« Dann musste Frau Morita für den Champagner, den ich in sie hineingießen wollte, auch noch selbst bezahlen.

»Das Problem ist, dass du da als Mann gar keinen Zutritt hast.«

»Hm ...« Das war tatsächlich eine harte Nuss. Entweder ich schob mein Vorhaben so lange auf, bis ich den Grundkurs *Erfolgreicher Gigolo in vierzehn Tagen* abgeschlossen hatte, oder ich musste mich als Frau verkleiden. Zum Glück hatte Kiko schon ein Lächeln auf den Lippen. Das erste, das ich an ihr sah, und vielleicht das erste seit dem Unfall. Es war, als ginge die Sonne auf.

»Vielleicht kann ich dir helfen«, sagte sie stolz. »Ich kenne zufällig den Besitzer und ich kenne auch ein paar von den Jungs ganz gut. Sie würden mir sicherlich gerne einen Gefallen tun.«

»Warst du ...? Ich meine ...?«, stotterte ich schockiert.

»Kannst du mir mal sagen, wer freiwillig mit *mir* ausgehen und mich verwöhnen sollte, wenn ich das mal brauche?«, knurrte sie, das süße Lächeln war erloschen. »Und das war, bevor ich an diesen verdammten Stuhl gefesselt war.«

»Tut mir leid, das wusste ich nicht. Tut mir wirklich leid. Bitte, lächle wieder, das war so schön.«

»Ach, du ...!« Sie konnte mir einfach nicht böse sein. »Hast du ein Telefon?«

Ich kramte mein Handy aus der Tasche und sie wählte aus dem Kopf die Nummer des Clubs Adonis. Sie sprach mit einem gewissen Fujiwara-san und redete nicht lange um den heißen Brei herum. Ein Freund, Detektiv, leidlich gut aussehend und mit sehr gesitteten Manieren, müsse aus beruflichen Gründen eine seiner Kundinnen anbaggern. Um welche Dame es sich wohl handelte, fragte Herr

Fujiwara offenbar und Kiko ließ sich von mir den Namen soufflieren. Mika Morita war wohl eine sehr gute Kundin, denn Fujiwara zierte sich, sorgte sich um den Ruf seines Etablissements, mögliche unappetitliche Zwischenfälle und die weiteren Aussichten seines Berufsstandes, aber schließlich willigte er doch ein, mir eine Chance zu geben. Ich musste allerdings versprechen, mich tadellos zu benehmen, niemals zu verraten, auf welchem Wege ich in seinen Mitarbeiterstab gelangt war, keine illegalen Dinger zu drehen, und ein weiteres Dutzend Bedingungen akzeptieren, was ich begeistert tat und sofort wieder vergaß. Außerdem musste ich mich einer Art Gottesurteil fügen. Ich durfte mich Mika Morita nähern, aber wenn ich nicht ihr Typ war und sie von mir nicht verwöhnt und umgarnt werden wollte, dann musste ich sofort verschwinden, ohne weiteres Aufsehen zu erregen.

Ich nickte mit einem überlegenen Lächeln. Noch keine Frau hatte sich je meinen überragenden Verführungskünsten widersetzen können.

Hamada, der Gattenschreck.

»Danke, danke, liebe Kiko, für deine Hilfe«, jubelte ich, nachdem sie aufgelegt hatte.

»Gern geschehen. Fujiwara-san erwartet deine Dame heute Abend so gegen 22.00 Uhr.«

»Ich werde ihm keine Unannehmlichkeiten bereiten, versprochen. Diese Frau Morita wird noch nicht einmal merken, wer und was ich bin und dass ich sie aushorche.«

»Das glaube ich auch«, sagte Kiko listig und das Lächeln kehrte wieder zurück. »Sie wird dich gar nicht zu Wort kommen lassen. Sobald sie dich sieht, wird sie einen

Krankenwagen rufen. Hast du vergessen, wie ramponiert du aussiehst?«

Verdammt. Das hatte ich tatsächlich. Aber schon begann mein Verführerhirn wieder fieberhaft zu arbeiten. Ich würde die Mitleidstour spielen.

Die funktionierte immer.

Adonis

Der Club Adonis war im Obergeschoss einer gehobenen Kleintierhandlung im Zentrum von Kabukicho untergebracht und sah ungefähr so aus, wie sich eine verwöhnte, aber einsame Porzellanpuppe in ihrer Vitrine das Himmelreich vorstellte. Es war eine überwältigende Kollektion von groteskem Kitsch. Kein einziger Quadratzentimeter des tennisplatzgroßen, mit Sitzecken und Polsterinseln ausstaffierten Clubraumes, der nicht mit kleinen rosa Plüschkissen, Lüsterlampen, goldenen Schnörkeln oder silbernen Statuetten nackter Jünglinge versehen war. Keine Fläche an der Wand, die unbeleckt von monströsen Phantasien von Weintrauben, Blütenkelchen und Engelchen war. Dezentes Licht brach sich vornehm im Prisma falscher Kristalle, der Fußboden war mir Marmor ausgelegt und auf dem Klo, das ich sofort aufsuchte, weil ich dachte, ich müsse mich übergeben, empfing mich ein Portrait des Herrn Fujiwara, unter dem geschrieben stand: »Ohne Fleiß kein Preis.«

Aus verborgenen Lautsprechern dudelten laszive Saxofonsoli, als ich mich an einem der leeren Tische niederließ und von den Polstern fast verschlungen wurde. Es war halb acht. In dreißig Minuten würde der Gigolo-Basar seine Pforten öffnen und ich war angewiesen worden, mich für ein Gespräch mit dem Geschäftsführer hier einzufinden. Ich hatte mir etwas Make-up über Nase und Mund verteilt, war zum Friseur gegangen, der mich zu meinem Entsetzen mit einer Neuauflage meines klassischen Hamada-Scheitels beglückte, und hatte mich bei einem führenden Herrenausstatter mit einem dunklen Armani-Anzug ausstaffieren lassen. Wenn ich mich im Spiegel sah – und es hingen hier so viele davon, dass es unmöglich war, sich nicht im Spiegel zu sehen –, bot ich das perfekte Abbild jenes Hamada, der ich niemals werden wollte, und ich fragte mich, welche unangenehmen Einsichten wohl das Fenster eines durch die Nacht rasenden Zuges für mich bereitgehalten hätte.

Nach und nach füllte sich der Raum mit den männlichen Hostessen. Alle waren adrett frisiert, schick gekleidet, schlank gebaut, goldbehängt und sichtlich von unterdurchschnittlicher Intelligenz, umgeben von Wolken aus After-Shave-Dunst und Hair Tonic. Sie musterten mich verstohlen. Ich musterte sie ebenso verstohlen zurück und versuchte zu erraten, welche dieser schmächtigen Liebesmaschinen sich wohl um meine Kiko gekümmert hatte.

Fujiwara-san segelte mit betroffener Miene aus den Tiefen seines Gruselkabinetts heran wie ein Paradiesvogel, der unter Depressionen litt. Er war Mitte Fünfzig, hatte einen dünnen Schnurrbart und ein angenehmes Gesicht und trug einen blütenweißen Anzug mit hellblauem

Rüschenhemd. Er war mit Brillanten behängt wie ein Weihnachtsbaum und hielt auf dem Arm einen Yorkshire-Terrier mit roten Schleifchen, der mich anblinzelte wie sein Abendessen.

»Sie sind sicherlich der Freund von Kiko Ayukawa«, begrüßte mich der Großmeister des Gigolo-Ordens. Ohne meine Vorstellung abzuwarten, setzte er hinzu. »Es ist selbstverständlich meine Pflicht, einer so außergewöhnlichen Frau wie ihr zu helfen. Aber es fällt mir nicht leicht, weiß Gott, es fällt mir nicht leicht!« Er zog ein spitzenbesetztes Taschentuch hervor und tupfte sich seufzend die Stirn. »Nicht auszudenken, was alles passieren kann. Sie sehen auch noch aus, als kämen Sie geradewegs aus einem Boxkampf, du lieber Himmel.« Selbst der blöde Terrier schien angeekelt von meiner Erscheinung. Er würgte.

»Fujiwara-san …«, hob ich an, denn ich wollte ihm versichern, dass ich ein Ehrenmann war und ein charmanter Plauderer obendrein und dass er keine Geschäftseinbußen und Skandale zu befürchten hatte – aber das interessierte ihn nicht.

»Sie haben eine – eine einzige Chance«, unterbrach er mich. »Wenn Morita-san den Club betritt, dann wird sie ihr Favorit Kato kurz an Ihrem Tisch parken. Sie haben dann fünf Minuten mit ihr. Keine Sekunde mehr. Danach wird Kato zurückkommen. Wenn sie mit ihm geht, dann verschwinden Sie auf dem schnellsten Wege und lassen sich hier niemals, ich wiederhole, *niemals* wieder blicken.«

Er deutete, während er sprach, auf einen ondulierten, spindeldürren Rolexträger mit niedriger Stirn, eng zusammenstehenden Augen und allenfalls 25 Lenzen, der eben dabei war, an seiner Zigarettenspitze zu saugen. Jede Frau, die sich nach fünf Minuten Hamada einem lichtlosen Primaten wie diesem Kato auslieferte, hatte es nicht besser verdient. Ich nahm die Herausforderung an. »Einverstanden.«

»Gut«, stöhnte er im Ton eines Meisterkochs, der gerade erfahren hatte, dass statt der bestellten Ente für das Hauptmenü eine fette Bisamratte geliefert worden war. Dann rauschte er davon und knöpfte sich diesen Kato vor, der abwechselnd nickte und mich ansah, als sei ich der Mörder seiner Mutter.

Allmählich wurden die ersten Klientinnen im Club Adonis angeschwemmt, Schiffbrüchige der Liebe aus wohlhabenden, aber gescheiterten Ehen. Strandgut aus erfolgreichen, aber einsamen Karrieren und vor allem auch aus der Halbwelt und der Rotlichtbranche. Hostessen und Prostituierte, Nacktmodels und Masseusen, die den ganzen Tag lang irgendwelchen perversen, ausgehungerten Verwaltungsangestellten zu Diensten sein mussten und im Club Adonis einen Großteil ihrer Einkünfte darauf verwendeten, den Spieß nun einmal umzudrehen und Männer für sich springen zu lassen. An den Tischen ringsherum begann das Schäkern, Turteln und Schleimen, die jungen Männer umschmeichelten ihre Stammkundinnen mit hündischer Hingabe und bestellten zwischendurch auf Rechnung der Damen Getränke, Snacks und Früchteteller zu Preisen, mit denen man die Obdachlosen aus dem Shinjuku-Park bis zum Weltuntergang mit Curryreis und gekochtem Ei hätte versorgen können. Mit jeder Bestellung verdiente Herr Fujiwara ein Vermögen und musste sich nicht sorgen, wie er am nächsten Tag das feine Rinderfilet für seinen Terrier bezahlen sollte. Die Damen kicherten und gackerten und schubsten nach Belieben ihre Sklaven herum, spielten die Beleidigte oder spielten die Kühle, die Grausame oder die Heißblütige und genossen jede Sekunde der bezahlten Aufmerksamkeit. Ich war fasziniert von diesem bizarren Geschlechter- und Gesellschaftstanz. Abgestoßen von seiner geldseligen Rohheit, der kaum verborgenen Gier der Gigolos und der Leichtfertigkeit der spendierfreudigen Frauen, die mit 10.000-Yen-Scheinen um sich warfen, als handelte es sich um Konfetti. Und ich war angezogen von der tieferen Wahrheit, dass Mann und Frau einander ähnlicher sind, als gemeinhin angenommen wird: Jeder Mensch braucht nichts weiter als Liebe und Zuwendung, und wenn es nur die blasse Illusion davon ist.

Katos schmächtige Gestalt tauchte in meinem Gesichtsfeld auf und ich hörte seine samtige Stimme säuseln: »Ich muss nur noch kurz etwas Dringendes erledigen – wenn Sie sich liebenswerterweise so lange um unseren Neuzugang kümmern möchten – seine herzlose Mutter hat den armen, kleinen Kerl heute bei uns ausgesetzt …«

Haha, Kato, du debiler, humorspritzender Tausendsassa, dachte ich voll Bitterkeit und dann sah ich sie.

So, ungefähr, musste sich ein Mann vorkommen, der für tot gehalten und beerdigt worden war und über dem sich nun der Sargdeckel wieder öffnete und den Blick auf die Sonne freigab. Ihr Anblick drückte mich in die Polster nieder und nahm mir für einen Moment den Atem. Ich hatte eine fette, alte Henne erwartet, das weibliche Ebenbild ihres Blut saugenden Mannes, mit Klunkern behängt, bösartig und kurzsichtig. Mika Morita aber war höchstens 25, sah aus, als komme sie gerade vom Casting zum Miss-World-Wettbewerb und habe allen Grund, sich Hoffnungen auf die Krone zu machen. Makelloser Teint, strahlend weiße, ebenmäßige Zähne, große Augen, lange Wimpern. Ihr Haar war auf irritierend symmetrische Art und Weise zu einer Hälfte verwegen über ihre Stirn frisiert, zur anderen am Hinterkopf zu einer furiosen Ikebana-Konstruktion gebunden. Sie hatte jene süßen, leicht abstehenden Ohren, für die japanische Männer vom Ehebruch bis zum Mord jede Sünde auf sich nehmen. Sie trug ein knielanges, schwarzes Kleid, das sich an ihren Körper klammerte wie ein Bergsteiger an ein mörderisches Kliff, und streifte eben ein rotes Lederjäckchen ab. Ihre weißen Handschuhe, die bis zu den Ellenbogen reichten, behielt sie an. Ich räusperte mich unbeholfen und rutschte auf der Plüschwüste, um ihr Platz zu machen.

»*Konban-wa*«, sagte sie unverbindlich und ließ sich neben mir nieder. Guten Abend.

Ein vielversprechender Anfang.

»Guten Abend«, erwiderte auch ich und räusperte mich wieder. Eine kostbare Minute verschwendete ich allein damit, meine Augen an ihrem wunderschönen Anblick zu weiden, und mit der Suche nach einem überzeugenden Eröffnungssatz.

Ich brachte nicht mehr zustande als: »Mein Name ist Hamada Ken.« Ich bevorzuge in solchen Situationen die internationale Version meines Vornamens Kenji. Ken klingt weltläufig und erinnert an den gut aussehenden Freund von Barbie.

Mika Morita nickte kurz und gnädig ins Nichts, sie vermied es, mich anzusehen.

»Darf ich Sie zu einem Drink einladen?« Irgendwas stimmte damit nicht, das merkte ich selbst, sobald ich den Satz ausgesprochen hatte.

Sie bemerkte meinen Fauxpas ebenfalls sofort, denn sie war nicht nur strahlend schön, sie war auch nicht dumm: »Ich dachte, in diesem Laden ginge es darum, dass ich Sie zu einem Drink einlade.«

»Warum stellen wir die Regeln nicht einfach mal auf den Kopf?«, erwiderte ich kläglich. Die Mitleidstour hatte ich mir jedenfalls schon gründlich vermasselt. Eine weitere Minute zerrann mir wie Sand zwischen den Fingern. Im Halbdunkel des Kitschdschungels zwischen kichernden Damen und buckelnden Jünglingen gewahrte ich Kato, der seine Finger knacken ließ und sich zur feindlichen Übernahme bereitmachte. Ich fühlte, wie sich mein Nacken versteifte. Ich arbeite nicht gut unter Stress. Ich beginne dann, mich selbst aus drei oder vier verschiedenen Winkeln zu beobachten und zu kritisieren. So was kann einen verrückt machen und man verliert das eigentliche Ziel schnell aus den Augen. Mika Morita vermied es standhaft, mich auch nur anzusehen. Sie kramte in ihrer Handtasche herum und fand schließlich eine Packung Zigaretten.

»Rauchen gefährdet die Gesundheit«, sagte Hamada, der Blödmann.

Sie sagte gar nichts. Noch zwei Minuten.

»Okay«, stöhnte ich verzweifelt, denn in diesem Augenwinkel gewahrte ich schon Kato, der sich heranschlich wie eine Hyäne an seine dahinsiechende Mahlzeit. »Ich sage Ihnen jetzt mal etwas Unerwartetes. Nicht erschrecken, ja? Ich bin gar kein richtiger Gigolo, sondern ein Privatdetektiv. Ich werde von Ihrem Mann bezahlt, der sich fragt, ob Sie abends wirklich nur zur Handarbeitsstunde gehen oder sich vielleicht doch mit einem Liebhaber treffen.« Während ich das sagte, hörte ich mir selber zu und dachte: »*Spinnst du eigentlich, Hamada*?«

»Oh, wirklich?«, sagte Mika, zündete sich eine Zigarette auf gleichmütige Art an und vermied weiterhin Augenkontakt mit mir. Stattdessen erblickte sie irgendwo ein bekanntes Gesicht und winkte freudestrahlend jemandem zu.

Wenn ich sie in einer Minute nicht mindestens so weit gebracht hatte, dass sie Kato wegschickte, war ich erledigt. Der Junge stand in ständigem Kontakt mit seiner Rolex und lächelte wie ein Alligator. Langsam setzte er sich mit schlendernden Schritten in Bewegung. Keine Zeit mehr für Süßholz. Es war jetzt an der Zeit, *Dirty Hamada* aus seinem Käfig zu holen und ihn die Sache in die Hand nehmen zu lassen.

»Das gefährliche Ende einer schallgedämpften Pistole zielt genau auf dein Herz«, zischte ich, während ich meine rechte Hand bedeutungsvoll in das Armani-Jackett schob. »Und wenn du den Pinscher da nicht umgehend zum Spielen schickst, dann wird hier heute Abend eine Menge Blut fließen.«

Ich meinte, ein kleines Zucken in ihrer unbeteiligten Miene zu erkennen.

Kato hatte unseren Tisch erreicht und reichte Mika die Hand. »*Showtime*«, sagte er ölig.

»Noch nicht, Kato-*chan*«, gurrte die coole Mika Morita. »Ich will erst noch hören, welchen Gesichtschirurgen Hamada-san beschäftigt. Ich rufe dich, wenn er anfängt, mich zu langweilen.«

Ich grinste Kato an wie ein Wasserspeier, auch wenn dabei meine Lippe fast zerplatzte. Er trollte sich irritiert. Mika nahm einen tiefen Zug aus ihrer Zigarette und stampfte den Stummel in einem riesigen Kristallaschenbecher aus, der als Mordwerkzeug dienen konnte.

»Nehmen Sie die Hand aus der Jacke«, befahl sie, den Rauch ausstoßend. »Lächerliches Theater. Wer sind Sie und was wollen Sie?«

Klartext. *Honne*. In dieser Disziplin war ich unschlagbar. »Drei Herren in taubenblauen Anzügen haben mich gestern Nacht überfallen und verhauen. Ich bin der Meinung, dass Ihr werter Gatte sie beauftragt hat.«

»Sehen Sie«, seufzte die verwöhnte Mika enttäuscht. »Und schon langweilen Sie mich. Wenn Sie meinem Mann Geld schulden, warum zahlen Sie es nicht einfach zurück, statt mich damit zu belästigen?« Sie hielt schon wieder nach Kato Ausschau.

»Das ist es ja gerade«, sagte ich schnell. »Ich schulde ihm gar kein Geld. Seine taubenblauen Leute haben Zigaretten auf einem Kinderpopo ausgedrückt und das ist kein Verhalten, das ich billigen kann.«

Sie wollte sich gerade eine neue Zigarette auf die unbeteiligte Art anzünden, aber das brachte sie jetzt nicht mehr fertig. Weiter so, Hamada.

»Außerdem wurde eine alte Dame, die mir sehr nahe stand, in den Tod getrieben und nicht zuletzt mein ansonsten sehr angenehmes Gesicht verunstaltet. Ich bin sehr erbost.«

Sie schüttelte unwillig ihren schönen Kopf. »Mit solchen Mitteln arbeitet mein Mann nicht. Sie sind auf dem Holzweg.«

»Wieso verhelfen Sie mir nicht zu einem Gespräch mit Ihrem Mann?«, fragte ich frech.

Sie sah mich zum ersten Mal an. »Wer sind Sie überhaupt?«

»Hamada«, sagte ich und fühlte, wie ich wuchs. »Hamada Kenji. Privatermittler. Haben Sie schon mal was von dem Takahana-Fall gehört?« Mein Zeigefinger deutete wichtig auf meine verbogene Nase. »Das war ich.«

Sie las offenbar keine Zeitung oder sie war sehr vergesslich.

»Und mal angenommen«, sagte sie widerwillig, »nur mal angenommen, ich würde Ihnen tatsächlich ein Gespräch mit meinem Gatten vermitteln – was würden Sie dann von ihm wollen?«

»Ich würde ihn fragen, wie viel mein ehemaliger Jugendfreund ihm schuldet, und wenn es nicht mehr ist, als ich habe, dann würde ich ihm das Geld zurückzahlen.«

Der Gedanke war mir irgendwann im Laufe des Tages gekommen, als ich beim Frisör unter der Haube saß, unter der mein Scheitel aufkochte. Verdammt, ich war reich, steinreich. Ich würde das Geld, das mir mein Vater hinterlassen hatte, ohnehin nie anrühren, weil ich ihm sonst damit postum den größten Triumph seines Lebens bereiten würde, und den hatte seine Seele nicht verdient, selbst wenn sie mittlerweile in einem Pantoffeltierchen wieder auf die Welt gekommen war. Wenn ich mit diesem Geld den nichtsnutzigen Hisashi auslösen, seine unglückliche Frau und ihn wieder einer geregelten Existenz zuführen konnte, und vor allem den kleinen Akira wieder auf die richtige Spur brachte, dann wären diese anrüchigen Reichtümer endlich auf sinnvolle Art und Weise verbraucht. Und ich würde Hirokos letzten Wunsch erfüllen. Ich war so gerührt von meiner eigenen Wohltätigkeit, dass mir Tränen der Rührung über das Gesicht liefen, bis der Frisör mich besorgt fragte, ob das Haarspray meine Augen reizte. Schließlich war bald Weihnachten und wenn ich die ganze Sache mit den Christentum richtig verstanden hatte, dann war dies genau die richtige Zeit, um etwas Edles zu tun.

Hamada, der Weihnachtsmann.

Mika Morita aber schien von alledem wenig beeindruckt. Obwohl sie es sichtlich als ihre Aufgabe ansah, die Milliarden, die ihr Mann einsackte, mit beiden Händen für Kleidung, Schmuck und Gigolos zu verprassen, schien sie sich nicht im Mindesten für seine Geschäfte zu interessieren.

»Ich verstehe immer noch nicht, was Sie von mir wollen«, sagte sie beleidigt. »Warum gehen Sie nicht in eine der Bankfilialen und überweisen das Geld einfach.«

»Ich mag keine Banken. Man muss immer warten.«

Immerhin lächelte sie jetzt ein wenig. Wenn auch

offensichtlich nur über meine Idiotie, denn sie lächelte auf eine nachdenkliche und freudlose Art, als betrachte sie dabei einen eingerissenen Fingernagel. Ich hatte schon die ganze Zeit ihr Profil auf mich wirken lassen, weil sie weder geneigt schien, mir ihr Gesicht zuzuwenden, noch, mir in die Augen zu sehen. Sie hatte ein wirklich erstaunliches Profil: edle, hohe Wangenknochen, einen makellosen, langen Hals und diese putzigen, etwas abstehenden Ohren. Ich versuchte, sie mir in einem festlichen Neujahrskimono vorzustellen, und fand die Vorstellung berauschend. Was um alles in der Welt hatte dieses herrliche Geschöpf erst in die Ehe mit einem Vampir getrieben und dann in die Arme eines flachbrüstigen Halbstarken wie Kato? Unwillkürlich begann ich daran zu denken, dass sich diese Elfe vielleicht in mich verlieben könnte. In meinen Lieblingsfilmen passierte so was ständig.

»Ich erneuere gerne mein Angebot und bestelle Ihnen etwas zu trinken«, sagte ich und der sonore Klang meiner eigenen Stimme bereitete mir ein wohliges Kitzeln. Sie schloss die Augen mit ihren wunderschönen Wimpern – natürlich falsch, aber wunderschön –, riss sie mit einem Mal wieder auf, zog ein Zuckerschnütchen aus fest zusammengepressten Lippen, wie es japanische Frauen gerne tun, wenn sie besonders süß aussehen wollen, und sagte: »Wissen Sie was, ich nehme Ihr Angebot an. *Dom Perignon* Magnum, bitte. Ach, und ich habe etwas Appetit. Vielleicht auch noch den großen Früchteteller …«

Für den Rest dieses überaus gelungenen Abends wechselte die schöne Mika kein Wort mehr mit mir. Sie winkte vielmehr mit dem Schlachtruf *»Hamada-san gibt einen aus!«* vier oder fünf der geleckten Schießbudenfiguren unter Führung des schwindsüchtigen Dauerwellenträgers Kato an unseren Tisch, die sich auf dem Plüsch ausbreiteten wie eine Krankheit. Die Buben gackerten und kicherten, machten Mika die unsäglichsten Komplimente, gaben ihr Feuer, wenn sie rauchen wollte, lachten beglückt, wenn sie nur den Mund aufmachte, und rissen Witze auf einem Niveau, auf das nicht einmal Nori sich hinabbegeben hätte. Und sie tranken und tranken Champagner, als würden sie dafür bezahlt, was bei genauerem Hinsehen ja auch der Fall war. Und zwar von mir bezahlt. Als Mika weit nach Mitternacht ihre Louis-Vuitton-Handtasche und das rote Jäckchen nahm und den Tisch ohne ein Wort des Abschiedes verließ, hatte die Bande, angefeuert von Mika Morita, fünf Magnum und zwei Flaschen Cognac mit dem Namen irgendeines französischen Königs geleert. Sie hatten dazu nicht weniger als sieben große Früchteteller vernichtet, unzählige Flaschen Bier und eine ganze Kiste Whiskey verbraucht und ich saß auf einer Rechnung von etwas über zwei Millionen Yen – genug, um dafür einen Kleinwagen zu kaufen. Dafür hatte ich mich mit keinem Wort an ihrer geistreichen Konversation beteiligt, außer einem halben Glas Champagner nichts getrunken und nicht ein einziges freundliches oder hilfreiches Wort von Mika Morita bekommen. Der einzige Grund, warum ich nicht das Obstmesser vom Früchteteller ergriff und Amok lief, bestand darin, dass ich mir das alles selbst eingebrockt hatte. Die Ratte Kato und die übrigen Gigolos ließen mich nach Madame Moritas

Abgang einfach sitzen und wandten sich ihren anderen kichernden Kundinnen zu. Ich war dabei, als größter Witz aller Zeiten in die Geschichte des Clubs Adonis einzugehen. Haltung war gefragt. Eiserne, stoische Haltung, die weithin erkennbar verriet, dass Hamada nicht gewillt war, sein Gesicht zu verlieren. Ich zupfte meinen Anzug gerade und ging würdevoll zur Kasse.

»Die Rechnung, bitte«, sagte ich, als seien hier zwei Kaffee und ein Stück Käsekuchen zu bezahlen. Ich hörte den Kassendrucker aufkreischen und heiß laufen und sah noch nicht einmal auf den Betrag, sondern schob dem schieläugigen Wegelagerer hinter dem Tresen einfach nur kalt lächelnd meine Kreditkarte über den Tisch. Da ich ohnehin mein ererbtes Vermögen dem Kredithai in den Rachen werfen wollte, konnte ich genauso gut jetzt schon damit anfangen. Ich unterschrieb die Rechnung blind und wünschte nur, jemand könnte mich sehen und dafür bewundern. Als ich mich herumdrehte, stieß ich beinahe mit Fujiwara-san zusammen. Der Hund auf seinem Arm sah sein Ende kommen und zappelte verzweifelt, aber ich konnte mich gerade noch rechtzeitig bremsen.

»Ich hoffe, Sie hatten einen angenehmen Abend«, grinste der König der Gigolos mit einem falschen Lächeln.

»Ich habe mich vorzüglich unterhalten«, sagte ich mit just demselben Grinsen.

»Eine außergewöhnliche Dame, diese Mika Morita, nicht wahr?«

»Ich bin ganz Ihrer Meinung«, pflichtete ich bei. Gesicht wahren, auch wenn es schwer fällt. Die noble, japanische Gesittung bewahrte Fujiwara vor einem Faustschlag in seine feixende Visage und seinen Yorkshire-Terrier vor dem Kochtopf.

»Ich soll Ihnen das hier geben«, sagte er und überreichte mir ihre Visitenkarte, auf der handschriftlich eine Handynummer gekritzelt war. »Morita-san wollte sehen, ob Sie wirklich so wohlhabend sind, wie Sie offenbar angedeutet haben. Ich sollte Ihnen diese Karte nur dann geben, wenn Sie die Rechnung ohne Wimpernzucken begleichen.«

Ich ahnte jetzt schon, dass mir für den Rest des Abends und den größten Teil der nächsten Woche beißendere, geistreichere und klügere Erwiderungen einfallen würden, mit denen ich diesen aufgeblasenen Hundehalter beschämen, demütigen oder subtil beleidigen konnte.

Jetzt sagte ich nur: »Oh ... danke«, nahm die Karte und verließ diese Räuberhöhle mit dem Wunsch, sie möge baldmöglichst abbrennen.

Geistige Leere

Seit Caesar und Cleopatra hatte kein Mann es mehr geschafft, solch eine Summe für die Handynummer einer Frau auszugeben und ich hätte am liebsten ebendiese Nummer angerufen und der Teilnehmerin gesagt, was ich von ihr, ihrem Mann und ihren Methoden hielt, aber natürlich tat ich das nicht. Ich tröstete mich stattdessen mit Gedanken an andere obszöne Verschwendungen von Geld, begangen von anderen Leuten, zum Beispiel von meinem Saufkumpel Hata Saburo. Sabu war einer der wenigen Leute, die ich kannte, die noch betuchter waren als ich selbst, indes hatte er keine Skrupel, das geerbte Geld auch auszugeben. Sein Vater, ein umtriebiger Bauunternehmer, hatte am anderen Ende der japanischen Korruptionsmaschine dafür gesorgt, dass von den dankbaren, bestochenen Politikern immer neue Aufträge für völlig absurde Bau- und Straßenbauvorhaben hereinkamen. Man nennt dergleichen in Japan »Konjunkturmaßnahme«, und es heißt nichts weiter, als dass an spendable Leute aus der Bauwirtschaft Zigmilliarden an Steuergeldern verteilt werden wie Monopoly-Geld. Hata Senior errichtete grandiose Opernhäuser in gottverlassenen Dörfern, Brücken über ausgetrocknete Flüsse und schoss den Vogel ab, als er einen vier Kilometer langen Tunnel fertigstellte, der gar keine Straßenanbindung hatte. Der Mann musste, als er friedlich und milliardenschwer das Zeitliche segnete, mehr Beton verbraucht haben als alle anderen Bauunternehmer der Welt zusammen. Sein Sohn Sabu, Einzelkind wie ich, hatte kein Interesse an Bau und Korruption und konzentrierte sich darauf, das Vermögen zu verjubeln und die Tatsache zu bekämpfen, dass er als Japaner auf die Welt gekommen war. Das war seine Art, den Selbsthass und das Schuldgefühl zu bewältigen. Sabu fuhr an geraden Tagen einen gelben, an ungeraden einen roten Ferrari und liebte es, seinen Namen in der Zeitung zu lesen, am liebsten in ausländischen Zeitungen. Folglich wendete er erhebliche Mittel dafür auf, international wahrgenommen zu werden. Einer seiner größten Coups bestand darin, das Filetstück eines in Sibirien entdeckten, tiefgefrorenen Mammuts für 12 Millionen Yen zu ersteigern und vor laufenden Fernsehkameras mit einem guten Schuss Steaksoße zu verzehren. Er brachte es damit sogar bis in die Rubrik »Vermischtes« der *Washington Post. Das* war Geldverschwendung, dachte ich trotzig, während das Taxi nach Kugayama in die Inokashira-dori einbog. Ich hatte für meine zwei Millionen immerhin eine Spur. Es war fast schon halb zwei, als wir den Bahnhof passierten. Ich war hundemüde, aber ich erlag trotzdem dem Lockruf der *Little Box*. Ein Absacker in der Gesellschaft netter und verständnisvoller Menschen würde gut tun.

»Hamada«, sagte Tamura herzlich wie immer und langte hinter sich nach meiner Flasche.

»Wie siehst du denn aus?«, begrüßte mich Yuki.

»Das ist ein Anzug von Armani«, stellte Sabu fachmännisch fest.

»Und ein Gesicht von Dr. Frankenstein«, quiekte Kobayashi.

»Wir diskutieren gerade über die geistige Leere, die sich in diesem Land breit macht«, referierte Sabu.

»Wir kamen darauf durch dieses Godzilla-Poster«, assistierte Kobayashi.

»Hast du Hunger? Es ist noch ein Penis da.«

Ich hockte mich auf meinen Platz und hörte, wie die Anstrengungen und Demütigungen dieses verkorksten Abends auf den Boden prasselten und dort liegen blieben.

»Dies ist meine Heimat«, sagte ich gerührt und kippte den ersten Whiskey hinunter.

»Wir sind die Verdammten des technologischen Fortschritts, die Waisenkinder des digitalen Zeitalters, der Abschaum der Menschheit«, setzte Sabu seine Ausführungen fort, die durch mein Erscheinen unterbrochen worden waren. »Wir werden immer mehr selbst zu Maschinen. Neulich sah ich zwei junge Leute – offenbar ein Liebespaar – in einem Café sitzen. Sie redeten nicht miteinander, sondern jeder war mit seinem *I-mode-Handy* beschäftigt und schickte E-Mails.«

»Vielleicht schickten sie einander Liebes-Mails«, gab Kobayashi zu bedenken.

»Das ist doch gar nicht mein Punkt!«, presste Sabu zwischen zusammengebissenen Zähnen hervor, dann sah er mich an, weil er von mir gelegentlich Schützenhilfe bei seinen Kreuzzügen bekam. »Was ist eigentlich mit deinem Gesicht passiert?«, fragte er erstaunt.

»Ach, das ist nichts. Nur ein Kratzer«, erwiderte ich stolz. Hamada, der harte Knochen.

»Wie geht es deinem Pflegesohn? Kotzt er noch so viel?«, fragte Kobayashi, dankbar für den Themenwechsel. Er hatte selbst zwei Kinder, die er aber nicht kannte, weil er sie vor lauter Überstunden nur am Wochenende für ein paar Stunden sah – japanische Vaterfreuden.

»Er ist in besten Händen«, antwortete ich, während der Whiskey sich wie glühendes Kontrastmittel in meinem Magen ausbreitete.

»Ich weiß nicht, ob du es schon bemerkt hast, aber du trägst einen Anzug und dein Scheitel ist zurückgekommen«, sagte Sabu, der ein sehr feiner Beobachter war.

»Ja«, sagte ich. »Berufsbedingte Verkleidung. Ihr würdet nicht glauben, was ich heute mitgemacht habe.« Ich sehnte mich danach, das Trauma meines Gigolo-Abenteuers mit jemandem zu teilen. Ich hatte das richtige Publikum gefunden und irgendwie passte die Geschichte ja auch zum Thema geistige Leere, fand ich.

»Zwei Millionen Yen hast du da gelassen?«, keuchte Yuki erschüttert. »Diese Mika Morita scheint ja wirklich ein Feger zu sein.«

»Warte mal! Normalerweise, also wenn sie nicht gerade auf deine Kosten feiern, dann bezahlen tatsächlich diese einsamen Frauen alle Drinks? Wieso laden wir sie nicht zu uns ein?«, schlug Kobayashi vor und Sabu sagte: »*Dom Perignon* hat keine Klasse. Überhaupt keine Klasse.«

Nur Tamura sagte nichts und sein Gesicht verriet, dass er noch nicht einmal darüber nachdachte.

»Ich sage euch«, sagte ich, während der Whiskey mir langsam in den Kopf stieg, »in diesem Land gehen Dinge vor, davon machen wir uns gar keine Vorstellung. Unglückliche Hostessen verprassen ihr Geld mit Gigolos, verwöhnte Milliardärsgattinnen lassen sich von intelligenzlosen Schranzen befummeln – was ist hier los?«

»Genau!«, trompetete Sabu mit schwerer Zunge. »Genau das hatte ich gerade gesagt, als du kamst. Die geistige Leere. Mit Japan geht es zu Ende. Die einzige Hoffnung ist, dass wir alle eine andere Staatsbürgerschaft annehmen und abhauen. Wusstet ihr eigentlich, dass unsere Inseln in hundert Millionen Jahren komplett im Meer versinken? Spätestens!«

»Ich wollte ja schon lange weg, ins Ausland, aber sie lassen mich nicht.« Yuki litt schwer unter seiner Zurückweisung durch den diplomatischen Dienst.

»Wie ich vorhin schon so treffend bemerkte«, lallte Kobayashi, der verhinderte Astronaut, »im Weltall liegen alle Antworten. Sonst würden solche Leute doch nicht solchen Zulauf haben.«

Er tippte mit dem Zeigefinger energisch auf die heutige Ausgabe der *Asahi Shinbun*, die vor ihm auf dem Tresen lag, und meinte anscheinend die Anzeige eines Reiseveranstalters, der Busreisen nach Nikko anbot. Zwei Tage, eine Übernachtung für nur 20.000 Yen.

»Was stimmt denn nicht mit Nikko?«, erkundigte ich mich verwirrt. »Über den Preis kann man ja wohl auch nicht meckern.«

»Nikko? Quatsch. Ich meine dies hier.« Er hielt mir die Zeitung unter die Nase. Ich überflog den Bericht über eine pseudo-buddhistische Sekte namens *Honri-kyo*, eine dieser neuen Religionen, die mit allerlei Firlefanz den Leuten weismachen, sie könnten glücklich werden. »Darüber hatten wir uns gerade unterhalten, als du kamst – geistige Leere, Suche nach Sinn und Antworten und so was.«

Was immer die Leute suchten, die sich dieser Sekte anschlossen, war mir gleichgültig. Mir rieselte ein eiskalter Schauer den Rücken hinunter, denn ich hatte plötzlich Sinn und Antwort gefunden. Da war ein Foto in der Zeitung und darauf standen ungefähr ein Dutzend Idioten in Anzügen dümmlich grinsend vor einem Tempeltor. Es war ein Schwarzweißfoto, aber ich hatte genug Phantasie, um mir die Farbe vorzustellen: taubenblau. Und über dem Tempeltor prangte ein Wappen, wie diese Sekten es sich gerne geben, und das Wappen sah aus wie eine fliegende Untertasse, die auf einem Hochzeitskuchen landet.

»Scheiße«, sagte ich.

»Eben«, sagte Sabu. »Das ist eben die neue geistige Leere in diesem Land. Ich muss jetzt los.«

»Ich auch. Ist schon gleich drei. Macht's gut bis morgen …«

»Wartet – ich komme mit.«

Tamura und ich blieben allein zurück und zum ersten Mal war ich genauso schweigsam wie er, wenn auch in meinem Kopf und vielleicht auch in seinem alles andere als geistige Leere herrschte. *Honri-kyo*. Selbstredend hatte ich noch niemals von dieser Sekte gehört, weil ich kaum eine Zeitung anrührte und bis vor kurzem, als er *Gigaman* wurde und ich ihm die Gefolgschaft verweigerte, den Großteil meiner Informationen aus den *Megaman*-Mangas bezogen hatte. *Honri-kyo*. Die Schule der ursächlichen Vernunft oder so ähnlich. Der Zeitungsartikel befasste sich damit, dass diese Glaubensgemeinschaft ein Grundstück draußen unweit von Fujiyoshida am Fuße des Fuji-san erstanden hatte, um dort ihr »Welthauptquartier« einzurichten. Sie nannten es so, weil es nach ihrem Glauben da draußen im dunklen Universum von *Honri-kyo*-Anhängern nur so wimmelte und der Fuji, unser heiliger Berg, nicht nur ein Berg, sondern auch eine riesige Antenne war, über die Botschaften aus fernen Galaxien empfangen werden konnten. Sie vermischten Buddhismus und Shintoismus mit einer Prise Christentum, Islam und etwas Rock 'n' Roll, und fertig war die neue Religion. Ich las zu meinem Erstaunen, dass unter anderem der frühere US-Präsident Eisenhower, Greta Garbo, der große japanische Romancier Natsume Soseki und viele andere bedeutende Persönlichkeiten in Wirklichkeit nicht Menschen aus Fleisch und Blut, sondern vielmehr außerirdische Wesenheiten waren, die zur Erleuchtung der Menschheit und als Missionare der *Honri-kyo* auf diesem Planeten ausgesetzt worden waren. Deswegen war die große Andachtshalle der Sekte auch mit Fotos dieser Persönlichkeiten geschmückt. So etwas darf einen nicht wundern. Japan ist eine hoch entwickelte Demokratie, in der Religionsfreiheit und Toleranz viel zählen. Religionsgemeinschaften genießen den ausdrücklichen Schutz der Verfassung und sogar des Finanzamtes. Der Artikel vermerkte, dass die Zahl der eingetragenen Glaubensgemeinschaften bei über 180.000 lag. Fast täglich kamen neue hinzu, wie seinerzeit diese sonderbare Gruppe, deren Guru den Leuten weismachte, er könne ihr Schicksal aus den Fußsohlen lesen. Manchmal hatte man den Eindruck, je absurder die Heilsversprechen, desto größer die Bereitschaft meiner Landsleute, ihnen zu glauben. Hatte General MacArthur nicht mal erwähnt, dies sei ein Land von Zwölfjährigen? So wollte es mir manchmal auch vorkommen. Wenn es mir morgen einfallen wollte, in diesem Land der Leichtgläubigen eine neue Religion zu gründen, deren Anhänger sich ausschließlich von Lasagne und Butterkeksen ernährten und das Michelin-Männchen anbeteten, und ich genug arme Tröpfe finden könnte, die das für einen Ausweg aus ihrer Misere hielten und mir freundlicherweise ihre Ersparnisse übereigneten, dann war ich ein gemachter Mann. Das hatte sich der Stifter der *Honri-kyo,* ein gewisser Herr Misohara, vermutlich auch gedacht. Ihm und seinen krausen Weltall-Phantasien folgten landesweit bereits über 7000 Menschen, stand da geschrieben. Ich dachte an eine andere Sekte, die *Aum-Shinrikyo*, der wir es zu verdanken hatten, dass in keinem Bahnhof mehr Mülleimer standen, weil diese Irren Tokio auslöschen wollten, indem sie Giftgas in den Mülleimern versteckten. Auch diese *Honri-kyo* schien mir nicht eben zu den friedfertigen Religionen zu gehören, wenn Rückschlüsse von den rohen Sitten ihrer taubenblauen Mitarbeiter gestattet waren.

»Hamada, ich bin müde«, grunzte Tamura und ich

fuhr erschrocken zusammen. Er sah mich aus blutunterlaufenen Augen an wie ein Bernhardiner. »Wenn du noch bleiben willst, hier ist der Schlüssel.«

Es war kurz nach vier.

»*Sumimasen* – tut mir schrecklich leid«, sagte ich und verbeugte mich geschwind. »Ich habe unsere Unterhaltung so genossen. Gut, dass wir uns mal ausgesprochen haben. Ich gehe natürlich jetzt auch.«

Den Zeitungsartikel nahm ich vorsichtshalber mit. In letzter Zeit kam es immer häufiger vor, dass ich morgens nicht mehr wusste, was ich nun geträumt hatte und was sich tatsächlich ereignete. Einsetzender Verfall durch Überarbeitung. Irgendwann würde ich ratlos vor einer grünen Ampel stehen und nicht wissen, was zu tun war.

Ich ging drei Schritte in der frischen Abendluft, dann bekam ich Angst. Diese taubenblauen Killer wussten, wo ich wohnte, und wenn sie es auch gestern Abend noch freundlicherweise vorgezogen hatten, einen der ihren zu ermorden, dann musste das noch lange nicht heißen, dass ich in Sicherheit war. Vielleicht lauerte daheim schon das nächste Mordkommando. Sie wollten das Kind, und ich war ihre einzige Spur. Oya-san und Akira ging es jedenfalls noch gut, das hatte ich schon im Taxi nach Kugayama erfahren, als die Vermieterin mir eine E-Mail auf mein Handy geschickt hatte, um mich zu ermahnen, bloß nicht den Termin zum *o-miai* morgen Nachmittag um 17.00 Uhr zu vergessen. Wer brachte Frauen wie ihr diese komplizierte Technik bei und wo sollte das noch hinführen? Ich wendete auf dem Fuße und klopfte wieder an Tamuras Tür, die er gerade hinter mir abgeschlossen hatte.

»Hamada«, sagte er wie immer so, als sehe er mich heute zum ersten Mal. Ich fragte mich, ob dieser Mann jemals einer Lobotomie unterzogen worden war.

»Hör mal, Tamura«, sagte ich. »Ich würde doch noch gerne ein bisschen bleiben, wenn's dir nichts ausmacht. Zu Hause fällt mir die Decke auf den Kopf.«

»Hier ist der Schlüssel. In der Früh um sieben werden die Penisse geliefert. Leg sie in den Kühlschrank. *Oyasumi.*«

»*Oyasumi!*« Um sieben! Blieben drei Stunden Schlaf. Wenn das Tamuras täglich Brot war, dann wunderte ich mich nicht mehr darüber, dass er so wenig sprach.

Hidehasa

Der Mann mit den Penissen war überpünktlich, seinem Aussehen und Geruch nach ein Fischhändler, der seine Ware in aller Frühe auf dem Großmarkt von Tsukiji einkaufte und aus Gefälligkeit oder Geschäftssinn für Tamura einen Kasten mit diesen sonderbaren Gebilden des Meeres in der *Little Box* ablieferte.

Der Fischmann erschrak, als ich ihm die Tür öffnete.

»Tamura-san?«, fragte er unsicher. Die drei Stunden Schlaf, vollständig bekleidet, auf engstem Raum und ausgebreiteten Trockentüchern zwischen den vier Barhockern, hatten mir offensichtlich überhaupt nicht gut getan.

»Ich bin der neue Kellner«, belehrte ich ihn.

»Ah, soo-desu-ka«, gab er in einem Ton von sich, der besagte: »*Wenn Sie Tamura überfallen und ermordet haben, dann seien Sie so gut und ziehen mich nicht in diese Sache hinein, denn ich habe Termine einzuhalten.*« Er drückte mir den Styroporkasten in die Hand und drehte sich um. »Schönen Tag noch.«

Als er fast schon wieder in seinem Kleintransporter

verschwunden war, erinnerte ich mich an eine wichtige Frage, die ich schon seit Jahren unbeantwortet mit mir herumtrug.

»*Sumimasen*, einen Moment bitte, Fisch-*san*«, rief ich.

»Ja?«

»Sie kennen sich doch sicherlich gut aus mit Meeresfrüchten, nicht wahr? Ich meine, mich und die anderen interessierte immer schon, was das eigentlich genau ist, das wir da jeden Abend essen.«

Er sah mich an, als sei ich grün und plötzlich aus großer Höhe vor seine Füße gefallen.

»Sie *essen* das?«, fragte er.

»Nein.« Irgendetwas an seiner Reaktion sagte mir, dass ich mich nicht schon um diese Uhrzeit zum Narren machen musste. »Natürlich essen wir das Zeug nicht. Wir wischen den Boden damit auf. Aber was ist es denn? Wie nennt man das und wo kommt es her?«

Zwecklos. Er konnte nichts mehr sagen. Er lachte wie ein Pferd. Er warf den Kopf in den Nacken, Tränen kullerten über seine Wangen, als er in sein Führerhäuschen stieg, und ich hörte ihn noch glucksen, als er Gas gab. »Die essen das!« Vielleicht täuschte ich mich auch. Es war jedenfalls an der Zeit, mal ein ernstes Wörtchen mit unserem Tamura zu wechseln, denn er knöpfte uns für einen Penis vom Grill oder gedünstet immerhin 1000 Yen ab. Langsam dämmerte mir, wie er seinen Laden mit nur vier Gästen am Laufen halten konnte.

Ich stellte die Kiste schnell in den Kühlschrank und suchte nach Wasserkocher und Instantkaffee. Dann fiel mir ein, dass Mörder ihren Opfern selten am frühen Morgen auflauern und dass meine rabenschwarze Todesangst von gestern Abend ohnehin etwas übertrieben war. Ich ging nach Hause.

In meiner Wohnung war niemand und vermutlich war auch niemand da gewesen. Auch gut. Ich beglückwünschte mich zu meiner Schusseligkeit, weil ich immer zu faul war, das *futon* auszulüften und wegzuräumen, und so lag es jetzt bereit. Ich schälte mich endlich aus dem Armani-Anzug, der aussah, als sei Armani persönlich darin von einem Panzer überfahren worden, streckte mich aus und schlief sofort ein.

Ich erwachte, als mir träumte, drei Typen seien in meine Wohnung eingedrungen und beobachteten mich. Als ich die Augen aufschlug, sah ich drei Typen, die mich beobachteten.

Ich fuhr hoch und wollte um Hilfe schreien.

»Nur keine Aufregung, Hamada-san. Bleiben Sie ganz ruhig«, sagte der ältere der drei Typen, er mochte Mitte sechzig sein. Er saß auf meinem Sitzkissen, die beiden anderen standen herum, als warteten sie auf den Bus. Sie waren kaum aus dem Alter heraus, da sich Japans Jünglinge die Haare rot färben, auf donnerlaute Motorräder steigen und sich wünschen, ihr Bartwuchs wäre ein wenig stärker. Wenn ihre Anzüge nicht von so abgrundschlechtem Geschmack gewesen wären, dann hätte ich ihnen eine glänzende Laufbahn im Club Adonis prophezeit.

»Wer sind Sie?«, fragte ich. Ich konnte noch ein: »Was machen Sie hier?« nachlegen, aber dann war ich schon mit meiner Weisheit am Ende. Mein einziger Trost war, dass keiner der drei Eindringlinge einen taubenblauen Anzug trug.

»Mein Name ist Morita«, sagte der Ältere. »Meine dumme Frau berichtete mir, dass Sie gestern Abend mit ihr gesprochen haben.«

Ich entspannte mich ein wenig. Morita von der Morita-Bank. Ich stand also vor einem Problem, das man mit Geld lösen konnte. Keine Panik, keine Sorge um Schneidezähne und Nasenbein. Außerdem stellte ich fest, dass die drei beim Eintreten ordnungsgemäß ihre Schuhe ausgezogen hatten, solche kleinen Gesten beruhigten mich in meiner Lage ungemein.

Morita war klein, fett und hatte schwarz gefärbtes Haar, das ölig nach hinten gekämmt war. Sein Bauch quoll mir entgegen, sein Gesicht war ein eher willkürliches Arrangement aus Knorpel, Speck und Haut. Nur seine Augen waren hell und wach, das waren die Augen, mit denen er sein Geld im Blick hatte.

»Ja, richtig …«, sagte ich, auf den Bauch starrend. »Ich traf sie im Handarbeitskurs.« Woher sollte ich wissen, ob Mikas Gemahl, der leicht ihr Vater sein konnte, über ihre kostspieligen Ausflüge in die Gigolo-Bar im Bilde war. Ich hatte jedenfalls keine Lust, mir seinen Zorn zuzuziehen. Diese beiden Halbstarken waren sicher nicht hier, um ihm die Schuhe zu binden.

»Meine dumme Frau erwähnte, dass Sie mir mein Geld zurückzahlen wollten.« Der Ausdruck, den er benutzte, zeugte nicht von besonderer Geringschätzung gegenüber Mika. Das war eine besonders unter Männern seiner

Generation durchaus übliche Bezeichnung für die bessere Hälfte.

»Erwähnte sie das«, wiederholte ich, um meinem Hirn noch ein wenig Zeit zu verschaffen, auf seine Betriebswärme zu kommen. Ich suchte die Fäden meiner gestrigen Ermittlungsarbeit zusammen und kam mit Hilfe der Schritt-Theorie zu dem Schluss, dass ich voreilig gehandelt hatte. Man sollte eben beim Frisör, wenn einem heiße Luft auf das Hirn gepustet wird, keine weit reichenden Entschlüsse fassen. Erster Schritt: Morita, so unfein seine Methoden auch sein mochten, war gar nicht hinter dem kleinen Jungen her, sondern nur hinter seinem Geld. Kleine Jungen interessierten ihn erst dann, wenn sie alt genug waren, sich Geld von ihm zu leihen. Zweiter Schritt: Hinter Akira waren die taubenblauen Weltraum-Fanatiker her und die wiederum interessierten sich nicht die Bohne für Hisashis Schulden. Ob ich zahlte oder nicht, Akira war immer noch in Gefahr. Dritter Schritt: Ich verachtete zwar das ererbte Schmiergeld-Vermögen, aber doch nicht so sehr, dass ich es jedem dahergelaufenen Kredithai in den Rachen werfen würde, der es nur für neue Schmiereeien brauchte, um noch mehr Leute unter das Joch seiner angeblich problemlosen Darlehen zu zwingen.

»Da muss Ihre werte Frau Gemahlin wohl etwas falsch verstanden haben. Wenn ich mich recht entsinne, dann sagte ich: Ich würde das Geld gerne bezahlen, wenn ich es hätte. Vielleicht hat die treue *Oku-san* den Teil mit dem *wenn ich es hätte* akustisch nicht so gut verstanden. Es war recht laut im Handarbeitskurs …«

Welche auch sonst immer seine Tugenden sein mochten, Humor und Geduld gehörten ebenso wenig dazu wie übergroße Freigebigkeit.

»Ich warne Sie, halten Sie mich nicht zum Narren«, knurrte er. In seinem aufs Äußerste angespannte Gesicht zuckten einige Muskeln, die nicht für das Formen von Lächeln und gütigen Mienen gebraucht wurden. Morita-san war im Begriff, sehr unleidlich zu werden. »Es ist nicht meine Art, auf diesem Wege mein Geld zurückzubekommen«, knurrte er weiter, als habe er einen guten Ruf zu verlieren. Ich fragte mich, wie er so lange mit einer derart unterdrückten Stimme reden konnte. Ich hätte längst schon einen Hustenanfall bekommen. »Ich bin zu Ihnen gekommen, weil Sie meiner dummen Frau ein Geschäftsangebot unterbreitet haben und weil die Summe, um die es hier geht, nicht einfach abgeschrieben werden kann.«

»Um wie viel geht es denn?«, fragte ich unschuldig.

»Dreieinhalb Milliarden Yen«, versetzte er kühl.

Ich sprang auf. »Dreieinhalb Milliarden?«

Das entsprach, wenn ich mich richtig an das letzte Treffen mit meinem Vermögensverwalter erinnerte, ziemlich genau meinem Guthaben. Dieser Meinung schien auch Morita-san zu sein, der, auf welchem Wege auch immer, genau in Erfahrung gebracht haben musste, wie viel ich wert war, um mein großherziges Angebot gründlich auszunutzen.

»Kein Grund zur Aufregung«, beschwichtigte er seine beiden Halbstarken genauso wie mich. Sie waren einen Schritt auf mich zugekommen, als ich mich erhob, und blitzten mich so feindselig an, wie sie nur konnten, was ziemlich feindselig war.

Morita knurrte weiter: »Ich weiß, dass Sie dieses Geld haben, und Sie haben angeboten, es zu zahlen. Deswegen bin ich nun hier.«

Jetzt wurde ich unleidlich. Ich knurrte zwar nicht so gruselig wie er, aber ich bekam einen fürchterlich roten Kopf.

»Entschuldigen Sie meine Offenheit, aber wenn Sie einem *Otaku* und Versager wie Hisashi Ogata dreieinhalb Milliarden Yen leihen, dann werde ich doch nicht dafür gerade stehen. Nach welchen Kriterien vergeben Sie denn eigentlich Ihre Kredite?«

»Ich bin nicht hier, um meine Geschäfte mit Ihnen zu erörtern. Ich bin hier, um zu kassieren. Ogata ist abgetaucht, seine Mutter verstorben, bleiben nur Sie. Sie zahlen.«

Kalte Wut packte mich. Diese fette Made im Speck der Wirtschaftskrise hatte Tante Hirokos Wohnung ausräumen lassen und sie bis an den Rand des Hungertodes getrieben. Seinetwegen hatte sie sich keinen Arztbesuch leisten können und seinetwegen hatte sie ihre letzten Monate, Wochen und Tage in namenloser Angst verlebt. Mehr denn je entschlossen, mein Geld eher selbst zu verjubeln als diesem Schmierlappen in den Schlund zu werfen, ließ ich mich wieder auf das *futon* nieder.

»Ich zahle nicht«, sagte ich trotzig. »Sie haben nichts, womit Sie mich zwingen könnten, und ich zahle nicht.«

»Tun Sie nichts, was Sie hinterher bereuen werden.«

»Ich zahle nicht«, wiederholte ich.

»Dann sehe ich mich gezwungen, Ihnen beizubringen, dass ich mich nicht so einfach abwimmeln lasse.«

Er erhob sich mit einem Seufzer, der wohl bedauernd klingen sollte. »Bei mir gilt das Wort eines Mannes. Sie haben gestern Abend Ihr Wort gegeben und ich bin entschlossen, Sie beim Wort zu nehmen.« Er wandte sich zum Eingang und schlüpfte in seine Schuhe. Seine beiden jugendlichen Freunde schienen es nicht so eilig zu haben und ich konnte mir denken, warum.

»Ich werde die Polizei einschalten«, hörte ich mich quieken. Allein in Unterwäsche, mit zwei schwer erziehbaren Jugendlichen, die in ihren Taschen nach Folterwerkzeugen fummelten, ließ sogar einen gestandenen Polizeikritiker wie mich erstaunlich schnell weich werden.

»Wir kommen wieder«, knurrte Morita an der Wohnungstür, als hätte ich mir deswegen schon Sorgen gemacht.

Ein weiterer Kampf, neue Verletzungen. Veilchen, Beulen, Striemen, die Nase endgültig hinüber, das Gebiss ein Fall für die Rohstoffverwertung. Vielleicht ein gebrochener Arm und ein neuer Kopfverband. Eventuell Brandwunden. Ich versuchte, mich auf das Schlimmste einzustellen, um mein verhasstes Vermögen und meine Ehre zu verteidigen. Plötzlich zuckten sowohl ich als auch die beiden Jünglinge vor Schreck zusammen und selbst der fette Morita machte auf der Schwelle einen Satz, denn es durchbrauste das stille Appartmenthaus im Hazienda-Stil ein Donner, der die Gläser im Schrank erzittern ließ.

»*Gebt uns sofort die Kurilen wieder!*«, dröhnte es aus zwei 500-Watt-Lautsprechern, direkt unter meinem Fenster. »*Schluss mit der Verzichtspolitik der Regierung! Zeigt den Russen, dass wir stolze Japaner sind!*«

Hidehasa, der rechtsradikale Bullenschlächter in seinem schwarzen Kampfbus, den ich so oft verflucht hatte. Wenn ich ihn in diesem Moment vor mir gehabt hätte, dann hätte ich ihn umarmt. Schon hörte ich seine schweren Kampfstiefel im Treppenhaus, hörte ihn den unter Schock stehenden Nachbarn erklären: »*Sumimasen*, ich hatte den falschen Knopf gedrückt … *sumimasen* …«

Morita füllte mit seiner Figur die untere Hälfte des Türrahmens komplett aus und konnte die Situation nicht einschätzen. Seine beiden Bankangestellten tauschten unsichere Blicke.

»Na los, erteilt ihm seine Lektion«, fuhr er sie an. »Ich warte auf euch im Auto.« Da hämmerte es an der Tür.

»Hamada-san?«

»Bitte, kommen Sie herein!«, schrie ich.

Da stand Hidehasa, doppelt so groß wie Morita, stramm in seiner blauen Uniform und der blauen Schirmmütze, als erwarte er von mir seine Befehle.

»Oh«, sagte er, riss die Mütze vom Kopf und verbeugte sich tief. »*Shitsurei itashimashita* – es tut mir sehr leid. Ich wusste nicht, dass Sie Besuch haben.«

Mein Herz hüpfte vor Freude. »Sie kommen gerade recht, mein Bester«, rief ich listig von meinem Lager. »Dies sind die Leute … Sie wissen schon: *die Leute*.«

Hidehasa gefror im Türrahmen. Morita, der direkt vor ihm, besser gesagt unter ihm stand, schien noch ein wenig mehr zu schrumpfen. Und schon polterte der kräftige Bass des verhinderten Kriegshelden durch das Haus und hinaus auf den Parkplatz, wo seine beiden blutarmen Kumpanen im Bus warteten. »Nagata! Osaki! Hierher, zu mir und zwar sofort!« Draußen entstand Unruhe, Fußgetrappel und Keuchen.

»Ich glaube, wir sollten besser gehen«, sagte einer der beiden Jungen, die mir eben noch meine Lektion erteilen wollten.

Ich nickte. »Das glaube ich auch. Und viel Glück.«

Ich werde diese Szene niemals vergessen, wie Morita und seine beiden Helden bedrängt, angerempelt und angebrummt von drei rohen Finsterlingen in blauen Uniformen die Treppe hinunter und in ihren *Toyota Century* schlichen. Ich fragte mich, ob ich vielleicht doch einschreiten und Blutvergießen verhindern musste, aber Hidehasa und seine beiden blassen, aber bösen Helfer wahrten die Form. Sie jagten den Herren von der Bank lediglich den Schrecken ihres Lebens ein und ich konnte dabei zusehen und mich freuen.

Als der Toyota mit viel zu hohem Tempo um die Ecke gebogen war, trat Hidehasa vor mich und riss wiederum seine Mütze vom Kopf.

»Danke«, sagte ich und senkte mein Haupt. »Das war knapp.«

»Wir haben zu danken.« Nun verbeugte er sich tief. »Was Sie für uns und unser Land tun, das ist einzigartig. Wir bewundern Ihren Mut und Ihre Treue. Nur das wollte ich Ihnen sagen.«

Ich stand in Unterhosen da und der kalte Treppenhauswind zog an meinen Beinen.

»Da sind Sie ja gerade recht gekommen«, sagte ich und verbeugte mich schon wieder.

»Wir werden immer für Sie da sein. Das ist ein Versprechen. Keine Macht den Usurpatoren. Und Kommunisten.«

Nun verbeugte er sich wieder.

»Ganz recht.« Im Verbeugen gelang es mir, den Türrahmen zu ergreifen und mich langsam zurückzuziehen. »Danke nochmals.«

»Sie können auf uns zählen.«

Ich schloss die Tür und lehnte mich mit dem Rücken dagegen. Lange stand ich so da. Ich hörte, wie sich rechtschaffen tuschelnd meine drei Retter aus dem Haus entfernten, wie sie den Bus anließen und davonfuhren. Wie sie, einen Block entfernt, den Lautsprecherknopf wieder fanden: *Kommunistische Schullehrer verderben unsere Jugend! Lang lebe das Kaiserhaus-Banzai!* Es folgte Marschmusik.

Dann klingelte mein Handy. Ich wollte jetzt mit niemandem sprechen, aber ich konnte es mir im Moment nicht leisten, klingelnde Telefone zu ignorieren. Was, wenn es die Plattenfirma war?

»Alle Achtung. Sie sind gewitzter, als ich dachte«, gurrte eine weibliche Stimme.

»Mit wem habe ich das Vergnügen?«, fragte ich.

»Gehen Sie doch mal zum Fenster und schauen raus. Ich bin ganz nah.« Sie klang lüstern wie ein Lockvogel vom Telefonsex. Ich war sofort erregt. Vielleicht eine unbekannte, schöne Nachbarin, von der ich nichts wusste. Die meine Gesänge gehört hatte und die mich heimlich deswegen anhimmelte? Vom Fenster aus sah ich einen roten Porsche und darin Mika Morita. Sie trug heute ein weißes Kleidchen mit Hut und Schleier, dazu wieder diese weißen Handschuhe und hatte vermutlich gerade *Frühstück bei Tiffany* im Fernsehen gesehen. Mit der einen Hand hielt sie das Handy ans Ohr, mit der anderen winkte sie mir spielerisch zu. Sie lächelte wie ein Scheck über 50 Millionen Yen.

»Soll ich raufkommen?«, fragte sie.

»Sie stehen im Halteverbot«, sagte ich.

Halteverbot

Schon ihr Mann hatte beim Betreten meiner Wohnung keine besonderen Umstände gemacht, aber Mika Morita setzte neue Maßstäbe. Während ich noch an ihren Porsche dachte, der dick, fett und rot auf der schmalen Gasse stand und den Verkehr behinderte, fiel sie in mein Zuhause ein und über mich her, als sei ich etwas zu essen. Mika Morita war nicht die Art von Frau, die sich beim Verkehr behindern ließ. Sie hatte sich ihr zuckersüßes Audrey-Hepburn-Kleid vom Leib gerissen, bevor ich sie auch nur auffordern konnte, Platz zu nehmen. Die weißen Handschuhe, die bis zu ihren Ellenbogen reichten, behielt sie an. Noch bevor ich den Gedanken, gar den Entschluss gefasst hatte, mich von meiner Unterwäsche zu trennen, saugte, drückte und zog sie bereits an mir herum, wickelte mich mit ihren langen Beinen ein, quetschte, rüttelte und walkte mich, jagte ihre Hände wie Maulwürfe durch mein Haar, stülpte sich über mich und spülte mich nach zehn Minuten Windstärke zwölf ans Ufer wie den einzigen Überlebenden einer Schiffskatastrophe.

Mika Morita, die menschliche Wäschemangel. Wenn

das bei ihr immer so zuging, dann war ihr Favorit, der schmale Kato aus dem Club Adonis, eher unterbezahlt. Kein Wunder jedenfalls, dass der alte Morita sie lieber auswärts zum Spielen schickte. Der kleine Dicke hätte diese Frau nicht lange überlebt. Verdammt, dachte ich nicht ungeschmeichelt, wenn dies eine Affäre werden sollte, dann musste ich wieder anfangen, Fleisch zu essen. Ich lag auf dem zerwühlten *futon* wie jemand, der gerade langsam aus seiner Vollnarkose erwacht, und Mika Morita war schon wieder in ihr Kleid geschlüpft und richtete ihr Haar. Nicht nur eine schöne, sondern auch eine schnelle Frau. Ich sah ihr dabei zu und dachte nach. Ich war nicht mehr der alte Hamada, den ich zu kennen glaubte und den ich richtig lieb gewonnen hatte. Der alte Hamada hätte sich nach dieser überfallartigen Umarmung gefühlt wie ein Held. Er hätte ein beseeltes Grinsen in seinem Gesicht getragen und ein Flimmern in seinen Augen. Er hätte sich etwas darauf eingebildet, dass diese ebenso attraktive wie unbändige Milliardärsgattin ihn eines Seitensprungs für würdig befand und dafür sogar eine dieser hässlichen, gelben Schleifen am Rückspiegel ihres Porsche in Kauf nahm, mit der Falschparker bestraft werden. Er hätte jede Minute genossen. Der neue Hamada aber war froh, dass es vorbei war und dass er noch lebte. Er lauschte besorgt auf seinen Pulsschlag und dachte daran, dass die Investition von zwei Millionen in ihre Handynummer sich nun doch als Flop entpuppt hatte, denn schließlich hatte sie ihn angerufen und nicht er sie. Der neue Hamada fühlte sich wie ein Fußabtreter und das gefiel ihm gar nicht. Mika Morita hingegen, das musste auch der neue Hamada zugeben, gefiel ihm immer besser.

»Dein Mann wollte ziemlich viel Geld von mir«, sagte ich zu ihrem Rücken, der einer edlen Marmorstatue aus einem italienischen Museum gehören konnte. Sie hockte auf dem Boden und war mit ihrem Handspiegel beschäftigt. Selbst wenn sie nur zwölf Sekunden gebraucht hatte, um sich wieder anzukleiden, würde das Make-up mehr Zeit beanspruchen. Japans junge Frauen verbringen Umfragen zufolge mehr Zeit vor dem Spiegel als vor dem Fernseher. Schuld daran ist die Kosmetikindustrie, die ständig so viele Neuheiten auf den Markt wirft und die jede Frau einem noch unerforschten, inneren Zwang folgend besitzen und anwenden muss – Anti-Falten, Anti-Fett, Anti-Feuchtigkeit, Morgen-Mittag-Abend-Mitternachtcreme, Deckweiß, Lotion und zweihundert verschiedene Schattierungen von Lidschatten, Rouge und Lippenstift. Keine unverheiratete Frau geht aus dem Haus, ohne eine stattliche Kollektion von Tuben, Töpfchen und Schächtelchen bei sich zu führen. Streng genommen war sie zwar verheiratet, aber ihrem Verhalten nach war Mika Morita so ledig wie nur irgendeine.

»Soo desu-ka?«, sagte sie unbeteiligt, was in diesem Kontext so viel hieß wie: *Von welchem Mann ist hier eigentlich die Rede?*, aber dann erinnerte sie sich doch: »Ich dachte, du wolltest die Schulden deines Freundes begleichen.«

»Er ist gar nicht mein Freund«, stellte ich klar. »Glaubst du wirklich, dass dein ehrenwerter Gatte so dämlich ist, einem weltfremden Phlegmatiker, der sich für nichts anderes interessiert als Videospiele, dreieinhalb Milliarden Yen zu leihen, oder wollte der alte Morita mich nur ausnehmen, weil er zufällig weiß, dass ich reich bin?«

Sie war wieder in die Rolle von Audrey Hepburn geschlüpft, in der sie sich offenbar süß fand, und zuckte unschuldig die Schultern. »Weißt du, ich interessiere mich nicht für Geschäfte.«

»Du könntest so nett sein und mal in seine Bücher schauen – nach allem, was ich dich mit mir habe tun lassen.«

Sie lachte nicht einmal über diesen köstlichen Scherz.

»Ich verstehe nichts von der Buchhaltung«, beschied sie mir. Sie log. Oder Nori log – er hatte mir jedenfalls anderes berichtet. *Hamada*, sagte eine weise, mahnende Stimme aus dem Hinterstübchen meines Kopfes, *nimm dich in Acht vor Frauen, die lügen.*

»Nanu, warst du nicht mal Sekretärin in seiner Buchhaltung? Oder hast du deinen Chef etwa nur deswegen geheiratet, weil du nichts von der Buchhaltung verstehst?«

Sie zwitscherte sorglos im Audrey-Hepburn-Stil. »Kann schon sein.«

Während ich an meiner nächsten, klugen Frage feilte, sah ich ihren Marmorrücken erzittern. Sie hatte ihren Kopf gesenkt, den Spiegel weggelegt und war nicht mehr mit der Malerei beschäftigt, sondern ruinierte das ganze Gesichtskunstwerk.

Sie weinte.

Ich bin vielleicht blöd, aber ich kann es nicht ertragen,

wenn Frauen weinen. Ich rappelte mich hoch, streichelte ihren Arm und versuchte, sie zu trösten.

»Tut mir leid, ich wollte dich nicht verletzen«, sagte ich.

Sie versuchte, mich abzuschütteln, und zog sich noch fester zusammen wie eine Schnecke in ihr Haus. Mika Morita hatte ein Problem, das so groß war wie ihr Spesenkonto, so viel stand jedenfalls fest. Verheiratet mit einem dicken Zwerg, der doppelt so alt war wie sie, für Zärtlichkeit angewiesen auf die Dienste halbwüchsiger Gigolos mit dem Intelligenzquotienten von Schraubenziehern, ein roter Porsche im Halteverbot – diese Frau war ein Wrack.

Aber ein sehr schönes, begehrenswertes Wrack. Ich streichelte mit schmetterlingshafter Zärtlichkeit ihre blassen, bebenden Schultern. Ich hatte kaum etwas anderes als Bewunderung für sie empfunden, als sie über mich herfiel, als sei ich Götterspeise. Jetzt, wo sie hilflos war und ihr Gesicht zerlief, stand ich für sie in Flammen.

»Du kannst mir vertrauen.« Hamada, der Beichtvater. »Was ist denn los? Tut mir leid, wenn ich etwas Dummes gesagt habe.«

Sie schüttelte nur den Kopf, unfähig zu sprechen.

»Komm, sag es mir. Wir kennen uns schon gut genug.«

»Es ist nur …«, wimmerte sie. »Ich habe ihn geheiratet, weil er wohlhabend war und mich umworben hat. Ich war ahnungslos und …« – ein durchdringender Schluchzer – »ich hätte so gerne ein Kind.«

»Ah-soo-desu-ka«, brachte ich heraus, was in diesem Zusammenhang so viel bedeutete wie: *»Spinnst du?*

Hättest du mir das nicht vorher sagen können? Ich betreue gerade ein Kind und ich bin heilfroh, wenn ich es bei meiner Vermieterin abgeben kann. Kinder verhindern, dass Menschen schlafen. Und sie riechen auch sehr streng.«

»Kinder sind süß«, sagte ich benommen, als hätte mich ein Baseballschläger auf der Stirn getroffen.

»Ja«, schluchzte sie. »Aber dann stellte sich heraus, dass ich keine Kinder bekommen kann. Und ich liebe sie doch so sehr …«

Aha. Ihr Problem war also wesentlich größer als ihr Spesenkonto. Ich dachte an die heiseren Entzückensrufe, die der kleine Akira den Studentinnen in der Bahn entlockt hatte, und daran, wie er das granitharte Herz meiner Vermieterin zerriss, als sei es aus Reispapier. Irgendetwas Geheimnisvolles verband Frauen und Kinder und ich wollte lieber gar nicht so genau wissen, was es war. Vielleicht würde ich eines Tages einen Song darüber schreiben. Ich streichelte Mikas schwarzes Haar.

»Wenn wir uns besser kennen, dann stelle ich dir mal meinen Neffen vor«, sagte ich und hatte natürlich den kleinen Herzensbrecher im Sinn.

»Du hast einen Neffen? Wie alt ist er?« Ihre Stimme hörte sich noch schwer erkältet an, aber die Tränen versiegten sofort. Sie drehte sich zu mir um und ihre Augen strahlten. Ich war eben ein Genie auf dem schwierigen Gebiet des Frauentröstens.

»Oh, er ist noch jung. Sehr jung. Er kann noch nicht mal seinen Namen schreiben.«

»Ein Baby?«

»Ja, ich glaube, das ist der Fachausdruck.«

»Ich liebe Babys, sie riechen so gut. Wie heißt er?«

Nicht alle Babys riechen gut, dachte ich. Aber ich hütete mich, es zu sagen. Mika begann wieder beglückt damit, mich zu umschlingen.

»Sein Name ist Akira.«

»Oh, bitte, Ken, bitte zeige ihn mir.«

Ken? Oh, ja, richtig. Ich hatte mich ihr ja gestern Abend bei Adonis als Ken vorgestellt. Aber ich hatte noch niemals jemanden außer mir selbst diese Version meines Vornamens aussprechen hören. Ich dachte immer, es klinge cool, aber das stimmte gar nicht. Es klang falsch und völlig idiotisch.

»Nenn mich doch lieber Kenji«, bat ich.

»Kenji – wann darf ich deinen Neffen Akira sehen?«

Für einen kleinen Moment war ich versucht, ihn kurz herüberzuholen. Hamada, der gutmütige Zauberer. Ein lässiges Schnippen mit dem Finger, ein kurzer Gang zur Nachbarin und er hat ein reizendes Baby im Arm. Oh, wie würde die arme Mika mich dafür lieben. Aber ich tat es nicht, weil ich irgendwie plötzlich doch wollte, dass sie wiederkam, um das ganze Ausmaß meiner Fähigkeiten und Qualitäten kennen zu lernen. Mit Akira als Geisel konnte ich von Mika haben, was ich wollte. Nicht, dass mir nach unserer heutigen Begegnung noch irgendetwas eingefallen wäre, das sie mir nicht schon freiwillig gegeben und angetan hätte. Oder doch? Ich stellte fest, dass ich bereit war, viel mehr von ihr zu wollen. Ich war in einem Alter, in dem ein Mann sich binden musste, oder er wurde sonderbar. Ich liebte meine Freiheit, aber irgendetwas genetisch Bedingtes sagte mir: »*Vielleicht ist sie die Richtige? Susanne war es nicht. Michiko war es, aber sie ist tot. Vielleicht musste das alles passieren, damit ich Mika erkenne?*«

»Okay«, sagte ich fromm. »Du wirst den kleinen Mann kennen lernen. Aber du musst mir einen Gefallen tun. Du schaust in den Büchern deines ehrenwerten Gatten nach und findest für mich alles über Hisashi Ogata heraus. Wann er wie viel Geld geliehen hat, wofür er es ausgab, welche Sicherheiten er hinterlassen hat, wo sein letzter Aufenthaltsort war – alles.«

Ich war nicht einfach nur smart. Ich war schlichtweg genial.

»Das werde ich tun, Ken.« Ihre Tränen waren getrocknet und ihre Stimme klang schon wieder fast so niedlich wie die japanische Synchronstimme von Audrey Hepburn. »Ich muss aber jetzt los ...«

Aber nicht, ohne das Gesicht wieder in Ordnung zu bringen. Während sie sich schminkte, zog ich mir einen Yukata, einen leichten Hausmantel mit breitem Gürtel, über. Ich ließ mich neben ihr nieder und beobachtete sie. Manchmal sah sie von ihrer Arbeit auf und lächelte mich dankbar und glücklich an.

Sie war zerbrechlich. Sie war graziös. Sie hatte unglaublich süße Ohren. Sie war eine Frau, für die ein Liebhaber sich verschleißen und der ein Ehemann, sofern er nicht gerade ein niederträchtiger Lumpenhund namens Morita war, gerne seine Lohntüte aushändigen würde. Die Umstände unseres Kennenlernens waren eigenartig und auch einzigartig. Vielleicht würden wir eines fernen

Abends nebeneinander auf unseren *futons* liegen, in die Dunkelheit starren, während unsere Gebisse im Glas dümpelten, und sie würde sagen: »*Weißt du noch, an jenem Abend in diesem Club, den ich damals oft aufgesucht habe?*«

»*Club Adonis?*«, würde ich romantisch lispeln.

»*Ja, genau. Und als ich am nächsten Tag bei dir vor der Tür stand. Vielleicht hast du gedacht, ich sei eine von* diesen *Frauen ... aber ich konnte einfach nicht anders. Ich musste dich unbedingt schnell wiedersehen ...*«

Und dann würden wir kichern und unsere welken Körper aneinander schmiegen und jede einzelne ihrer Hautfalten träfe einen alten Freund und guten Bekannten auf meiner Seite.

Das war Liebe. Und Liebe war doch am Ende alles, was ich suchte.

Und ich fühlte mich fast ein wenig schäbig dafür, dass ich die potenzielle Liebe meines Lebens benutzen wollte.

Bevor sie den Lippenstift auftrug, küsste sie mich auf den Mund und sagte: »Du hast ja meine Handynummer – ruf mich an, Ken.«

Und schon war sie aus der Wohnung verschwunden.

Wenig später grollte der Motor ihres Sportwagens und drei Sekunden danach hämmerte es an meiner Tür.

Es war die Oya-san.

»Wer war diese Frau?«, schnappte sie kriegslüstern und deutete mit ausgestrecktem Arm ungefähr in die Richtung, in die Mika Morita gerade abgebraust war. Ich stand in meinem Yukata vor ihr wie ein armer Sünder.

Der Duft aus Mikas tausend Puderdöschen, Cremetuben und Parfumfläschchen waberte verräterisch umher.

»Die Avon-Beraterin«, log ich geschwind.

»Sie sind ein schlechter und ein verantwortungsloser Mensch!«, urteilte die Alte verbittert. »Während andere Leute sich um ihre Zukunft und vor allem die des Jungen Gedanken machen, gehen Sie Ihren zweifelhaften Neigungen nach.«

»Aber ich denke doch auch an meine Zukunft!«, appellierte ich an ihre Güte. Da fiel mir das *o-miai* ein, das sie für mich arrangiert hatte, und es keimte die Hoffnung in mir auf, dass sie mich nun doch noch rechtzeitig für unwürdig erklären würde. Ich hatte nicht das geringste Interesse, eine Frau auch nur kennen zu lernen, die diese Oya-san als passende Lebenspartnerin für mich ausgesucht hatte.

»*Soo-desu-nee*, Sie haben Recht.« Ich senkte beschämt den Kopf. Hamada, der Unverbesserliche. Jede Mühe zwecklos, jede Hilfe verschwendet. Keine Chance – die Oya-san war unwiderruflich dazu entschlossen, an das Gute im Mieter zu glauben.

»In einer Stunde erwarte ich Sie in meinem Haus zum Tee. Und unterstehen Sie sich, auch nur eine Minute zu spät zu kommen. Und ziehen Sie sich gefälligst was Ordentliches an und richten sich her.« Damit rauschte sie davon, die Bändel ihrer Schürze wehten anklagend im Treppenhauswind. Ich eilte zum Fenster – tatsächlich. Die letzten Sonnenstrahlen verblassten gegen einen milchig blauen Winterhimmel, es war kurz vor vier Uhr. Ein ganzer Tag war verpennt und verbummelt und nichts war ermittelt und nichts im Kampf gegen das Böse erreicht. So mussten sich um diese Uhrzeit Zehntausende von japanischen Polizisten fühlen. Ich begann, den Verachteten immer ähnlicher zu werden. In meiner Verzweiflung wählte ich Noris Nummer. Vielleicht konnte er mir auf die Schnelle wenigstens irgendetwas Wichtiges über die *Honri-kyo* sagen, die Sekte, die den kleinen Akira suchte. Damit dieser Tag nicht völlig verloren war. Nori war nicht da, sagte sein Kollege ohne die geringste Spur von Bedauern in der Stimme. Nori war im Gefolge einer vom stellvertretenden Regierungssprecher angeführten Parlamentarierdelegation zu einer zehntägigen Reise in dreizehn afrikanische Staaten aufgebrochen und hatte sich nicht einmal von mir verabschiedet.

Wenn das mein bester Freund war – was Wunder, dass ich solche Feinde hatte?

Ich rief Kiko an. Nicht, weil sie vielleicht etwas wusste, sondern weil sie meine beste Freundin war und ich sie einfach wissen lassen wollte, dass ich an sie dachte und später wie versprochen bei ihr vorbeischauen würde. *Wild Man Yamagiwa* sagte, sie könne jetzt nicht mit mir sprechen. Er hörte sich an, als werde er gerade am Blinddarm operiert. Irgendwas stimmte nicht in seinem Stall. Noch ein Grund, mir Sorgen zu machen. Die Zeit lief mir davon. Es war bald halb fünf und ich musste mich herrichten, wie mir befohlen worden war. Oya-san war eine schlimme Hexe – aber ich brauchte sie nicht nur als Vermieterin. Sie betreute den Jungen und ihr missratener Bruder hatte mir heute wenn nicht das Leben, dann zumindest das Nasenbein gerettet. Nicht zum *o-miai* zu erscheinen, sodass sie ihr wenngleich auch hässliches und verkniffenes Gesicht verlor, wäre eine so unentschuldbare Untat gewesen, die ich nicht einmal ihr und mir schon gar nicht zumuten wollte. So etwas macht man in meinem Land einfach nicht. Wer so was macht, der ist entweder total verroht oder ein ahnungsloser Ausländer. Ich lief zum Schrank und fand nichts zum Anziehen. Ich lief zum Spiegel und blickte in die blutunterlaufenen Augen eines Verfolgten. Ich duschte, parfümierte mich und föhnte meinen alten Scheitel wieder in Form. Zum Glück hatte ich noch Reste von diesem ultrastarken Haarlack von Shiseido, den der alte Hamada gerne benutzt hatte. Ich fand ein sauberes, fast glattes Hemd und ein Bügeleisen und nahm mir den ramponierten Armani-Anzug vor.

Um drei Minuten vor fünf klingelte ich an ihrer Tür, bereit, dem Grauen ins Gesicht zu blicken.

Taxi

Einen Moment bitte, ich eile schon!«, erklang es fröhlich von innen. Freundliche Töne aus dieser Richtung? Für einen Moment glaubte ich, mich im Haus getäuscht zu haben. Ich ging einen Schritt zurück und stellte fest, dass ich doch richtig war. Das japanische Haus neben dem Appartmentgebäude. Vor dem Eingang war in der Dunkelheit ein schwarzes Taxi abgestellt. Kein Fahrer. Den hatte die heiratswillige Passagierin vermutlich zum Abendessen geschickt, während sie mich verspeisen wollte.

»Oh, Hamada-san, wie schön, Sie zu sehen!«, flötete falsch die Oya-san, als sie die Schiebetür aufriss. Zum ersten Mal seit meinem Einzug in ihr Hazienda-Haus war sie nett zu mir. Aber ihre Augen waren kalt wie die eines Reptils. Sie musterten mich kritisch und kamen offenbar gnädig zu dem Schluss, dass mehr aus mir nicht herauszuholen war. Sie sprach so laut, dass die ganze Nachbarschaft etwas davon hatte. »Bitte sehr. Hier entlang. Schön, dass Sie zufällig einmal vorbeikommen und der alten Oya-san einen Besuch abstatten ...«

»Ich bin Ihnen eine große Last«, stammelte ich und dachte an Kiko, die *Honri-kyo*, Mika Morita, Sony Music und all die anderen ungelöschten Brandherde in meinem Leben.

Und was tat Hamada? Er verschwendete seine Zeit mit einem *o-miai*.

»So ein Zufall«, wiederholte sie in ihrem netten, verlogenen Falsett-Ton, um noch einmal für die Beteiligten in aller Deutlichkeit klar zu machen, dass es sich hier wirklich um einen sonderbaren, wenn auch sehr glücklichen Zufall handelte.

»Ich habe gerade Besuch, eine reizende junge Dame. Es ist die Nichte meiner alten Freundin Yoshiwara. Sie heißt auch Yoshiwara. Yoshiwara Etsuko. Darf ich vorstellen?«

Während sie säuselte wie eine Opernsängerin, der das Orchester abhanden gekommen war, führte sie mich in ihr Wohnzimmer, wo an den niedrigen Tischchen vor einer unberührten Tasse Tee eine zwei Zentner schwere Kröte saß, die mich aus hervorstehenden Augen ansah, als sei ich das Gespenst aus ihren schlimmsten Fieberphantasien.

»Das ist Hamada Kenji, der Sohn des bedeutenden Parlamentsabgeordneten und Ministers Hamada ...« Sie hatte den Vornamen meines Vaters vergessen.

Ich auch.

Ich ließ sie ein wenig schmoren und sagte, mit einer Verbeugung zur Kröte gewandt: »*Yoroshiku onegaishimasu*«, was man eben so sagt bei Begrüßungen und was so viel heißt wie: »*Ich bin ein kompletter Versager, aber* seien Sie bitte trotzdem nett zu mir und tun Sie so, als hätten Sie es nicht bemerkt. Das erspart uns allerhand Peinlichkeiten.«

Sie verbeugte sich und murmelte dasselbe. Oya-san war ganz aufgeregt und nötigte mich zum Sitzen, pflanzte eine Tasse Tee vor mir auf den Tisch und trällerte: »Etsuko-*chan* und ich sprachen gerade darüber, wie schwer es in der heutigen Zeit ist, einen aufrichtigen und standhaften Mann zu finden.«

»Oh, wirklich?«, sagte ich verklärt.

»So ein Zufall!«, wiederholte die unheimliche Alte.

Bei näherem Hinsehen wog die Kröte vielleicht doch nur einen Zentner und ihre Augen waren vermutlich nur hervorgetreten, als sie mich erblickte. Etsuko hatte ungefähr die Statur des alten Hamada, zuzüglich zweier massiver Brüste und etwas längerer und streng gescheitelter Haare. Außerdem trug sie eine Hornbrille wie ich früher und, was mich irritierte, ebenfalls einen dunklen Anzug samt Schlips.

Vielleicht war ich nun endlich und unter all dem Stress tatsächlich verrückt geworden. Vielleicht war Oya-san in Wirklichkeit eine Botin der Hölle und wollte mich in ihrer Bosheit mit mir selbst verkuppeln. Vielleicht würde die vermeintliche Vermieterin samt ihrer albernen Schürze im nächsten Moment in einem schwefeligen Feuernebel verschwinden und vor mir erschiene eine weißhaarige Horrorgestalt mit glühenden Augen, rotem Gesicht und warziger Knotennase, die schrie: *»Haha, Hamada-san, das ist deine Strafe! Du musst dich selbst heiraten und dich ein Leben lang ertragen!«* Dergleichen passierte meinem ehemaligen Helden *Megaman* beinahe in jeder zweiten Folge.

»Ach, Sie sind sicher mit dem Taxi gekommen, das draußen vor der Tür steht«, sagte ich. Hamada, Meister der charmanten Konversation.

Sie vermied es, mich anzusehen. *»Soo-desu«,* sagte sie zu ihren Füßen.

»Der Fahrer ist weg«, sagte ich. Falls sie schnell wieder aufbrechen wollte. Immer hilfreich, immer zuvorkommend.

»Ich bin der Fahrer«, sagte sie und lächelte ihre Füße noch breiter an.

»Oh. Sie sind Taxifahrerin.«

»Ja, das bin ich wohl.«

»Ich bin Sänger.«

»Das freut mich.«

»Mich auch.«

Sie nahm die Teetasse und schlürfte. Sie hatte einen schönen Mund. Volle, fleischige Lippen. Und lustige, pralle Wangen. Ein wenig gerötet von der Pein, der Oyasan uns hier unterwarf. Wenn mich meine Menschenkenntnis nicht völlig verlassen hatte, dann war Etsuko genauso begeistert von dieser Begegnung wie ich. Eine Frau, die eigentlich etwas ganz anderes wollte, aber aus Loyalität zu ihrer Tante und deren Freundin in dieses Treffen eingewilligt hatte, obwohl sie um diese Uhrzeit eigentlich lieber irgendwo da draußen im Stau gestanden hätte.

»Früher bin ich Lastwagen gefahren«, sagte sie.

»Ich war früher Privatdetektiv«, sagte ich.

»*Ah-soo-desu-ka?*«, sagte sie, was in diesem Kontext so viel bedeutete wie: »*Ach, tatsächlich?*«

»Ich muss mal nach dem Kleinen sehen«, quäkte Oya-san wichtigtuerisch und huschte aus dem Raum, offenbar zufrieden mit unserem Verhalten und in freudiger Erwartung eines bevorstehenden Heiratsversprechens.

»Sato-san hat mir alles erzählt«, sagte Etsuko nach einer Weile zu ihren Füßen.

»Wer ist Sato-san?«, fragte ich verwirrt.

»Na, sie ... Ihre Vermieterin.«

Ja, richtig. Meine Vermieterin hieß ja nicht Oya-san, sondern Sato-san. Hätte ich wissen müssen, aber es interessierte mich nicht. »Was hat Sato-san denn so erzählt?«, erkundigte ich mich.

»Na ja ... die tragische Geschichte vom Tod Ihrer Frau und dass Sie jetzt mit dem kleinen Jungen alleine dastehen und eine Partnerin für das Leben suchen. Aber ich musste versprechen, dass ich Ihnen das niemals sagen würde.«

»Ja«, seufzte ich. »Tragisch in der Tat.« Ich würde Sato-san, sobald das hier überstanden war, mit größtem Vergnügen langsam ihren verdorrten Hals umdrehen.

»Hamada-san« – jetzt sah mir die dickliche, junge Frau zum ersten Mal in die Augen. Flehentlich. Sie hatte sehr schöne Augen. Nicht dreilagig geschminkt und mit falschen Wimpern versehen wie sonst alle weiblichen Augen, in die man als Japaner so schaut, sondern einfach nur ehrliche, schwarze, große Augen. »Bitte seien Sie mir nicht böse, aber ich brauche gar keinen Mann. Ich bin zufrieden und froh mit dem, was ich habe, und möchte nicht heiraten und ich möchte auch nicht die Verantwortung für ein fremdes Kind übernehmen.«

Jetzt starrte ich auf meine Füße und bemerkte, dass ich ein Loch in der Socke hatte. »Danke für Ihre Offenheit«, sagte ich unendlich erleichtert. *Honne* – Ehrlichkeit. Das war der einzige Weg und die einzige Hoffnung und Etsuko, zu meiner unaussprechlichen Erleichterung, hatte das verstanden. Ich begann, sie zu mögen. »Genau das möchte ich nämlich eigentlich auch nicht. Und ich brauche auch keine Frau. Aber ich brauche dringend ein Taxi. Würden Sie mich nach Shinjuku fahren?«

»Gerne.«

Wir erhoben uns gleichzeitig, als Oya-san gerade mit dem kleinen Akira in der Schiebetür erschien. Der Junge sah mich und fing prompt wieder an zu weinen. Wer weiß, was die Vermieterin ihm über mich erzählt hatte.

»Wir sind sehr hungrig«, erklärte ich der perplexen Oya-san. »Ich möchte Yoshiwara-san gerne zum Essen einladen.«

Akira kreischte wie ein Feuermelder. Vielleicht brachte ich seine schlimmsten Erinnerungen zurück.

»Ja, wunderbar. Gehen Sie nur. Und alles Gute …«, übertönte die Opernstimme der Vermieterin das Wehklagen des Säuglings.

Etsuko kannte sich gut aus. Als wir in den dunklen Hof des ehemaligen Busdepots einbogen, sagte sie: »Das ist doch der Catcherstall von *Wild Man Yamagiwa*.« Sie sagte das offenbar nicht nur, weil im Licht der Taxischeinwerfer das fünf Meter lange, einen Meter breite

Schild neben dem Eingang auftauchte und verkündete: *»Catcherstall von Wild Man Yamagiwa«*.

»Kennen Sie ihn?«, fragte ich geduldig, obwohl ich am liebsten aus dem fahrenden Wagen gesprungen wäre.

»Nicht persönlich«, sagte sie.

»Danke für das Herbringen. Wie viel schulde ich Ihnen?«

Sie winkte ab.

»Sie erklären Sato-san, warum wir nicht heiraten können, und damit sind wir quitt.«

Oh je. Ich wünschte, sie hätte mir eine gesalzene Rechnung präsentiert.

»Einverstanden«, sagte ich galant.

Wild Man Yamagiwa stand in der halb geöffneten Tür und raufte sich die Haare. Zum ersten Mal seit ich ihn kannte, trug er keinen Schwitzanzug, sondern einen Zweireiher, der schon mal bessere Tage gesehen hatte, und eine dunkle Krawatte.

»Hamada-san – ich weiß nicht mehr, was ich tun soll. Seit dem Nachmittag randaliert sie ohne Pause. Wir wollten heute unser *Bonen-kai* feiern, unsere Jahresendparty. Ich habe dazu eigens einen Raum in Kabukicho gemietet. Alles ist schön geschmückt und vorbereitet. Aber Kiko wurde plötzlich wild, schlug um sich und ließ niemanden in ihr Zimmer. Ich fürchte, sie wird sich was antun.«

Ich konnte sie bis hierher fluchen und schreien hören.

»Sie tobt wie eine Verrückte!«, jammerte der wilde Mann hilflos. »Soll ich die Polizei rufen? Den Notarzt?«

Dieses kümmerliche Würstchen von einem abgetakelten Profiringer war mit der Situation völlig überfordert.

Ich bedachte ihn mit einem strafenden Blick. »Kiko sitzt im Rollstuhl! Wie viel Schaden kann sie denn da anrichten?«

»Kiko im Rollstuhl ist immer noch schlimmer als viele andere ohne Rollstuhl.« Er warf verzweifelt die Arme in die Luft. »Was soll ich denn tun?«

Ich begann seine Haltung zu begreifen, als ich meinen Kopf in ihr Zimmer steckte und rief: »Hallihallo, ich bin's – Hamada.«

Ich sah den goldenen Pokal gerade noch im Augenwinkel heransausen und duckte mich weg.

»Verpiss dich!«, schrie Kiko. »Ich will niemanden sehen! Lasst mich endlich zufrieden.«

Sie war wirklich nicht in der Stimmung für ein *Bonenkai*, bei dem üblicherweise Eimer von Bier getrunken, glückliche Erinnerungen an das vergangene Jahr ausgetauscht und Vorsätze für das neue Jahr gefasst wurden, bevor man zum gemütlichen Teil mit Karaoke und lustigen Trinkspielchen überging. Es wollte mir das Herz brechen, Kiko so reden und randalieren zu hören. Sie war trotz ihrer furchteinflößenden Statur und ihres Bulldoggengesichtes immer ein Gänseblümchen von einer Seele gewesen. Ich konnte nicht akzeptieren, dass sich das ändern sollte.

»Kiko«, rief ich durch die Tür. »Ich möchte mit dir reden.«

»Ich habe nichts mehr zu sagen!«, schrie sie, und irgendetwas Hartes, vielleicht einer ihrer goldenen Godzillagürtel, prallte auf der anderen Seite gegen das dünne Holz.

»Sehen Sie nun, was ich meine?«, fragte Yamagiwa unglücklich. Er war auch nur noch ein Schatten seines früheren Selbst. Einer der ersten Proficatcher des Landes, einer der Väter des Gewerbes, eine Legende in Ringerkreisen – fahl, abgemagert und verwirrt. Seine Haare standen ab wie Antennen. Im Hintergrund hielten sich die zwölf anderen Catcherinnen seines Stalls – allesamt gestandene Furien, die im Ring jede Notlage meisterten. Im Alltag waren sie hilflose Kinder, die von Yamagiwa betreut und gefüttert werden mussten. Von ihnen war jedenfalls auch keine Hilfe zu erwarten.

»Darf ich mal reingehen?«, hörte ich hinter mir eine Stimme sagen. Etsuko, die Taxifahrerin. Eigentlich hätten sich draußen vor dem Stall unsere Wege für immer trennen sollen. Sie war mir gefolgt.

»Sie sind nicht ausreichend versichert«, wehrte ich ab. »Ich bin Kikos bester Freund – Sie sehen ja selbst, wie sie mich begrüßt.«

»Klar sehe ich das«, sagte Etsuko. »Aber ich kenne *Animal Ayukawa*. Ich war einmal ihr größter Fan. Und ich bin eine Frau.«

»Das sind die da auch!« Ich deutete auf das traurige Häuflein ratloser Proficatcherinnen, das sich in Erwartung des *Bonen-kai* geschminkt und in Schale geworfen hatte.

»Also – darf ich?«, drängelte die Taxifahrerin.

»Wir hauen jetzt ab, Hamada«, schaltete sich der wilde Mann ein. »Unser *sashimi* wird warm. Du übernimmst die Verantwortung. Ich kann nicht mehr ...« Kopfschüttelnd trollte er sich, die Mädchen folgten ihm. Ich sah mir

Etsuko noch einmal näher unter dem Gesichtspunkt der Gefahr an, der sie sich im Begriff war auszusetzen, und kam zu dem Schluss, dass sie stämmig genug war.

»Wenn Sie unbedingt wollen. Ich bleibe aber hier draußen. Rufen Sie mich, wenn Sie Hilfe brauchen.«

»Oh ja«, sagte Etsuko mit rollenden Augen. Ich hatte plötzlich das unschöne Gefühl, dass sie mich als Mann nicht besonders ernst nahm.

»*Animal Ayukawa?* Hallo, mein Name ist Yoshiwara Etsuko. Sie wissen es vielleicht nicht, aber Sie haben mir mal das Leben gerettet ...«, hörte ich sie sagen und schon war sie in Kikos Höhle geschlüpft. Ich zog den Kopf ein, weil ich befürchtete, dass gleich irgendwas sehr Solides und möglicherweise Spitzes gegen die Tür schlagen würde, aber nichts geschah. Kikos Fluchen verstummte, es flogen keine Gegenstände mehr. Entweder hatte Etsuko eine Betäubungswaffe dabei für den Fall, dass der Sohn des Parlamentsabgeordneten Hamada beim ersten *o-miai* unverschämt wurde, oder sie war ein Genie. Ich wartete zehn Minuten, eine halbe Stunde, eine Stunde. Die Tür blieb zu. Ich lauschte am Holz, nichts. Ein paar Mal war ich so neugierig, dass ich schon meine Hand am Türknopf hatte und hineinlugen wollte, aber ich beherrschte mich. Nach zwei Stunden aber war ich so unruhig geworden, dass ich jede Hemmung verlor. Was, wenn die beiden sich gegenseitig die Schädel eingeschlagen hatten und blutend am Boden lagen?

Was ich sah, war so traurig und so schön zugleich, dass mir ohne Vorwarnung die Tränen in die Augen schossen. Etsuko hielt Kikos Oberkörper umschlungen und streichelte zärtlich ihr Haar. Der bullige Kopf meiner besten Freundin lag an der Brust der Taxifahrerin, als habe sie endlich Trost und Beistand gefunden. Sie hatte geweint, das war klar. Aber jetzt waren die Tränen getrocknet und sie lächelte sogar vor sich hin. Auf dem Fernsehschirm lief irgendein alter Kampf – die junge, starke, gesunde *Animal Ayukawa* zerlegte irgendein armes, dickes Ding, das unvorsichtig genug gewesen war, mit ihr in den Ring zu steigen. Ich hatte es bis zu diesem Zeitpunkt entweder erfolgreich verdrängt oder schlicht nicht bemerkt: Ich war nicht nur mit Kiko befreundet. Ich wollte, dass sie glücklich war. Ich war bereit, mich selbst zu opfern, um sie glücklich zu machen.

Ich liebte sie.

Als Etsuko mich bemerkte, feuerte sie einen bösen Blick auf mich ab und ich zog mich sofort wieder zurück. Eine halbe Stunde später kam sie heraus.

»Ich habe sie ins Bett gebracht«, sagte sie. »Sie ist sehr einsam. Und sehr traurig.«

Ich nickte. »Danke. Ich wollte nicht spionieren. Ich hatte mir nur Sorgen gemacht.«

»Schon gut. Sie wird schon wieder ruhig werden. Ich glaube, sie fängt langsam an, zu verstehen, dass sie nie wieder laufen kann.«

»Sie sind ein sehr feiner Mensch«, sagte ich und verbeugte mich tief. Ehrlicherweise hätte ich noch anfügen müssen: *Bitte verzeihen Sie mir, dass ich Sie anfangs mit einer Kröte verwechselt habe.*

Sie wehrte ab. »Ich war wirklich ein großer Fan von Kiko. Sie hat mir so viel Mut gemacht, als ich auf die

Highschool ging. Ich glaube, wenn sie nicht gewesen wäre, dann hätte ich … Na ja. Sie wissen schon …«

Ich wusste es nicht. Aber ich konnte es mir denken. Kinder, die etwas dicker und vielleicht etwas hässlicher sind als die anderen, haben es nicht leicht in Japans Schulen. *Ijime* heißt das. Mobbing, fieseste Anmache und Herabwürdigung. Manchmal Prügel und immer Demütigung. Davon konnte ich auch ein Lied singen. Der Schulhof wird zur Folterkammer und der Heimweg zum Spießrutenlauf. Wenn die junge Etsuko das volle Programm abbekommen hatte, dann wunderte es mich nicht, wenn sie Selbstmordgedanken gehabt hatte.

Etsuko starrte in die Dunkelheit ihrer Erinnerung. »Immer wenn es nicht mehr ging und wenn es einfach zu viel wurde, dann dachte ich an *Animal Ayukawa*. Ich hatte ein großes Poster von ihr an der Wand. Sie bekam auch tagein, tagaus auf die Fresse und ist wieder aufgestanden. Und hinterher hat sie doch alle besiegt. So wollte ich auch werden.«

»Ich glaube, das ist Ihnen ganz gut gelungen«, sagte ich.

Sie schüttelte schnell den Kopf.

»Egal«, seufzte sie erleichtert. »Soll ich Sie noch irgendwo hinbringen? Haben Sie vielleicht auch ein *Bonenkai*?«

Gute Frage. Eigentlich gab es jedes Jahr um diese Zeit in der *Little Box* eines, aber ich hatte wohl zu viele Fehlstunden angehäuft und war nicht mehr auf dem Laufenden.

»Nicht, dass ich wüsste. Aber, wenn Sie Lust haben,

Yoshiwara-san, dann lade ich Sie zu einem kleinen, privaten *Bonen-kai* ein. Nur Sie und ich. Wir betrinken uns, spielen irgendwas Albernes, singen ein wenig Karaoke, fassen gute Vorsätze und dann rufen wir Ihnen ein Taxi.«

Das brachte sie zum Lachen. »Sie sind sehr witzig«, sagte sie.

Der alte Hamada hätte das als Kompliment empfunden. Den neuen Hamada streckte diese Bemerkung unverhofft nieder. Es deprimierte mich so sehr, dass ich mit einem Mal zu schrumpfen schien. Sie hatte natürlich Recht. Ich war nicht nur witzig. Ich war eine Witzfigur. Fast vierzig, nichts im Leben erreicht, keinen festen Beruf, keine Frau, die ihn liebte, die Verantwortung für ein kleines Kind und keinen Plan, wie ich ihm helfen konnte. Die Liste ließ sich fortsetzen. Ein Flop als Detektiv, zu Lebzeiten ein verkanntes, verachtetes Genie als Songschreiber. Hamada van Gogh. Ein einsamer Clown, der seine kluge und geschäftstüchtige deutsche Freundin in die Wüste schickte und auch noch stolz darauf war. Gerettet von Rechtsradikalen, quasi vergewaltigt von einer liebeshungrigen Milliardärsgattin mit einem brennenden Kinderwunsch und zum *o-miai* verdonnert mit einer Taxifahrerin, die aussah wie ich selbst. Es war kurz vor Weihnachten, überall feierten sie *Bonen-kais* und ich hatte noch keine einzige Neujahrskarte geschrieben. Die Erkenntnis schwappte mit aller Macht über mich herein, als sei plötzlich ein Riss in einem verborgenen Damm meines Lebens aufgetreten. Ich fühlte, wie ich in diesem Moment, im halbdunklen Trainingssaal einer nach Frauenschweiß riechenden Ringerschule, diese feine, aber bedeutsame Linie endgültig überschritt – von der Pubertät geradewegs in die Midlife-Crisis.

»*Taihen* – Au weia«, sagte Etsuko, der das nicht entgangen war. »Habe ich etwas Falsches gesagt? Tut mir leid.«

»Nein, nein«, versicherte ich heiser. »Sie haben genau das Richtige gesagt.«

»Scheint heute mein Schicksal zu sein, Leute aufzubauen ...«, murmelte sie. »Kommen Sie, Hamada-san, gehen wir einen trinken.«

Sie schleppte mich in eine verrauchte, laute Kneipe in Kabukicho, nicht weit vom Club Adonis, wo auf urigen Holztischen und unter roten Laternen *kushi-yaki*-Grillspießchen, *sashimi* und allerlei Gedünstetes serviert wurde. Sie orderte fetten, gewürzten Schweinebauch, Kalbszunge und *hoya* – eine Spezialität aus Nordjapan, die schmeckt wie etwas, mit dem man lieber die Küche scheuern sollte. Sie orderte und trank Schnaps, der für Männer gebraut war, die in ihren Stiefeln starben. Sie rauchte zwei oder drei Zigarillos, klopfte mir gelegentlich aufmunternd auf meine herabhängenden Schultern, als sei ich ein müdes, altes Zirkuspferd. Sie erzählte von ihrer Familie in irgendeinem winzigen Dorf in Nagano, das auf keiner Landkarte verzeichnet war. Von ihrer Tante, die zur Schürzenmafia meiner Vermieterin gehörte und die sie irgendwann nach Tokio geholt hatte. Von ihrer Schwester, die zwei Kinder mit einem brutalen Trunkenbold von Lastwagenfahrer hatte, und von ihrem Bruder Hikari, von dem sie aber nicht sprechen wollte, weil sie das zu traurig machte, sagte sie.

Ich hörte ihr wie verzaubert zu und sagte nach dem zwölften Schnaps: »Willst du mich heiraten?«

Sie sagte ohne nachzudenken »Nein« und erzählte von der Reisernte bei ihren Eltern, zu der sie jeden Spätsommer aus Tokio anreiste. Nach dem zwanzigsten Schnaps kam sie doch wieder auf ihren Bruder Hikari, diesen verkrachten Immobilienmakler, der beinahe die ganze Sippschaft in tiefstes Unglück gestürzt hatte, als er sich dieser irrsinnigen Sekte anschloss, die ihm sein ganzes Geld abnahm und ihn zwang, Schulden und noch mehr Schulden zu machen. Hikari hatte es aber vorgezogen, sich aufzuhängen, damit die Lebensversicherung seine Schuld beglich und wenigstens die Familie unbehelligt blieb.

»Ist was?«, fragte sie, als sie meinen Blick sah. Unsicher blickte sie sich um, ob dieser Blick wirklich ihr galt oder ob hinter ihr ein irrer Killer mit einem Messer aufgetaucht war. Mir war, als sei aller Lärm der Kneipe plötzlich verstummt und als habe über mir jemand eine kalte Dusche angestellt.

»Welche Sekte war das?«, brachte ich hervor.

»Keine Ahnung«, sagte sie. »*Hon*-irgendwas-*kyo*.«

»*Honri-kyo*.«

»Kann sein. Ist was damit?«

»Mir scheint, mit denen habe ich auch zu tun.«

»Lass bloß die Finger von so was. Geh lieber zum Pachinko-Spielen, wenn du Sorgen hast. Das sind Gangster«, warnte sie. »Mein Bruder hat mir kurz vor seinem Tod ein paar Sachen erzählt, die hätte ich lieber gar nicht gewusst.«

Es war wieder wie früher, im Leben des alten Hamada.

Ich musste mich gar nicht anstrengen, groß herumlaufen und ermitteln. Dinge, die zu mir wollten, kamen von sich aus zu mir. Es war Zauberei. Magic Hamada.

»Ich möchte dich küssen«, sagte ich, durchflutet von Dankbarkeit und neuer Kraft.

»*Zettai dame*«, sagte sie. »Kommt nicht in Frage.«

Nieren

Es hatte ganz harmlos angefangen, so wie immer. Hikari war Mitte dreißig und ledig, weil er mit seinem Einkommen als Angestellter eines Immobilienmaklers keiner jungen Frau das Leben bieten konnte, das eine junge Frau in diesem Land erwartete. Also kein Mercedes-Coupé, keine Sammlung von Designertaschen und keine Europareisen. Er war einsam in der großen Stadt, sehnte sich nach Nagano und den Bergen, frischer Luft und ein wenig Zuneigung und schlief jeden Abend vor dem laufenden Fernseher ein. Irgendwann kam er an den Punkt, den wir alle einmal erreichen, nämlich sich zu fragen, ob das nun, verdammt noch eins, wirklich schon alles gewesen sein sollte. Irgendwie scheint er deswegen beschlossen zu haben, religiös zu werden. Wer jeden Tag fremde Leute durch fremde Wohnungen führt, muss schließlich irgendwo einen Anker in seinem Leben finden. Hikari war wie jeder Japaner mit der Shinto-Religion aufgewachsen, unserem eigenen, überaus toleranten und konsumentenfreundlichen Götterglauben, der uns weder zur Unterwerfung, Bekehrung noch zu regelmäßigen Gottesdiensten zwingt, sondern uns lediglich einmal im Jahr dazu anhält, eine Gottheit aus ihrem Schrein zu holen und sie einmal jauchzend um den Block zu tragen und uns dabei hemmungslos zu betrinken. Unverständlich, wieso sich die *Playstation* weltweit etabliert hat, aber nicht unsere lebensbejahende, fröhliche Religion. Leider wohnen dem Shinto keine unverrückbaren Weisheiten inne, nach denen es manchen dürstet, weswegen in Japan der Trend schon seit jeher zur Zweitreligion ging. Zum Buddhismus. Aber dies meist erst, wenn man aus gegebenem Anlass ans Jenseits denken muss. Mit dem täglichen Leben einer modernen Industrienation ist der Buddhismus allerdings nur schwer zu vereinbaren, weil niemand Zeit hat, stundenlang Sutren zu lesen und an seinem Karma zu arbeiten. Deswegen spendet man lieber den Mönchen etwas, die erledigen die Gebete, während man selbst Zeit für die wichtigen Meditationsübungen des Lebens findet, zum Beispiel das Pachinko-Spiel. Viele Japaner experimentieren noch ein wenig mit dem Christentum, besonders wenn sie heiraten wollen, weil die Braut da so schöne weiße Kleider tragen kann und ein vorzugsweise ausländischer Priester der ganzen Sache einen Hauch von Weltläufigkeit verleiht, als handelte es sich bei der Hochzeit um eine Maßnahme der Vereinten Nationen, bei der schließlich auch der Hochzeitsmarsch gespielt wird.

Hikari fand die Welt immer feindseliger, komplizierter und abstoßender. Er wollte nicht beten und nicht sterben, fand niemanden zum Heiraten, aber stattdessen ein Zeitungsinserat der *Honri-Kyo*. Diese lud zu einem Einführungsseminar über die Grundlagen des Glücks, des Erfolges und der Gesundheit ein und Hikari wurde neugierig. Schwer zu begreifen, wieso er nicht schon misstrauisch wurde, als sie ihm als »freiwillige Teilnahmegebühr« für den anderthalbstündigen, luftigen Vortrag 10.000 Yen abknöpften – und zwar am Ausgang nach der Veranstaltung. Aber wer selbst nicht mal verzweifelt gewesen ist, der wird wahrscheinlich nie verstehen, wieso Hikari nicht nur bezahlte, sondern auch noch drei schlecht gebundene Bücher über die Grundlagen der *Honri-Kyo*-Lehre für nochmal 15.000 Yen kaufte und sie tatsächlich las. Und wieso er sich für eine dreitägige Fortbildung anmeldete für 175.000 Yen inklusive Frühstück. Da lernte er dann alles über den Weltraum, Eisenhower und die Garbo, intergalaktische Antennen und so weiter und fand es überzeugend und logisch. Und zwei Wochen später nahm er seinen ersten Kredit bei der Morita-Bank auf, 500.000 Yen. Die Morita-Bank war das von der *Honri-Kyo* empfohlene Geldinstitut. Er gab das Geld dem Anführer der Sekte, einem gewissen Funayoshi Misohara, der ihm dafür eine circa dreiminütige Audienz gewährte. Misohara war genau der Typ, von dem man niemals einen Gebrauchtwagen kaufen würde – ein schiefes Gesicht und eng zusammenstehende Rattenaugen, ein schmaler Mund und große Ohren. Ein ehemaliger Gefängniswärter aus dem Knast in Ibaraki, der viel Erfahrung im Umgang mit gestrauchelten Existenzen hatte. Er sagte Hikari, dass er auf einem guten Weg sei zu Gesundheit und Glück, aber dass etwas in seinem Leben noch nicht in Ordnung sei und dass er weiter daran arbeiten müsse. Die Außerirdischen seien noch nicht zufrieden mit ihm. Es folgte der zweite Kredit für Tonbandkassetten, auf denen lediglich irgendein sphärisches Rauschen aufgenommen war, Bücher, für kraftspendendes Gestein von fernen Planeten und eine Flasche Badewasser, in dem Misohara sich gesuhlt hatte. Der Gläubige sollte es trinken und genesen. Die neue Investition machte die Außerirdischen schon ein wenig zufriedener und beim dritten Großkredit konnte er annehmen, dass alles in Ordnung kommen würde. Dann nahm Hikari einen vierten auf, um den ersten zurückzuzahlen, und schon flatterte ein Brief ins Haus, in dem der große Misohara ihn persönlich einbestellte, weil eine Nachricht vom Mutterschiff für ihn eingetroffen sei. Nochmal 500.000 Yen. Morita, der Bankier, freute sich und schickte vorsichtshalber schon mal einen seiner Schalterbeamten vorbei, der sich vergewisserte, dass Hikari auch bloß eine Lebensversicherung hatte, die für seinen Schaden aufkommen würde. Zur gleichen Zeit bekamen die Eltern Yoshiwara in Nagano zum ersten Mal Besuch von einem Morita-Kassierer. Die braven Bauersleute händigten ihm, weil er so unerwartet grob auftrat, ihre Ersparnisse in Höhe von 120.000 Yen aus – zu diesem Zeitpunkt gerade genug, um eine der monatlichen Zinsraten abzutragen. Als der Monat vorbei war, klingelte jeden Morgen um Viertel nach vier das Telefon und der Anrufer verlangte mehr. Die armen Yoshiwaras konnten ihn meist nur um eine Stunde vertrösten, dann klingelte er schon wieder. Hikari war seiner Erleuchtung oder was immer es war, das er anstrebte, zwar näher gekommen. Aber immer nur so weit, wie sein Kreditrahmen reichte.

Sein Vater rief ihn an und fragte, was es mit diesen Schulden auf sich hatte. Schwester Etsuko wurde vorbeigeschickt, die ihn im Zustand fortgeschrittener Abmagerung antraf, weil er sich nur noch von Instantnudeln ernährte. Als er sah, dass seine Familie in Gefahr war, als sein Vater am Telefon in Tränen ausbrach und seine Schwester ihn auf Knien bat, zur Vernunft zu kommen, beschloss Hikari ehrenhaft und verzweifelt, den Versicherungsfall eintreten zu lassen. Im Land von *Seppuku* und *Kamikaze* haben die Versicherungen kein Problem damit, Selbstmord als Todesursache anzuerkennen, und als sie Hikari blau und mit angeschwollener Zunge losschnitten und einpackten, da konnte sich Morita einmal mehr die Hände reiben.

Das alles erzählte mir Etsuko auf dem Heimweg in einem fremden Taxi und ich hatte keinen Zweifel, dass es Hisashi und seiner unbekannten Ehefrau ganz genauso ergangen war wie Etsukos bedauernswertem Bruder. Und dass die Sekte oder Morita selbst oder beide den kleinen Akira als Pfand benutzten, um das Allerletzte aus ihnen und ihren Familien herauszupressen. Ich wollte mich von Etsuko mit einem Kuss auf die Wange verabschieden, aber nicht einmal das gestattete sie mir. Sie hinterließ ihre Handynummer. Gratis.

Während ich mich aus dem Armani-Anzug schälte, der mehr denn je aussah, als seien darin schwere Gegenstände über lange Strecken transportiert worden, dachte ich daran, morgen mit meinen Ermittlungen in eine neue Richtung zu gehen. Hisashis Frau hieß mit Mädchennamen Kaneko Mariko. Und wenn ich ihre Eltern ausfindig machen konnte, die sicherlich auch Bekanntschaft mit Moritas Eintreibern oder den taubenblauen Herrn von der Sekte gemacht hatten, dann eröffnete sich vielleicht eine neue Spur, dachte ich, während der Schlaf mich überkam. Wieso ermittelte ich überhaupt? Ich war Sänger. Wie ferngesteuert wollte sich mein Körper erheben, um nochmal nach unten zu gehen und in den Briefkasten zu schauen. Vielleicht hatte die Plattenfirma endlich geantwortet. Ich war zu müde und sank wieder auf das bretharte *futon*. Müsste wirklich mal ein Stündchen in die Sonne gehängt werden. Ob ich noch einmal aufstehen und ein wenig meine Fingerfertigkeit an der Gitarre üben sollte? Ich hatte auch eine neue Idee für einen Song, der mir heute Abend in der Kneipe gekommen war.

Liebe ist wie ein Senfglas.
Du machst es auf und denkst, sie geht niemals zu
Ende und reicht
Für alle Ewigkeit
Aber, oh ja, aber
Irgendwann aber packst du dein Würstchen aus und
stellst fest, das
Senfglas ist leer.
Oh, es ist leer.

Ich summte vor mich hin und konnte mich einfach nicht dazu aufraffen, die Gitarre aus dem Koffer zu holen.

Kaneko Marikos Eltern finden, das war mein vorletzter Gedanke, bevor ich endlich einschlief. Mein letzter war: Bei meinem Glück war sie wahrscheinlich eine Vollwaise.

Es klingelte Sturm um Viertel nach acht. Entweder das Haus brannte oder die Oya-san lief Amok. Noch in einem Albtraum verfangen, in dem es um einen Auftritt von *Panama Hamada* und seiner Band im *Tokyo Dome* ging, für den das Programm noch nicht stand, wankte ich zur Tür und machte mich darauf gefasst, einer gnadenlosen Vermieterin entgegenzutreten, die wissen wollte, wie das *o-miai* ausgegangen war. Vor der Tür stand Rudi Matsumoto in seiner vierlagigen Winterwattierung – drei verschiedenfarbige Pullover und ein verfilzter Mantel – und drängte mich, kaum dass ich ihn erkannt hatte, in die Wohnung zurück.

»Hamada-san«, raunte er und zog die Tür hinter sich ins Schloss. »Ich weiß nicht, wie Sie da hineingeraten sind. Aber glauben Sie mir, es wäre besser, wenn Sie ganz schnell die Polizei einschalteten …«

»Auch Ihnen einen guten Morgen«, murmelte ich fast ohnmächtig. »Bitte, kommen Sie doch näher.«

Unnötige Aufforderung. Rudi stand bereits so nah, dass es mir den Atem verschlug.

»Ich wollte Sie eigentlich anrufen. Aber die Sache ist zu heiß, als dass man sie am Telefon besprechen kann. Deswegen bin ich den ganzen Weg von Shinjuku hierher gelaufen.«

So sah er auch aus. Blaugefroren und erschöpft. »Ich habe mich umgehört. Ich glaube, ich habe den Mann gefunden, den Sie suchen. Hisashi Ogata und seine Frau Mariko.«

»Wundervoll. Möchten Sie auch einen Kaffee?« Ich bin keiner von diesen morgendlichen Schnellstartern. Besonders nicht nach höchstens vier Stunden Schlaf. Nur langsam, nach und nach mäanderten Rudis Worte durch die verschiedenen Kammern meines Gehirns, bevor sie an der mit der Aufschrift *»Detektiv Hamada. Bis auf weiteres geschlossen«* angelangten.

»Sie haben ihn?«, fragte ich sofort und riss die Augen so weit auf, dass es wehtat.

»Nicht direkt. Aber ich habe etwas über ihn herausgefunden.«

»Dann sprechen Sie doch!« Plötzlich konnte es mir nicht schnell genug gehen.

»Möchten Sie sich nicht erst etwas anziehen?«, fragte Rudi fürsorglich.

»Mache ich. Sie reden inzwischen.« Ich servierte ihm eine Tasse Instantkaffee und kleidete mich an. Rudi schloss beide Hände um die heiße Tasse und trank hektisch, während er berichtete.

»Ogata Hisashi tauchte vor etwas mehr als einem halben Jahr bei einer Gruppe in der Gegend von Shinagawa auf. Er und seine Frau. Beide völlig am Ende. Schulden bei Morita, wie wir angenommen haben. Sie hatten aber auch gerade ein Kind in die Welt gesetzt und waren fast wahnsinnig vor Angst. Aber nicht nur wegen Morita, sondern wegen einer Sekte, die sie anscheinend verfolgte.«

Ich hatte inzwischen meine Lieblingscordhose angelegt und mein Lieblings-Sweatshirt. Ein ehrwürdiges, graues Wohnzelt mit der lyrischen Aufschrift: *This Mankind enjoy beautiful Desert Sunset Navajo*. Ich hatte zwar keine Ahnung, was das bedeuten sollte – mein Englisch war noch nie besonders gut – aber es hörte sich überzeugend an und gab mir ein gutes, warmes Gefühl. Außerdem gab es mir ein ebensolches Gefühl, wenn ich mich an Susanne erinnerte, die dieses Sweatshirt mit Hohn und Spott überschüttet hatte. *»Das ergibt doch keinen Sinn, Hamada«*, gluckste sie jedes Mal, wenn ich es überstreifte. *»Was soll das denn heißen? Es stimmt grammatikalisch nicht und hört sich einfach nur dämlich an …«*

Das fand ich eben nicht.

»Wieso findet ihr Japaner so viel Gefallen an vermurksten, englischen Sätzen und kleidet euch auch noch darin ein?«

»Aus Rache für Pearl Harbour«, sagte ich, was überhaupt keinen Sinn ergab, aber darauf kam es Susanne sowieso nicht an. Sie war schon zufrieden, wenn sie nur an mir herummeckern konnte. Gut, dass das vorbei und mein Sweatshirt wieder tragbar war.

Ich ließ mich neben Rudi nieder und konnte einem heraufdämmernden Gähnanfall nicht standhalten. Danke, Rudi, dachte ich. So weit war ich mittlerweile auch schon. Hoffentlich hatte er noch etwas Neues.

Er hatte.

»Die beiden hatten in ihrer Not ihre Nieren verkauft«, ließ Rudi die Bombe platzen. Ich verbrannte mir vor Schreck die Lippen am Kaffee.

»*Uso* – wirklich???«

»Beide«, nickte er finster. »Für je 20 Millionen Yen. Aber das war nicht genug. Sie hatten mittlerweile so viele

Schulden, dass sie damit gerade mal ihre Zinsen begleichen konnten und ein paar Monate vor Morita Ruhe hatten. Aber das ist nur ein Teil der Geschichte. Fast jeder, den ich da draußen treffe, hat Schulden. Aber diese beiden hatten ein Kind und das Kind hatten die Brüder von der Sekte.«

Ich dachte an Akiras Brandwunden und in meine Vorstellung schlich sich das widerliche Bild einer abgründigen Folterszene. Die Eltern, die zusehen mussten, wie ihr Kleiner gequält wurde, damit sie ... was taten? Rudi beobachtete mich genau.

»Jetzt kommt der furchtbarste Teil«, sagte er zuvorkommend, damit ich rechtzeitig die Kaffeetasse aus der Hand stellen konnte. »Sie haben einem meiner Kumpels dort unten in Shinagawa alles erzählt. Das war erst vor ein paar Tagen. Sie waren am Ende. Es war übrigens das letzte Mal, dass er sie gesehen hat.«

Ich war bereit. »Okay, Rudi, was ist es?«

»Sie haben sich dann auch bereit erklärt, ihre zweite Niere zu spenden. Und ihre Lebern. Und ihre Herzen und was immer sonst noch zu gebrauchen ist aus so einem menschlichen Körper. Damit wenigstens ihr Kind überlebte. Das Kind sollte bei der Mutter deines Freundes bleiben.«

Mir war, als müsse ich mich übergeben. Ich sprang auf und rannte zum Klo, aber ich brachte nur einen feuchten Rülpser zustande. Ich stützte mich an der Wand ab, glotzte starr in die Schüssel, zitterte und keuchte.

»So was Beschissenes habe ich in meinem ganzen Leben noch nicht gehört«, hörte ich Rudi Matsumoto grimmig sagen. »Und ich habe nun wirklich schon alle möglichen beschissenen Geschichten gehört. Weiß der Himmel, was aus dem Kind geworden ist. Vielleicht haben sie das auch schon zerlegt und verkauft.«

»Haben sie …«, richtete ich hüstelnd das Wort an die Schüssel. »Haben die beiden irgendeinen Namen genannt? Wer hat ihnen ihre Nieren abgenommen?«

»Ja, das haben sie.« Rudi nickte traurig. »Sie waren bei einem gewissen Doktor Nagai.«

Ich war wieder im Zimmer erschienen und so entging mir nicht, dass Rudi den Blick senkte.

»Sie kennen diesen Doktor Nagai?«, folgerte ich.

»Oh ja. Einer, der manchmal bei uns im Shinjuku-Park auftaucht und kostenlos kleine Gesundheitschecks durchführt. Wir waren ihm dafür immer sehr dankbar.« Rudi grinste böse in sich hinein. »Vielleicht nimmt er dabei schon Maß. Wissen Sie, Hamada-san, es kommt immer mal wieder vor, dass einer von uns verschwindet und nicht wieder auftaucht …«

Er spülte den Rest seines inzwischen erkalteten Kaffees hinunter und stellte die Tasse geräuschvoll auf den Tisch. »Ich weiß nicht, was Sie vorhaben, Hamada-san. Aber ich kann nicht untätig bleiben. Ich werde die Polizei einschalten. Jetzt sofort.«

Herzlichen Glückwunsch, dachte ich. Matsumoto-san, der Rocky mit Rudi verwechselt und sein italienisches Restaurant *Chiuso* genannt hatte, war im Begriff, sich einen weiteren, folgenschweren Patzer zu leisten. Stadtstreicher beschuldigt einen angesehenen Internisten des Organhandels und Mordes. Ich konnte mir gut vorstellen, welchen Erfolg er mit dieser Geschichte beim *koban*-Polizeihäuschen an der Ecke haben würde. Selbst wenn sie, was ich bezweifelte, überhaupt auch nur einen Telefonanruf in dieser Sache unternahmen, statt Rudi für den Rest des Jahres einzusperren. Dann hätte dieser Dr. Nagai stunden-, wenn nicht tagelang Zeit, alles Beweismaterial, falls es überhaupt welches gab, in aller Ruhe zu vernichten. Vielleicht konnte ihn die unwiderstehliche Logik meiner Hamada-Schritt-Theorie einnehmen.

»Hören Sie mal zu, Matsumoto-san, wir sollten jetzt nichts überstürzen und ich erkläre Ihnen mal, warum. Erster Schritt: Leute machen Schulden. Warum auch immer. Sie sind pleite, sie haben große Wünsche, sie sind arbeitslos. Manche schließen sich dieser Sekte an und wollen ihr Seelenheil erkaufen. Zweiter Schritt: Morita gibt ihnen Geld und setzt sie unter Druck. Dritter Schritt: Sie enden bei Dr. Nagai, der sie ausschlachtet wie abgewrackte Autos.«

»Ja, eben«, jammerte Rudi ebenso aufgeregt wie uneinsichtig. »Da müssen wir doch sofort was unternehmen!«

»Das werden wir ja auch. Aber ruhig und mit Vorsicht. Nach meinen Methoden. Und die schließen den Gang zur Polizei, jedenfalls zum jetzigen Zeitpunkt, nicht ein. Sehen Sie denn nicht die Logik des Ganzen?«

Ich fühlte, wie mir das Blut in den Kopf stieg, als ich selbst die Logik des Ganzen begriff. »Wir haben einen funktionierenden wirtschaftlichen Kreislauf entdeckt, ein *perpetuum mobile*, eine perfekte, gut geölte Geldmaschine.«

Rudis Gesicht legte sich in tiefe Falten. Die Ökonomie gehörte wohl nicht zu seinen starken Seiten.

»Misohara lockt die Leute mit irgendwelchen Heilsversprechen in die Schuldenfalle, Morita nimmt sie aus und Dr. Nagai verkauft ihre Organe. Und dazu kassieren sie wahrscheinlich noch die Lebensversicherungen. Wenn Dr. Nagai den Totenschein ausstellt, fällt doch keinem auf, dass etwas fehlt. Die Toten werden schnell eingeäschert und niemand kann sie exhumieren und feststellen, was alles entnommen wurde.« Der Gedanke an Etsukos Bruder drängte sich mir auf. Ich war bereit, eine große Menge Geldes darauf zu verwetten, dass Dr. Nagai sein Hausarzt war. Von wegen Selbstmord.

»Wer ist Misohara?« Rudi konnte nicht so schnell folgen.

»Der Oberguru von dieser Sekte.«

»Aber nicht alle Leute, die überschuldet sind, gehören zu der Sekte«, protestierte er. Kein dummer Einwand. Daran hatte ich auch schon gedacht.

»Aber die zur Sekte gehören, haben alle Schulden. Und die sind leicht zu kontrollieren. Sie träumen von Erlösung und Außerirdischen, während ihre Organe schon verschachert werden. Das sind schon allein ein paar Tausend Menschen. Multiplizieren Sie das mit 20, 40 oder 100 Millionen für die Organe, schlagen Sie das Geld von den Lebensversicherungen drauf und zuletzt noch all das Geld, das sie Morita in den Hals werfen, bevor sie am Ende sind.«

Langsam lichteten sich die Wolken des Nichtbegreifens in Rudis Gesicht.

»Verdammte Schweinerei«, sagte er.

»Wir kriegen sie«, sagte ich. Ohne die geringste Ahnung, woher dieser zuversichtlichen Ton in meine Stimme gekommen war. Aber immerhin reichte er, um Rudi Matsumoto zu überzeugen. Er nickte feierlich.

»Ich höre mich weiter um«, versprach er.

High Noon

Die Sache wuchs mir zusehends über den Kopf. Nicht nur verlor ich angesichts dieses schandhaften Organhandels und nach den Erfahrungen mit dem ehrwürdigen Dr. Takahana und seiner ausgezeichneten Brandsalbe den letzten Respekt vor dem Berufsstand der Ärzte. Ich begann auch zu begreifen, dass ich im Leben nichts gegen ein so gut organisiertes, stinkreiches Kartell ausrichten konnte. Verdammt, wenn mir nicht ausgerechnet Oyasans verhaltensgestörter Bruder zufällig zur Hilfe geeilt wäre, dann hätten mich schon Moritas jugendliche Lackaffen zu Kleinholz verarbeitet. Das hier war kein Spiel. Hier ging es darum, sich seiner Haut zu erwehren. Kiko war die einzige Person in meinem Freundeskreis, die überhaupt jemanden zu Boden schlagen konnte, wenn es darauf ankam. Und Kiko saß im Rollstuhl. Nori war die einzige Person, mit deren Hilfe ich etwas über Dr. Nagai oder die Sekte herausbekommen konnte, und Nori, dieses Arschloch, war mit dem stellvertretenden Regierungssprecher in Afrika. Hisashi und seine Frau Mariko waren entweder schon tot und verbrannt oder im Begriff, von

Doktor Nagai ausgeweidet zu werden. Und als sei das alles noch nicht schlimm genug, stand, zehn Minuten nachdem Rudi Matsumoto abgetrabt war, Mika Morita in meiner Tür und gurrte mich an wie das Playmate des Monats.

»Hallo, Ken.«

Ich überlegte kurz, ob ich mir noch einmal die Mühe machen sollte, ihr zu erklären, dass ich lieber Kenji genannt wurde. Oder am liebsten einfach nur Hamada. Ich entschied mich dagegen. Ich war zu müde, zu aufgewühlt und zu verwirrt. Sie setzte in mir wieder diese Liebesphantasien in Gang, deren ich mich nicht erwehren konnte. Sie rumorten in meinem Bauch und durchpfiffen wie ein Orkan mein Gehirn. Ich wollte sie. Aber nicht jetzt – sondern wenn all das vorbei war.

»Oh, Mika«, sagte ich so distanziert wie möglich.

Hoffentlich fiel sie nicht wieder wie eine Kannibalin über mich her. Ich war wirklich nicht in der Stimmung. Wenn sie sich jetzt ihren Pelzmantel vom Leibe riss und nichts darunter hatte, würde es eine hässliche Szene geben.

»Darf ich nicht reinkommen? Ich habe Neuigkeiten über deinen Freund. Wie versprochen.«

»Natürlich, komm rein. Entschuldige, ich bin noch nicht zum Aufräumen gekommen. Oder zum Lüften.« Rudi Matsumotos vierlagiges Aroma hing noch schwer in der Wohnung, aber schon machten sich ihre diversen teuren Duftnoten daran, die Lufthoheit in Hamadas Heim zurückzugewinnen.

»Möchtest du einen Kaffee?«, fragte ich unschuldig.

»Gerne. Hattest du Besuch?« Rudis Tasse stand noch auf dem Tisch. Ich antwortete nicht, sondern werkelte in der Küche herum.

»Entschuldige – ich verstehe dich nicht. Milch und Zucker? Bin gleich bei dir.« Als ich wenig später den Kaffee servierte und Rudis Tasse schnell verschwinden ließ, hatte sie die Frage schon wieder vergessen.

»Und?«, fragte ich gespannt.

»Wir haben eine Abmachung«, sagte sie, lieblich lächelnd. »Du hast versprochen, dass ich mit deinem kleinen Neffen Akira spielen darf.«

»Mein Neffe gehört dir«, sagte ich listig. »Aber alles zu seiner Zeit. Was hast du herausgefunden?«

»Darf ich wenigstens mal ein Foto von ihm sehen?«

»Ich bewahre keine Fotos auf. Die machen mich nur traurig. Also?«

Sie seufzte wie ein unwilliges Mädchen und kramte in ihrer Tasche. »Hisashi Okura«, sagte sie.

»Hisashi Ogata«, verbesserte ich. Inzwischen hatte sie einen Stoß Papiere gefunden, offenbar geheime Kopien aus dem Geschäftsarchiv ihres Mannes.

»Ja, natürlich. Hisashi Ogata. Geboren am 13.02. 1964.«

»Kann schon sein. Wir waren ja nicht sehr eng befreundet.«

»Und seine Frau Mariko. Geboren am 30.06.67. Wohnhaft im Nakano-Bezirk, Chubu 2-3-12.«

»Das ist die Adresse eines Parkplatzes«, sagte ich enttäuscht.

»Wirklich?«

Mein Handy klingelte.

»Schöne Melodie«, bemerkte Mika.

»Danke! Das habe ich selbst komponiert.« Dafür hätte ich sie küssen können. Es war eines meiner Frühwerke, das ich unter größten Mühen als Rington einprogrammiert hatte. Es hieß *Ai-no Muneyaki* – Liebe macht Sodbrennen. Ein echter Hit und ein Text der unter die Haut ging.

»Liebe ist ein scharfes Essen,
Das nicht jeder gut verträgt.
Und ich hatte fast vergessen
Wie mir deine Liebe auf den Magen schlägt«

Ein Lied für Susanne, nachdem sie mal Sauerkraut und Würstchen für mich gekocht hatte.

Es war Etsuko, die sich erkundigen wollte, ob ich noch am Leben sei. Sie rufe, sagte sie, vom Catcherstall aus an und wolle mit Kiko einen Ausflug in den Park machen. Nur falls ich vorhatte, Kiko zu besuchen.

»Geht es ihr gut?«, fragte ich.

»Nein«, sagte Etsuko.

»Danke, dass du dich um sie kümmerst«, sagte ich.

»Geschenkt«, sagte sie und legte auf.

»Wer war das?«, fragte Mika in demselben scharfen Ton, in dem sie zuvor wissen wollte, ob ich Besuch gehabt hatte. An ihr war eine erstklassige Vermieterin verloren gegangen.

»Eine Freundin«, sagte ich unbestimmt.

Fehler, Fehler, schlimmer Fehler! Rote Warnlichter

leuchteten überall auf, Sirenen erklangen. Mika drehte durch. Sie sprang auf. Ihr Haar floss wild und schön über ihr Gesicht.

»Bin ich dir etwa nicht genug?«, fauchte sie, dann brach sie zusammen und schluchzte: »Ich habe dir alles gegeben und was machst du? Du hintergehst und betrügst mich, kaum dass wir uns kennen gelernt haben!«

»Mika! Mika …« Ich konnte nicht anders, als sie zu umarmen und ganz fest zu halten. Ihre Tränen wirkten wie eine Keule auf mich. Ich hatte Mitleid mit dieser schönen, verkorksten Frau, die ganz offensichtlich hoffnungslos in mich verliebt war und deren Gefühle ich immer williger teilen wollte. »Ist schon gut, ist doch alles gut.« Ich streichelte ihr Haar, während sie gluckste und wimmerte wie ein verlorenes Hündchen. Gab es Medikamente gegen diese Zustände? Und wenn ja, waren sie ihr verschrieben worden? Mika Morita brauchte professionelle Hilfe dringender als ich eine durchschlafene Nacht.

»*Gomennassai* – bitte, vergib mir«, hechelte sie nach einer Weile und versuchte ein klägliches Lächeln. »Ich weiß selbst nicht, was manchmal mit mir los ist. Nach der Fehlgeburt, nach der Operation …«

»Es wird doch alles gut«, sagte ich blöde und streichelte weiter ihr Haar, als klagte sie über einen Vergaserschaden an ihrem Porsche. Das war es also. Nicht nur, dass sie keine Kinder bekommen konnte, wie sie gesagt hatte. Sie hatte es versucht und teuer bezahlt. Diese Frau war am Ende, verzweifelt und verwirrt. Für einen Moment sah ich mich, wie ich sie wieder hinbog. Wie ich sie tröstete und aufbaute, wie sie mich dafür liebte und wie ich sie liebte. Die Gigolos im Club Adonis würden bittere Tränen zu weinen haben, wenn Hamada in Mikas Leben die Verantwortung übernahm. Für einen Moment sah ich sie und mich und – ja – Akira lachend über die Wiesen am Tama-Fluss laufen. Irgendetwas in ihrer Tragödie berührte mich zutiefst. Sie war wie Kiko. Ein gefallenes Genie in ihrem Fach – nicht Catchen, sondern Anmut und Grazie. Und sie saß nicht im Rollstuhl, sondern konnte keine Kinder mehr bekommen. Alle Zärtlichkeit und Liebe, die ich für Kiko empfand, war ich sofort bereit, auch ihr zu geben.

Auch wenn es bestimmt nicht leicht werden würde.

Mika tupfte sich ihre Tränen aus dem Gesicht und suchte tapfer nach Haltung. Sie presste dazu ihre Lippen aufeinander und holte durch die Nase tief Luft. »Dein Freund Hisashi«, setzte sie an.

»Ja?«

»Dein Freund Hisashi wollte mit seiner Frau einen Spielsalon aufmachen. Pachinko, Videospiele und so was. Sie pumpten dafür die Morita-Bank um 100 Millionen Yen an. Und dann nochmal 100 Millionen und nochmal. Und so weiter. So steht es jedenfalls in den Unterlagen.«

Das passte. Hisashi, der verfluchte *Otaku*, hatte mit Ausnahme seiner rudimentären Forschungen am Ursprung des Universums vermutlich in seinem ganzen Leben nichts Vernünftigeres auf die Beine gestellt, als sämtliche Rekorde in allen bekannten Computerspielen zu brechen. Wahrscheinlich war er sich selbst sein bester Kunde gewesen und hatte neue Kredite aufgenommen, um seine eigenen Spielautomaten damit zu füttern.

»Wann hat er denn seine letzte Ratenzahlung geleistet?«

»In der vergangenen Woche, an einem Geldautomaten in der Gegend von Shinagawa.«

Alles stimmte, alles passte zusammen. War Rudi Matsumoto, der ewige Pechvogel, vielleicht schon wieder einem Missverständnis aufgesessen? Ich hätte ihn das gleich persönlich fragen können, denn während ich noch überlegte, was Mikas Hinweise für den weiteren Verlauf meiner Ermittlungen bedeuten konnten und wie sie sich in die Analyse der Schritt-Theorie einfügten, piepste schon wieder *Liebe macht Sodbrennen* aus dem Handy.

Es war Rudi.

»War noch was, Matsumoto-san?«, fragte ich ihn, während ich Mika anblinzelte wie ein treuer Dackel, damit sie nicht wieder dachte, ich hintergehe sie. Sie sah in die andere Richtung.

»Allerdings. Sie haben doch bei unserem ersten Treffen diese Männer in den blauen Anzügen angesprochen, die hinter Ihrem Freund her waren, nicht wahr?«

»Ja«, antwortete ich vorsichtig.

»Na ja«, sagte Rudi ebenso vorsichtig. »Als ich vor ein paar Minuten aus Ihrem Haus kam, da lungerten zwei solcher Herren auf der Straße herum. Zwei Blocks weiter sah ich dann nochmal zwei. Ich bin dann noch eine Weile durch die Gegend gelatscht und habe insgesamt nicht weniger als siebzehn dieser Männer gezählt. Alle in der Nähe Ihres Hauses. Ich dachte, dass Sie das wissen sollten.«

»*Ah-soo desu-ka*«, war alles, was ich herausbringen

konnte, und es bedeutete in diesem Kontext nichts Gutes. Es klang wohl auch ziemlich kläglich, denn Mika drehte sofort ihren Kopf zu mir. Mein Gesicht, wie ich aus der Reaktion ihrer Augen erkannte, schien nicht gerade Zuversicht und Glück auszustrahlen. Sie sah mich an, als hätte ich eine blutende Wunde am Bauch.

Ihr Mund formte die Worte: »Was ist denn los?«

»Soll ich vielleicht doch die Polizei holen?«, fragte Rudi.

»Nein, ich werde das schon regeln. Danke, Matsumoto-san«, sagte ich und beendete das Telefonat ohne die geringste Ahnung, wie ich das tun sollte. Erstmal nachdenken, das half meist.

Nicht diesmal. Ich konnte vor aufkeimender Panik keinen klaren Gedanken fassen.

»Was ist denn los?«, fragte Mika noch einmal, mit eingeschaltetem Ton.

»Nun, ich weiß auch nicht so genau«, sagte ich, während ich mich erhob und erschreckt feststellte, dass meine Knie so weich waren wie eine ganz weiche Art von Käse. Joghurt-Käse, vielleicht. Ich konnte mich kaum auf den Beinen halten. Ich hatte saumäßige Angst und aus meinem Gesicht war alle Farbe gewichen, wie Mika mir stirnrunzelnd versicherte.

»Ken – geht es dir nicht gut?« Ich hörte ihre Stimme, als sei ich in Watte verpackt. Siebzehn Leute jenes Typus, die schallgedämpfte Waffen bei sich tragen und nichts dabei finden, einander in fremden Treppenhäusern umzulegen. Mindestens siebzehn. Wahrscheinlich hatte Rudi gar nicht alle gesehen. Sie mussten nochmal in sich gegangen und zu dem Schluss gekommen sein, dass niemand anders als der gute, alte Hamada das Kind haben konnte. Sie hatten sich eines Versagers, Lippenmann, entledigt und festgestellt, dass er vielleicht doch zu früh gestorben war. Diesmal würden sie nicht so einfach wieder abziehen.

»Um dir die ganze Wahrheit zu sagen, Mika«, sagte ich, fast betäubt vor Angst. »Mir geht es in der Tat nicht gut. Mir geht es sogar ausnehmend schlecht. Da draußen sammeln sich gerade einige sehr, sehr unangenehme Typen zusammen, die hinter mir her sind. Hast du mal *High Noon* gesehen? So ungefähr ist das jetzt hier. Bloß waren es da nur drei. Ich habe siebzehn.«

»Siebzehn was denn?«

Ich war trotz empfindlicher Schwankungen beim Gehen an demselben Fenster angelangt, durch das ich gestern Mika in ihrem roten, falsch geparkten Porsche gesehen hatte. Ich sah zwei Anzugträger, die genau an dieser Stelle standen. Gut gebaut, grimmige Gesichter, einer telefonierte am Handy, vermutlich um die nächsten 45 Kumpane zum Haus zu lotsen.

»Siebzehn fanatische Killer, die es auf mein Leben abgesehen haben«, hörte ich mich sagen. Ich klang gar nicht wie ich selbst. Ich klang wie meine Großmutter, wenn ihre Herztabletten aufgebraucht waren. »Scheiße, Scheiße, Scheiße«, winselte ich und hoffte, Rudi Matsumoto hätte vielleicht doch die Polizei angerufen. Mika erschien neben mir.

»Willst du mir nicht endlich erzählen, was eigentlich los ist?«, fragte sie.

»Später. Du musst verschwinden. Sofort. Geh einfach

raus, steig in deinen Wagen und fahr so schnell du kannst weg. Weit weg. Sie wissen ja nicht, dass du bei mir warst, und werden dir nichts tun.« Überwältigt von meinem eigenen Edelmut drückte ich ihre Hand und hoffte nichts sehnlicher, als dass sie sagen würde, was sie nun sagte: »Ich bleibe bei dir.«

»Das ist kein Witz, Mika. Diese Typen meinen es bitterernst. Ich kenne sie. Ich habe etwas, das sie wollen. Und sie sind bewaffnet.«

»Das bin ich auch!«, trompetete sie. Aus ihrer Tasche zauberte sie einen winzigen Revolver, wie man sie manchmal in alten Agatha-Christie-Krimis sieht. Wenn freundliche Ladys, die eigentlich häkeln und Kuchen essen sollten, plötzlich beschlossen, einen Mord zu begehen. »Den habe ich von meinem Mann. Falls ich mal von einem säumigen Schuldner bedroht werden sollte.«

»Sehr fürsorglich«, knurrte ich. Morita wusste schon, dass er nicht nur Freunde auf dieser Welt hatte. Was dachte sie, dass wir tun sollten? Uns den Weg freischießen? Das konnte ich allein schon meinen geräuschempfindlichen Nachbarn nicht zumuten. Ganz zu schweigen von dem Papierkrieg mit den Behörden, wenn am helllichten Tage ein halbes Dutzend tote taubenblaue Männer auf der Straße vor dem Hazienda-Haus lagen. Und dazwischen unsere Leichen. »Ich fürchte, mit Gewalt kommen wir hier nicht weiter.« Mahatma Hamada.

»Was schlägst du vor?«, fragte Mika.

»Bitte, geh!«, drängte ich noch einmal. »Geh, solange noch Zeit ist. Ich will nicht, dass dir was passiert.«

Sie lächelte und küsste mich auf den Mund. »Ich habe

nichts zu verlieren, außer meinem Unglück«, sagte sie. Sie war wirklich verrückt. Ich nahm sie in den Arm und dachte an Gary Cooper und Grace Kelly.

»Lass uns einfach zusammen rausgehen. Sie werden uns nichts tun. Nicht am helllichten Tag, nicht vor allen Leuten. Und lass uns schnell gehen, bevor sie ins Haus kommen.«

Ich griff zum Handy, denn ich musste Oya-san warnen. Wenn sie wie immer mit dem kleinen Akira aufbrach, um bei ihren Freundinnen anzugeben, dann lief sie den Kerlen geradewegs in die Arme. Sie war zwar eine formidable Gegnerin, aber siebzehn ausgewachsene Männer würden keine Schwierigkeiten haben, ihr ein Kleinkind aus dem Arm zu reißen und zu verschwinden. Keine Antwort. Vermutlich war sie schon zu ihrer Tour aufgebrochen. Hoffentlich blieb sie lange fort.

»Sie haben Pistolen mit Schalldämpfern«, sagte ich unsinnigerweise, obwohl die bei unserer Erschießung entstehende Lärmbelästigung gar nicht meine größte Sorge war.

»Aber wenn sie etwas von dir wollen, dann nützt es ihnen doch gar nichts, wenn du tot bist«, gab Mika beleidigt zu bedenken. Kluge und mutige Frau. Wieso war ich nicht darauf gekommen? Irgendwas stimmte hier nicht. Sie war genauso kühl und überlegen wie Susanne manchmal. Oder lag es daran, dass alle anderen außer mir so kühl und überlegen waren? »Also komm jetzt. Mein Auto steht direkt vor dem Haus.«

Liebe macht Sodbrennen. Ich musste den Klingelton ändern, das Lied ging mir auf die Nerven.

»Haben Sie gerade bei mir angerufen?«, bellte die Oyasan.

»Hören Sie gut zu …«!, weiter kam ich gar nicht.

»Nein, Sie hören mir zu. Vor meinem Haus lungern viele Männer herum, die genauso aussehen wie der tote Mann aus dem Treppenhaus.«

»Das wollte ich Ihnen gerade mitteilen.«

Das interessierte sie nicht. »Die können doch wohl nicht wissen, wo Akira sich befindet, oder? Können sie das? Reden Sie, Hamada- san! Haben Sie etwa etwas ausgeplaudert?«

»Nein. Ich bestimmt nicht!«

»Also gut. Dann sind sie Ihretwegen hier. Verschwinden Sie sofort und lenken die Männer ab. Ich war mit Akira spazieren, als ich die Männer sah, aber ich gehe natürlich jetzt nicht mehr nach Hause. Ich habe meinen Bruder verständigt, der wird uns unauffällig am Bahnhof abholen. Verschwinden Sie jetzt.«

Noch so eine kühle, mutige Frau. Ich kam mir gegen die Entschlossenheit meiner weiblichen Umgebung langsam wie ein armes Würstchen vor. Wahrscheinlich lag das daran, dass Frauen seltener verprügelt werden und gar nicht wissen, wie das ist, wenn einem einer mit der Faust ins Gesicht schlägt oder Schlimmeres.

»Also gut«, sagte ich zu Mika, die sich offenbar schon wieder fragte, mit wem ich geredet hatte. »Eine andere Freundin«, sagte ich. »Sie ist 75. Mindestens. Kein Grund zur Sorge.«

Ich packte sie bei der Hand – oder war es umgekehrt? – und wir zogen uns an der Schwelle die Schuhe an. Vielleicht konnte ich einfach warten, bis Hidehasa, der Irre mit dem schwarzen Bus, auftauchte und mich wieder rausboxte.

Zu spät. Mika stand schon im Treppenhaus.

»Ganz ruhig und lass dir nichts anmerken. Wir gehen ganz ruhig und natürlich zu meinem Auto und fahren los.«

»Würdest du mich bitte tragen? Ich glaube, meine Beine spielen nicht mit.«

»Komm schon, Ken. Du schaffst das.«

»Bitte, nenn mich Kenji. Oder Hamada.«

»Los, jetzt.«

Siebzehn Leute können aussehen wie 700 Leute, wenn sie vor dem Haus stehen wie eine Wand aus taubenblauen Anzügen. Und sie wussten das. Manche hatten die Hände in ihren Taschen, manche lehnten an der Gartenmauer des Nachbargrundstücks, manche hatten Sonnenbrillen auf. Keine Polizei weit und breit. Das konnte bedeuten, dass Rudi Matsumoto doch keinen Notruf abgesetzt hatte. Und es konnte bedeuten, dass er sehr wohl einen abgesetzt hatte, aber niemand sich zuständig fühlte, solange nichts Sittenwidriges passierte. Ich hätte schwören können, dass in jedem anderen Land dieser Welt eine verdächtige Ansammlung von taubenblauen Herren zumindest die eine oder andere Nachfrage ausgelöst hätte. Nicht in Japan, dem Land der Arglosen, in dem aus Gewohnheit jeder nur bemerkt, was unmittelbar ihn betrifft, und sich ansonsten zurückhält.

Wir gingen zu Mikas Porsche wie in Zeitlupe und gaben wunderbare Zielscheiben ab. Ich wäre am liebsten wieder in die Wohnung gerannt und hätte mir die Decke über den Kopf gezogen.

»Sie wollen dir bestimmt nur Angst machen«, sagte Mika, bei der sie ganz offensichtlich dieses Ziel nicht erreichten. Sie schaute gar nicht hin.

»Das gelingt ihnen wirklich gut«, erwiderte ich. Meine Kehle war trocken wie nach einem Marsch durch die Wüste. Es war wie ein Albtraum. Sie nahm hinter dem Steuer Platz und für einen Moment stand ich alleine da, während sie sich herüberbeugte, um die Beifahrertür zu entriegeln. Versnobte, deutsche Luxuskutsche. Jedes Spielzeugauto in Japan hatte eine Zentralverriegelung und ich hätte längst bei ihr gesessen. Mein Oberkörper ragte viel zu weit über das Dach des Wagens hinaus und ich machte mir fast in die Hosen, als ich sah, wie einer der Herren, ein Sonnenbrillenträger, seine rechte Hand in seinem Jackett versenkte. Ich erkannte ihn. Das musste dieser Seiji-Typ sein, der den toten Kommunisten ermordet hatte. Ich sah Seiji an wie ein Schäfchen den Metzger und fühlte mich bereits tot, als er seine Hand wieder herauszog, Daumen und Zeigefinger zu einer Pistolenattrappe ausgestreckt auf mich zielte und dann grinsend darauf pustete. Endlich sprang die Tür auf und ich in den Wagen hinein.

»Eins musst du mir versprechen«, sagte Mika, während sie den Motor anließ. »Ich will wissen, was hier vorgeht. Diese Typen sind wirklich unheimlich. Wohin fahren wir?«

»Ich weiß nicht, wo du gerade hinwolltest«, sagte ich, mühselig meine Fassung wiedererlangend. »Aber ich muss dringend zum Arzt. Zu einem gewissen Doktor Nagai.«

Sie rammte fast die weiße Mauer mit den roten Ziegelchen, die stilecht um das Hazienda-Haus gezogen war. »Bist du krank?«, fragte sie. Die Vorstellung schien sie mehr zu schockieren als all die taubenblauen Herren zusammen. Vermutlich hatte sie nach ihren schrecklichen Erfahrungen eine Phobie vor Ärzten, dachte ich.

»Gib Gas«, bat ich mit Blick auf die Männer, deren kopflose Gestalten an meinem Fenster vorbeizogen. »Ich erzähle dir alles später«, sagte ich und hoffte, dass der Irre Hidehasa bald auftauchen würde, um die Vermieterin und vor allem den kleinen Akira in Sicherheit zu bringen.

Dr. Nagai

N*agai-Klinik, Innere Medizin, Termine nur nach Vereinbarung«*, teilte mir das Schild an der Haustür mit. Doktor Nagai war offenbar keiner, der sich Sorgen darüber machen musste, wie er im kommenden Monat die Miete für seine zwei Etagen eines Bürohauses im schicken Shibuya-Bezirk bezahlen sollte. Die Miete musste beträchtlich sein, denn seine Klinik lag schräg hinter den Boutiquen von *Louis Vuitton*, *Tag Heuer, Gucci* und *Chanel* in einer Parallelgasse der Omotesando, wo die Immobilienpreise ebenso hoch waren wie die Absätze der verwöhnten Schickeria-Damen, die mit ihren Kuschelhunden auf dem Arm von Boutique zu Boutique stöckelten, um das Geld ihrer früh ergrauten Gatten auf den Kopf zu hauen. Frauen wie Mika eben, dachte ich etwas zynisch, während ich ihr freundlich zulächelte. Sie war im Auto sitzen geblieben und sah mir skeptisch zu, als ich das Türschild untersuchte, erfolglos die Klingel drückte und auf die andere Straßenseite wechselte, um einen besseren Blick auf die Fenster der Nagai-Klinik im fünften und sechsten Stockwerk zu erhaschen. Irgendwo hatte ich einmal gelesen, was der Wahlspruch meines Leben sein konnte: Man muss nichts wissen, aber man muss alles mit zwei Anrufen herausbekommen können. Zwei Anrufe, bei der Auskunft und bei der Ärztekammer, und ich hatte die Adresse in Erfahrung gebracht. Es gab nämlich in Tokio zwar nicht weniger als 117 Ärzte mit dem Namen Nagai, aber nur 23, die eine eigene Klinik mit Belegbetten vorzuweisen hatten. Drei waren Orthopäden, vier waren Gynäkologen, sechs waren Zahnärzte und so weiter. Es gab neun Internisten, aber nur einen mit nicht einem, sondern zwei voll ausgestatteten Operationssälen. Ich konnte mir lebhaft vorstellen, wie er zwischen den beiden OPs hin- und herrannte, Organe jonglierend. Mika hatte meine Telefonrecherchen schweigend verfolgt und fragte sich vermutlich immer noch, ob mir die Sache mit den taubenblauen Männern so sehr auf den Magen geschlagen war, dass ich medizinischen Beistand brauchte. Zwischendurch rief ich zwei Mal bei der Oya-san an. Beim ersten Mal sagte sie, ich solle sie in Ruhe lassen, und beim zweiten Anruf war gerade ihr Bruder erschienen und sie befand sich auf dem Sprung. Ich hörte Akira im Hintergrund quackeln und beschloss, dass ich mir wenigstens seinetwegen erst einmal keine Sorgen mehr machen musste. Sorgen machte mir vielmehr Mika. Allein die Vorstellung, in die Nähe eines Arztes zu gehen, schien ihr körperliche Schmerzen zu verursachen.

»Ich kann da nicht mit hinein«, sagte sie, so blass, wie ich vor kurzem noch angesichts der Verfolger gewesen war.

»Musst du auch nicht«, beruhigte ich sie. Das war,

bevor ich festgestellt hatte, dass ich auch nicht hinein konnte, weil ich keinen Termin hatte.

»Was willst du denn von dem Arzt?«, fragte sie, als ich meine Untersuchungen des Gebäudes weitgehend ergebnislos abgeschlossen hatte. Eine gute Frage, die ich mir eben auch schon einmal gestellt hatte. Was, wenn jemand die Tür geöffnet und mich zu Dr. Nagai vorgelassen hätte? Mein etwas vager Plan sah vor, mich als hoffnungslosen, aber steinreichen Patienten vorzustellen, der dringend irgendein Organ brauchte. Mein Plan war allerdings noch nicht so weit ausgearbeitet, dass ich schon das Organ benennen konnte, was vermutlich zu einer sehr peinlichen Situation im Behandlungsraum geführt hätte. An diesem Punkt hätte ich Dr. Nagai entweder tätlich angreifen oder sonst irgendwie dazu bringen müssen, mir alles zu gestehen und mich zu dem Verlies zu führen, in dem er vielleicht immer noch Hisashi und seine Braut versteckt hielt. Im hellen Lichte eines klirrend kalten Dezembermorgens betrachtet, war das ein typischer Hamada-Plan – genial im Ansatz, aber mangels systematischer Vorbereitung zum Scheitern verurteilt.

Insofern war ich gar nicht unglücklich, dass die Tür verschlossen blieb.

»Das ist eine lange Geschichte«, seufzte ich.

»Vielleicht erzählst du mir jetzt einfach mal, was hier überhaupt los ist«, schlug sie vor. Und ich war richtig froh, dass ich mir diesen ganzen Albtraum endlich mal von der Seele reden konnte. Sie würgte ihren Porsche seelenruhig im Halteverbot ab. Bevor ich das bemängeln konnte, zauberte sie aus dem Handschuhfach eine goldsilbern glänzende Sondererlaubnis mit dem Siegel der Tokioter Polizei, die sie unter die Frontscheibe klemmte. Mit dieser heiligen Erlaubnis konnte sie sogar vor der Ausfahrt der Feuerwehr parken und niemand würde es wagen, ihr einen Strafzettel zu verpassen. Ihr Mann hatte ganz offensichtlich einige hochgestellte Freunde oder Schuldner in den Reihen der städtischen Ordnungsmacht. In einem gut beheizten französischen Café auf der Omotesando, mit Blick auf den dort üblichen Stau aus Taxis, Rolls-Royces und Mercedes und die pelztragenden *Louis-Vuitton*-Kundinnen in ihren Stöckelschuhen, schüttete ich Mika endlich mein Herz aus. Das tat gut. Sie war eine gute Zuhörerin. Sie ging zwischendurch nur zwei Mal auf das Klo, was für eine junge, japanische Frau nichts Ungewöhnliches war, weil das Gesichts-Make-up ständig erneuert und gewartet werden musste.

»Dann ist der Junge also gar nicht dein Neffe«, sagte sie, als ich zum Ende kam. Ich hatte gehofft, dass es nicht dieser Punkt sein würde, den sie zuallererst bemerkte. Sie nahm es, das hatte ich inzwischen verstanden, nicht besonders günstig auf, wenn man sie beschummelte.

»Irgendwie doch. Ogata Hiroko war für mich wie eine Mutter. Das macht Hisashi zu meinem Bruder und damit ist Akira mein Neffe.«

»Du hast mich belogen«, stellte sie nüchtern fest. »Du hast mich zum Narren gehalten!«

»Es tut mir leid. Ich muss den Jungen beschützen. Das war eine Notlüge – nun mach doch kein Drama daraus.«

Doch genau das schien sie vorzuhaben. Sie bekam wieder diesen starren Gesichtsausdruck, mit dem sie mich schon in meiner Wohnung erschreckt hatte, und raffte ihre Sachen zusammen. Ich konnte gerade noch einen 5000-Yen-Schein auf den Tisch werfen, um unsere Milchkaffees und Croissants zu bezahlen, dann musste ich ihr schon hinterhereilen. Sie legte ein Tempo vor, das selbst für eine beleidigte Milliardärsgattin in Pelz und auf Pfennigabsätzen erstaunlich war. Erst kurz vor dem Porsche holte ich sie ein.

»Mika«, appellierte ich an ihr Konsensdenken und ihren Harmoniesinn, die bei uns Japanern für gewöhnlich stark ausgeprägt sind. »Es tut mir leid. Wir können doch über alles reden!«

Sie hielt nichts von Konsens. Sie kramte in ihrer Tasche. Nach dem Autoschlüssel, dachte ich.

Falsch. Sie hielt plötzlich ihre Agatha-Christie-Pistole in der Hand.

»Ich glaube nicht, dass wir auf dieser Basis weiterkommen«, gab ich noch zu bedenken, dann hörte ich den Schuss und spürte einen dumpfen, überraschend schmerzlosen Schlag in meiner Nabelgegend, der mich drei Schritte nach hinten an eine Mauer warf. Ich ging zu Boden wie im Film. Meinen Bauch haltend, zuerst auf die Knie – wobei ich umrisshaft wahrnahm, wie Mika in ihren Porsche stieg und davonbrauste –, dann mit dem Gesicht voran auf den kalten Asphalt, wo mein Licht ausgeknipst wurde.

Ich erwachte aus der schwärzesten Nacht meines Lebens mit dem vertrauten Gefühl, einen Verband um den Kopf zu haben, und stellte fest, dass ich mich nicht bewegen konnte. Das musste für das Erste reichen, denn schon sackte ich weg und kam erst wieder zu mir, als jemand neben mir Geräusche machte. Mühevoll schlug ich die Augen auf und gewahrte die weiße Gestalt einer Frau, die dabei war, eine Infusionsflasche an einem Ständer neben dem Bett auszutauschen.

Ich wollte etwas sagen, aber mein Mund war trocken, meine Zunge lag darin wie eine schlafende Wüstenechse in ihrer Höhle und bewegte sich nicht. Die weiße Frau, eine Krankenschwester vermutlich, sah meine Augen flattern und bewegte ihre Lippen, aber ich hörte nichts. Es wäre ohnehin kein Gespräch zustande gekommen, denn schon sanken meine Lider wieder zu, als drücke jemand darauf. Im Traum betrat ich die *Little Box* und wurde von meinen Freunden herzlich begrüßt. Ich brannte darauf, ihnen zu berichten, dass unser Verzehr dieser mysteriösen Penisse in Fischhändlerkreisen für Heiterkeit sorgte, aber sie hörten mir nicht zu. Sie redeten auf mich ein und zwickten mich und piksten mir ihre Zeigefinger in die Brust, während sie mir irgendetwas von diesem Godzilla-Poster erzählten, das da immer noch an der Wand hing. Bei näherem Hinsehen stellte ich fest, dass sie alle taubenblaue Anzüge trugen. Ich floh und rannte direkt meiner Vermieterin in die Arme, die zur Tarnung eine Schürze trug, aber die mich nicht täuschen konnte: Sie war Godzilla. Sie packte mich bei den Schultern und zischelte mit gespaltener Echsenzunge: »*Dann werden Sie ein guter Detektiv!*« Ich riss mich los, rannte weiter und wachte glücklicherweise auf, bevor jemand mich einholen konnte.

Ich konnte mich immer noch nicht bewegen. Im fast vollständigen Dunkel meines Zimmers sah ich rote und grüne Lichter blinken, die zu irgendwelchen medizinischen Geräten gehörten. Endlich blieb ich lange genug wach, um mich zu der Frage durchzutasten, wo ich war und was überhaupt geschehen war.

Ich war offenbar in einem Krankenhaus. Mir fiel ein, dass ich niedergeschossen worden war. Daher ergab ein anschließender Aufenthalt in einem Krankenhaus durchaus Sinn. Jemand war so freundlich gewesen, mich in der Seitengasse zu finden und einen Krankenwagen zu holen. Ich empfand ein diffuses Gefühl von Dankbarkeit. Mika hatte mit ihrer Spielzeugpistole auf mich geschossen! Die Wirkung dieser ungeheuerlichen Erinnerung durchfuhr mich und ich wollte mich aufrichten. Das ging nicht. Meine Hände waren am Bettgestell festgebunden, vermutlich, damit ich mir nicht im Schlaf die Infusion aus dem Arm riss. Mein Kopf, gereizt durch die plötzliche Bewegung, tat weh, als sei er in Schraubzwingen eingequetscht. Der Schmerz pochte von innen auf beide Ohren und gegen die Stirn wie ein wildes Tier, das aus seinem Gefängnis ausbrechen will. Wie ein Echo flammte dazu ein weiterer Schmerz in meinem Bauch auf, ungefähr an der Stelle, wo die Kugel mich erwischt haben musste. Ich hörte mich, während ich zurück in das Kissen sank, aufschluchzen und spürte Tränen über meine Wangen laufen. Überhaupt war ich mit einem Mal unglaublich traurig. Ich weinte um meinen armen Bauch, ich weinte um meine ausgetrocknete Zunge, meinen schmerzenden Kopf, um den kleinen Akira, um Kiko in ihrem Rollstuhl, um die

Oya-san, die es so gut mit mir meinte, und sogar um Nori. Schließlich weinte ich auch noch um Susanne, worüber ich so sehr erschrak, dass ich noch mehr weinen musste. Dann schlief ich wieder ein und weinte im Schlaf um alles, was in meinem Leben schief gelaufen war, und hoffte, jemand würde mir eine zweite Chance geben.

»Hamada-san. Genug geschlafen. Wachen Sie auf ...« Die Stimme drang zu mir aus einem dichten Nebel. Als ich die Augen aufschlug, blickte ich in das Gesicht eines unbekannten Mannes, der ebenfalls einen Kittel trug, ein Stethoskop um den Hals und drei Kugelschreiber in der Brusttasche. Mein Gehirn war wieder so weit, dass ich ihn innerhalb von zehn Sekunden als Arzt identifiziert hatte. Durch die Lamellen am Fenster fiel das Licht eines frühen Morgens.

»Bitte, Wasser ...«, flüsterte ich. Sofort setzte die Pflegerin, die neben ihm stand, einen Becher an meine Lippen und ließ ein paar Tropfen in meinen Mund träufeln. Ich schmatzte und schluckte und verstand zum ersten Mal, wie köstlich Wasser schmeckt und was Wasser eigentlich bedeutet. Die ausgetrocknete Höhle meines Mundes erfüllte sich mit Leben. Außerdem stellte ich fest, dass mein Kopfverband verschwunden war. Auch das gab Anlass zu neuer Hoffnung.

»Danke, Schwester, das wäre dann alles. Ich rufe Sie, wenn ich Sie brauche«, sagte der Arzt und wandte sich wieder mir zu.

»Sie haben Glück gehabt«, sagte er streng, so als hätte ich eine Dummheit begangen und sei dafür streng bestraft worden.

»Wo bin ich?«, waren meine ersten Worte. Ich versuchte mich aufzurichten, vergebens. Meine Hände waren immer noch festgebunden. Durch meine Adern floss kein Blut, sondern eine Betonmischung, die jeden Moment erstarren konnte. »Könnten Sie mich vielleicht losbinden?«

»Alles zu seiner Zeit«, sagte der Arzt.

Ich blickte an mir herunter und sah den dicken Verband um meinen Bauch, der sich auf die Stelle konzentrierte, die am meisten wehtat. »Scheiße«, sagte ich.

»Ich habe eine Kugel aus Ihnen herausgeschnitten«, sagte der Arzt vorwurfsvoll. »Außerdem hatten Sie eine Platzwunde an der Stirn, aber das war nicht so schlimm.«

Ich starrte die Decke an. Ich war jetzt an einem Punkt, von dem ich niemals geglaubt hätte, dass ich ihn erreichen würde. Ich war am Ende, ich kam nicht weiter. Ich war verletzt und ich brauchte Hilfe.

»Ich muss die Polizei sprechen«, röchelte ich.

»Alles zu seiner Zeit«, sagte der Arzt schon wieder. »Zunächst einmal seien Sie doch froh, dass Sie Glück im Unglück hatten. Dass Sie schnell gefunden wurden und dass diese abscheuliche Tat direkt vor meiner Klinik begangen wurde. So konnten wir schnell eingreifen und Ihnen das Leben retten.«

Mein Hirn ratterte wie eine Achterbahn in der Todeskurve, als verschiedene Erinnerungs- und Gedankenfetzen einander die Hände reichten und zu dem einzig möglichen Schluss kamen, dass ich bei Dr. Nagai gelandet war. Bei *dem* Dr. Nagai, dem Organjongleur. Dr. Nierendieb, Dr. Tod. Ich spürte, wie ich schon wieder ohnmächtig werden wollte, aber ich kämpfte verzweifelt dagegen an. Wer konnte schon sagen, ob ich überhaupt noch einmal aufwachen würde, wenn ich jetzt nicht durchhielt? Und wer konnte sagen, ob Dr. Nagai, wo er schon mal dabei war, aus meinem Bauch nicht noch das eine oder andere Organ entnommen hatte? Ich entwand mich meiner Betäubung und starrte ihn aus weit aufgerissenen Augen an. Nichts lag in diesem Gesicht, das auf seine verbrecherischen Taten schließen ließ. Dr. Nagai war ein unauffälliger Mann, wie er einem täglich zehn Mal, hundert Mal begegnet – in der U-Bahn, beim Einkaufen, am Drehsushi. Mitte fünfzig, Seitenscheitel mit einigen grauen Haaren, niedrige Stirn, Brille, ein paar Kummerfältchen und ein schmaler Mund. Er hätte auch Herr Tanaka heißen und von Beruf Sachbearbeiter sein können. Der Teufel in Gestalt eines *Sararii-man,* eines jener gesichtslosen Verwaltungsangestellten aus der Mittelklasse.

»Sie sehen aus, als ob Sie Angst hätten, Hamada-san«, sagte der Teufel, seine Sprachmelodie aufreizend verständnisvoll.

»Woher kennen Sie meinen Namen?«, hechelte ich.

»Sie hatten Ihren Ausweis in der Tasche«, sagte er unschuldig. Eins zu null für Doktor Tod. Ich fühlte grottenschwarze Panik aus meinem zerschossenen, von Dr. Nagai durchwühlten Bauch aufsteigen. Ich wollte nicht sterben. Jedenfalls nicht hier. Nicht im Ersatzteillager eines Schlächters und aufgeteilt auf vier verschiedene Patienten. Was, wenn er gleich eine Spritze aus der Tasche zog und mich für immer zum Schweigen brachte? Ich rüttelte hilflos an meinen Fesseln und keuchte unter der

Anstrengung, die das verursachte. Meine Beine konnte ich nicht bewegen, weil schon beim Gedanken daran der Bauch vor Schmerz bis unter die Decke flog.

»So beruhigen Sie sich doch, Hamada-san. Sie machen es mir wirklich nicht einfach.«

»Ich will es Ihnen auch nicht einfach machen. Ich will, dass Sie Hisashi Ogata und seine Frau freilassen und dass wir uns danach niemals wiedersehen. Ich werde keinem Menschen etwas sagen ...«

Nicht gerade meine Sternstunde, aber ich konnte jetzt nicht den Helden spielen. Ich hatte noch Dinge zu tun, wichtige Dinge, dachte ich verzweifelt, wie wohl jeder, dem der Tod seine eiskalte und endgültige Hand auf die Schulter legt, ich bin noch nicht so weit! Ich tue alles! ALLES!

»Was werden Sie nicht sagen?« Dr. Nagai spielte mit mir wie eine Katze mit ihrer Maus.

»Das sage ich nicht!«, sagte ich. Hurra! Idee, Hoffnungsschimmer, Strohhalm. »Alles, was ich meinem Notar in einem versiegelten Umschlag zugesteckt habe und was im Falle meines plötzlichen Todes oder Verschwindens an meinen Freund bei der Presse, an die Polizei und das Gesundheitsministerium weitergereicht wird.«

Jetzt musste er plötzlich abwägen, ob ich bluffte oder nicht und ob er das Risiko eingehen wollte. Leute, die abwägen müssen, geben einem keine betäubenden Spritzen. Eins zu eins, Hamada machte Boden gut.

»Ich bin mir nicht sicher, ob ich verstehe, worauf Sie hinauswollen«, sagte er zögerlich.

»Oh, doch, das verstehen Sie schon ganz gut.« Endlich

hörte sich meine Stimme so an, wie ich sie haben wollte. »Sie … Sie …« Mir fiel in meiner Aufregung und Erschöpfung kein passender Kraftausdruck ein.

»Sagen Sie nichts, was Sie später bereuen werden«, sagte Dr. Nagai frivol.

»Sie …«

»Ich glaube, ich werde Ihnen erst einmal ein Beruhigungsmittel geben und wir unterhalten uns nachher noch einmal.«

»Nein!«, schrie ich, so laut ich konnte. Was vermutlich nicht sehr laut war. Schon hatte er sich auf meinen Arm gesetzt und jagte mir die Spritze in die Schulter. Ein paar Sekunden später war es, als flösse ein Brei aus Blei in meinen Kopf, und wieder umarmte mich die Nacht.

»Dr. Nagai, ich glaube, der Patient wacht jetzt auf«, hörte ich eine weibliche Stimme sagen. Die Pflegerin stand neben dem Bett und quakte in ein Telefon. Mit einer übermenschlichen Kraftanstrengung zwang ich mich dazu, meine Freude zu überwinden, dass ich doch noch am Leben war, schnell wach zu werden und den Kopf einzuschalten, der immer noch höllisch wehtat. Alles hing jetzt davon ab, ob ich eine Verbündete gewinnen konnte.

»Arbeiten Sie nicht für diesen Schlächter«, flüsterte ich und richtete mich so weit auf, wie meine Fesseln es zuließen. »Helfen Sie mir und ich sorge dafür, dass Sie eine milde Strafe bekommen. Vielleicht kommen Sie auch ganz ohne Strafe davon. Ich bezahle Ihren Anwalt!«

»Doktor, er phantasiert wieder«, sagte die Frau.

Dumme Kuh!

»So hören Sie doch, bitte! Ich bin Privatdetektiv und ich bin dabei, ihm sein schmutziges Handwerk zu legen.«

Sie legte den Hörer auf und lächelte mich unsicher an. »Der Doktor kommt sofort!«

»Nein«, flehte ich und strampelte mit den Beinen, weil ich nicht die Hände ringen konnte. »Sie müssen mir helfen!«

»Aber, Hamada-san, das tun wir doch!«

»Dr. Nagai ist ein Mörder, verstehen Sie das denn nicht? Er ist ein Metzger, kein Arzt! Bitte, rufen Sie die Polizei und lassen mich hier rausholen. Bitte!«

Zwecklos. Sie lächelte süßlich wie ein Buddha und drehte sich weg. »Gewiss, gewiss. Der Doktor wird gleich bei Ihnen sein!«

»Rufen Sie Hilfe!« Vielleicht bekam sie ja doch Gewissensbisse und würde etwas unternehmen. Hoffnung, dachte ich, nur ein bisschen Hoffnung.

»Sie sind in Schwierigkeiten, Doktor«, bluffte ich, als er mit einem bekümmerten Gesicht das Zimmer betrat. »Ich werde schon viel zu lange vermisst. Vielleicht hat mein Notar den Umschlag mit den Beweisstücken schon an den Staatsanwalt weitergereicht.«

»Hamada-san«, sagte Dr. Nagai mit aufgesetzter Milde. »Sie sind jetzt offenbar stark genug, dass wir uns über ein paar Dinge unterhalten können.«

Ich war erschüttert über seine unglaubliche Kaltschnäuzigkeit. Er nahm sich einen Stuhl und setzte sich neben das Bett. Wenn nur die verdammten Fesseln nicht wären, körperlich war ich ihm überlegen. Selbst mit eben verheilter Schusswunde. Ich wollte kämpfen um mein Leben.

»Ich habe Sie vorgestern in meiner Einfahrt gefunden. Ich hielt Sie zunächst für einen Obdachlosen. Aber dann sah ich, dass Sie bluteten, und brachte Sie zur ersten Hilfe in meine Klinik. Dort wollte ich die Polizei anrufen. Aber Sie phantasierten und redeten wirres Zeug von Dr. Nagai und taubenblauen Herren, von Pistolen und Organhandel und so weiter und da wurde ich neugierig.«

Hamada, der Vollidiot. Selbst im Koma quatschte er sich noch um Kopf und Kragen.

»Ich muss schlecht geträumt haben«, sagte ich kläglich.

»Davon bin ich überzeugt. Aber was Sie geträumt haben, kann mich nicht gleichgültig lassen, das verstehen Sie doch.«

Oh, bitte, dachte ich, möge Gott, wo immer er saß, mir einen Engel schicken, der meine Fesseln löste, damit ich diesem vermeintlichen Arzt meine Faust in sein selbstzufriedenes Gesicht schlagen konnte.

»Sie sind übrigens nicht der Erste, dem dieser Fehler unterläuft.«

»Und was ist mit dem passiert?«, fragte ich böse. »Haben Sie den schon umgebracht, aufgeteilt und umgepflanzt?«

»Das ist nicht meine Art. Wenn stimmt, auf was Sie insistieren, dann ist das ganz offenbar die Art von Dr. Eisaku Nagai. Ich bin Dr. Morito Nagai und ich nehme keine Transplantationen vor.«

»Nicht?« Was für eine angenehme und überaus peinliche Überraschung. Mir war, als hätte sich vor Erleichterung meine Blase gelockert. Jedenfalls durchflutete mich ein warmes, weiches Gefühl von Glück.

»Sie haben mich mit einem anderen Dr. Nagai verwechselt. Wie gesagt, Sie sind nicht der Erste, dem das passiert. Dadurch wurde ich vor einiger Zeit auf meinen Namensvetter aufmerksam. Ich habe übrigens bis jetzt davon abgesehen, die Polizei zu rufen – obwohl ich das eigentlich müsste bei Ihrer Schussverletzung. Ich wollte erst mit Ihnen sprechen. Den Verdacht, den ich habe und den Ihr wirres Gestammel zu bestätigen scheint, ist zu schwer wiegend, als dass man ihn in den Händen von Beamten lassen kann.«

Oh, wie Recht er doch hatte. Und wie schnell sich sein Gesicht wandeln konnte. Von der dämonischen Fratze des Allerweltsmenschen in Sekundenschnelle in das gütige, besorgte Gesicht eines verantwortungsvollen, zutiefst betroffenen Mediziners. Oder wollte er auf diese Art nur herausfinden, was ich wusste?

»Wieso binden Sie mir nicht die Hände los?«

»Ich tue es, wenn Sie mir versprechen, dass Sie vernünftig bleiben. Sie haben in Ihren Fieberträumen ziemlich wild um sich geschlagen.«

Das wunderte mich nicht. Verfolgt von blauen Männern aus der *Little Box* und einer Riesenechse in Gestalt meiner Oya-san.

»Ich verspreche es.«

Zehn Sekunden später hatte er die Gummischnallen gelöst und ich konnte mich aus eigener Kraft aufsetzen.

»Wie Sie vielleicht wissen«, erklärte der falsche Dr.

Nagai, »werden in Japan sehr wenige Transplantationen vorgenommen. Grund dafür sind sehr strenge und sehr schwammige Gesetze.«

Ich nickte eifrig, als wüsste ich das seit langem.

»So können einem hirntoten Patienten nur dann Organe entnommen werden, wenn all seine Verwandten zustimmen. Das kommt aber so gut wie nie vor. Im Angesicht des Todes besinnen sich viele auf den Buddhismus und es will niemandem behagen, dass einer geliebten Person ein Organ und damit ein Teil seiner unsterblichen Seele weggenommen wird. Ganz zu schweigen davon, dass man selten alle Angehörigen erreichen kann.«

Ich nickte eifrig weiter wie eine Nickmaschine.

»Ärzten, die helfen wollen, sind fast immer die Hände gebunden. Und wenn sie doch handeln, dann machen sie sich strafbar. So ist es Doktor Eisaku Nagai geschehen, als er vor Jahren einem hoffnungslosen Fall die Niere eines Hirntoten einsetzte – ohne die Zustimmung der Familie. Er saß wegen Todschlages drei Jahre im Gefängnis.«

»Und als er rauskam, hatte er beschlossen, das System zu schlagen«, murmelte ich.

»Vielleicht. Ich habe jedenfalls den Verdacht seit jenem Tag, als ein Herzpatient bei mir anrief und fragte, wann denn nun mit der Operation zu rechnen sei. Es stellte sich dann sehr schnell heraus, dass er Doktor Eisaku Nagai sprechen wollte. Und dann liegen sie halb tot vor meinem Haus und faseln etwas von Dr. Nagai und Organen. Ich hatte die Vermutung, dass Ihre Schussverletzung mit dieser Sache zu tun hat.«

Ich hätte ihn am liebsten umarmt – der Mann hatte

mein Leben gerettet und mir zu einer wichtigen Information verholfen. Ich fühlte mich tief in seiner Schuld und unendlich beschämt.

»Danke«, sagte ich und verbeugte mich, bis meine Nasenspitze fast meinen Bauchverband berührte. »Und danke, dass Sie mich daran gehindert haben, Sie zu beschimpfen.«

»Schon gut«, lächelte er. »Ihren Papieren habe ich entnommen, dass Sie als Privatdetektiv tätig sind. Sind Sie also Dr. Nagai auf den Fersen und hat er auf Sie geschossen?«

Schön wär es, dachte ich. Dann wäre die Sache weniger kompliziert. Mika hatte auf mich geschossen, weil sie eine tickende Zeitbombe war. Ich beschloss, den Doktor mit den Details meines komplexen Liebeslebens nicht zu belasten.

»Ja, ich bin hinter ihm her«, sagte ich ausweichend. »Wie schlimm ist meine Verletzung?«

Er wiegte den Kopf. »Ich sagte bereits – Sie hatten Glück. Ich habe Sie schnell gefunden und die Kugel hatte nur ein wenig Fett und Muskeln durchwühlt.«

»Nur eine Fleischwunde also« – einer meiner Lieblingssätze und ich genoss den Moment.

Dr. Nagai sah mich skeptisch an. »Wenn Sie so wollen.«

»Wann kann ich raus?«

»Nach meinem Dafürhalten in ein bis zwei Wochen.«

»Ausgeschlossen. Ich habe zu tun.«

»Dachte ich mir schon. Sie können jetzt gehen, aber Sie tragen das Risiko von Nachblutungen und …«

Für was ich noch das Risiko trug, hörte ich schon gar nicht mehr, ich zog mir heldenhaft die Infusion aus dem Arm, schwang die Beine aus dem Bett. Meine Sachen hingen im Schrank, gewaschen und gebügelt, und mein *This Mankind enjoy beautiful Desert Sunset Navajo*-Sweatshirt mit einem Loch, als hätte ich gegen die Indianer gekämpft. Ich wusste jetzt schon, dass ich dieses ehrwürdige Stück Stoff tragen würde, bis selbst meine Enkel, sollte ich jemals welche haben, jammerten: *Nein, bitte, Opa, nicht noch einmal die alte Geschichte, wie das Loch in dein Sweatshirt kam* … Der Bauch schmerzte, als ich in meine Lieblingscordhose schlüpfte, aber es war zu ertragen.

»Wir haben Sie intravenös ernährt. Wundern Sie sich nicht, wenn Ihnen etwas schwindlig wird. Sie müssen etwas Richtiges essen.«

»Versprochen. Danke für Ihre Hilfe.«

Nagai seufzte. »Es fällt mir nicht leicht, etwas gegen Dr. Nagai zu unternehmen. So fragwürdig seine Methoden sind, er hilft auch Menschen. Wenn Sie jemals ein herzkrankes Kind gesehen haben, das sterben muss und dem doch so leicht geholfen werden könnte, wenn man nur dürfte. Aber Kindern unter fünfzehn Jahren darf gar nichts entnommen werden. Unsere Transplantationsgesetze sind eine Schande für ein modernes Land.«

Offenbar hatte der falsche Dr. Nagai keine Ahnung, wie schändlich die Methoden des richtigen Dr. Nagai tatsächlich waren. Mir kam, während ich mir die Schuhe band, ein brillanter Gedanke.

»Sie wissen nicht zufällig, in welchem Gefängnis Dr. Nagai damals seine drei Jahre absaß?«

»Natürlich weiß ich das – der Fall ging wochenlang durch die Presse. Er saß in Ibaraki ein.«

Es war der Knast, in dem der spätere Weltraumguru Funayoshi Misohara die Aufsicht führte. Und in dem, davon war ich überzeugt, auch Meister Morita von der Morita-Bank seine Strafe wegen Steuerhinterziehung verbüßt hatte. Lange Nächte, tiefsinnige Gespräche, drei Männer voller Ideen und krimineller Energie – heraus kam ein Dreieck aus Erpressung, Schulden und Tod.

»Danke noch einmal, Doktor«, sagte ich.

»Passen Sie auf sich auf«, seufzte der Arzt, erwiderte knapp meine Verbeugung und sagte etwas, das auch der weise Dr. Moto aus dem *Megaman*-Manga hätte sagen können: »Jeder Mensch hat ein bestimmtes Maß an Glück. Ihres könnte bald aufgebraucht sein.«

Als ich eine halbe Stunde später vor dem Haus der Oya-san stand, wusste ich genau, was er damit meinte.

Aokigahara

Das Haus meiner Vermieterin, das altmodisch und breit auf der hinteren Hälfte des Grundstückes gesessen hatte, während sechs Parteien ihr freudloses Dasein im Appartmenthaus im Hazienda-Stil auf der anderen Hälfte fristeten, existierte nicht mehr. Es standen noch zwei wackelige Holzwände, der Rest war in sich zusammengefallen, zerquetscht und zerborsten. Ich fühlte, wie ich in diesem Moment um einige Zentimeter schrumpfte. Sie würde mich für diese Katastrophe verantwortlich machen und sicherlich nicht zögern, mir die Kosten auf die Miete aufzuschlagen. Ich wollte sie auf ihrem Handy anrufen, dabei stellte ich fest, dass meinem Handy die Batterie ausgegangen war, während ich in Dr. Nagais Klinik lag. Ich ging hoch in meine Wohnung, um von dort aus anzurufen.

Das *futon* war immer noch nicht ausgelüftet und es standen noch die halb gefüllten Kaffeetassen auf dem niedrigen Tisch. Eine davon mit Spuren von Lippenstift. Mika, dachte ich und genoss dabei diesen wirren Gefühlscocktail aus Wut, Sehnsucht und Begierde. Verrückte, wunderschöne Mika, ich sog tief die Luft ein, denn mir war, als hinge ihr Geruch noch immer in der Luft. Ich hätte sie hassen müssen, ich hätte davon träumen müssen, ihr wehzutun und sie zu demütigen. Ich konnte das aber nicht. Wahrscheinlich löste sie in mir meinen stark ausgeprägten Beschützerinstinkt aus. Sie hatte es schließlich auch nicht leicht im Leben. Einen dicken, alten Kredithai als Mann, geistlose Gigolos als einzige Freunde, Fehlgeburt und Operation, vielleicht war sie auch noch magersüchtig oder schluckte Tabletten. Es war wie in einem dieser kitschigen, moralisch wertvollen Hollywoodfilme, bei denen mir immer die Tränen über das Gesicht rannen: Junge findet ekligen Straßenköter und ist nett zu ihm, Straßenköter wird zum ersten Mal in seinem Leben behandelt wie ein Mensch und beginnt, Jungen zu lieben, dann kommen seine alten Straßenköterkumpels zurück und er wird rückfällig, aber nur, damit Junge ihn noch einmal rettet, und dann trennt sie nichts mehr. Mika hatte mich in die Hand gebissen, aber deswegen konnte ich sie doch nicht fallen lassen. Sie hatte schließlich nur aus enttäuschter Liebe auf mich geschossen. Ein Mann musste so etwas verzeihen können. Hatte nicht auch die unvergleichliche Michiko eine Waffe auf mich abgefeuert und mir dabei fast mein Ohr entfernt? Hatte das unserer Liebe im Wege gestanden? Nein, es hatte alles nur noch tiefer und schöner gemacht. Auch Mika würde ihren Fehler einsehen und sich entschuldigen. Entschuldigungen zählen viel in Japan. Wer sich entschuldigt, kommt mit allem davon. Ständig entschuldigten sich in den Fernsehnachrichten verkrachte Manager für den Verlust von Zigtausenden Arbeitsplätzen, untalentierte Auto-Ingenieure für Konstruktionsfehler, die Menschenleben kosteten, und Politiker dafür, dass sie Politiker waren. Sie neigten ihre Köpfe tief und sagten: *»kokoro-kara o-wabi itashimasu* – von Herzen bitte ich um Ihre Gnade und Vergebung.« Und ihnen wurde vergeben. Wer sich entschuldigte, dem war nichts mehr vorzuwerfen. Nach Mikas Entschuldigung würde alles wieder werden wie vorher, nur besser. Ich war noch nicht hundertprozentig davon überzeugt, aber ich war auf dem Weg dorthin. Noch nicht so weit, dass ich ihre kostbare Handynummer gezückt und sie angerufen hätte, aber sobald mein Bauch nicht mehr wehtat, war ich sicher, dass ich ihr wieder etwas Nettes sagen könnte. Also rief ich meine obdachlose Vermieterin an.

»Hamada-san!«, krähte sie. »Wo stecken Sie denn? Wieso gehen Sie nicht ans Telefon?«

»Entschuldigen Sie, bitte. Auf mich wurde geschossen und ich lag drei Tage im Koma.« Manche Leute, besonders verbiesterte alte Frauen, gaben einen Dreck auf die magische Wirkung von Entschuldigungen oder dramatischen Leidensgeschichten.

»Ich weiß nicht, wie lange das noch weitergehen soll!«, protestierte sie statt mich zu bedauern. »Ich war schon drauf und dran, die Polizei einzuschalten! Wer waren diese Leute? Ich traue mich seit Tagen nicht mehr in mein Haus!« – *»Oh oh!«,* dachte ich beklommen. Sie wusste also noch nicht, dass ihr Haus allenfalls noch als Füllmasse für ein Landgewinnungsprojekt taugte. Ich holte Luft, um es ihr schonend beizubringen, aber es kam kein Wort heraus.

»Wo sind Sie?«, fragte ich. »Ich komme sofort zu Ihnen!«

Als ob ihr das helfen würde. Der Bus ihres Bruders stand auf einem Parkplatz am Meiji-Park, belehrte sie mich. Bevor ich mich wieder zurück in Richtung Shibuya aufmachte, fand ich den einzigen Zeugen des Mordes am Haus der Vermieterin. Es war die Parterre-Mieterin des Hazienda-Hauses, eine verhuschte Konzertpianistin, deren einziges Verdienst im Leben darin bestand, dass sie daheim kein Klavier hatte. Sie war in ihrer Wohnung gewesen, weil sie außer mir die einzige Mieterin ohne feste Arbeitszeiten war. Sie sagte, das Haus sei vor einigen Tagen abgerissen worden. Die Oya-san, so vermutete die Tastenfee, hätte wohl beschlossen, ein neues Haus mit Zentralheizung zu errichten. Gegen Mittag sei ein Bagger aufgetaucht und habe mit den Abbrucharbeiten begonnen. Der Lärm sei schrecklich gewesen. Und, das habe sie sehr sonderbar gefunden, der Mann in der Baggerkanzel habe keinen Helm getragen und keine Arbeitskleidung, sondern einen taubenblauen Anzug. Nach zehn Minuten sei der Bagger Gott sei Dank wieder abgefahren.

Dies ist Japan, die Insel der Seligen. Jeder ging einfach davon aus, dass alles, was er sah, und sei es auch noch so absurd, irgendwie schon mit rechten Dingen zuging. Ständig geschahen um uns herum die sonderbarsten Dinge, man musste nur den Fernseher einschalten. Die einzige Ausnahme war, wenn ein Ausländer sich auffällig verhielt, dann hieß es wachsam sein. Da der Baggerführer ein ordentlich gekleideter Japaner war und, seinem Gesichtsausdruck nach zu urteilen, wusste, was er tat, konnte er in aller Ruhe das Haus zerstören und mitsamt seinem Bagger, den er sich wohl während der Mittagspause auf einer Baustelle in der Nachbarschaft ausgeliehen hatte, abhauen. Ich dankte der Pianistin für ihre Auskunft, wünschte ihr weiter viel Glück und Harmonie im Leben und machte mich auf den Weg zum Meiji-Park.

Der schwarze Bus mit der rotweißen Kriegsflagge stand einsam im Schatten immergrüner Laubbäume und erregte kein Aufsehen. Überhaupt erregten die Busse der Patrioten kein Aufsehen, selbst wenn sie mit 1000-Watt-Durchsagen ganze Straßenzüge terrorisierten. Japaner haben eine gut ausgeprägte selektive Wahrnehmung. Dinge, die sie nicht hören wollen, werden vom Ohr einfach nicht an das Gehirn gemeldet. Das ist ein Grund, warum die Verbrechensrate in diesem Land so lächerlich niedrig ist. Alle die Morde, die anderswo geschehen, weil sich jemand durch Lärm belästigt fühlt, fielen bei uns einfach aus.

Ich wünschte, ich hätte meine Wahrnehmung abschalten können, als die Oya-san mir die Bustür öffnete. Ihr Gesicht war so entgegenkommend wie eine Ladung Schrot.

»Hamada-san«, gurgelte sie. »Sie muten mir eine ganze Menge Ärger zu, wissen Sie das eigentlich? Ich – ICH! – muss hier in diesem Bus schlafen und wohnen wie ein Flüchtling. Ich habe ein Haus, in das ich mich nicht traue, zurückzukehren.«

An dieser Stelle hätte ich etwas sagen können. Oder sogar sagen müssen. Ich tat es nicht, ich brachte es einfach nicht über mich. Ich verbeugte mich stattdessen so tief, wie ich nur konnte, ohne meine Wunde wieder aufzureißen, und hoffte, sie würde sich an diesen Teil unseres Gespräches nie wieder erinnern. Als ich wieder aufgetaucht war, blickte ich mich um.

Der Bus war nicht nur ein rollendes Ärgernis, sondern auch eine Wohnung auf Rädern. Im vormaligen Fahrgastbereich ausgestattet mit allerlei Komfort – Kühlschrank, Tatami, Kochnische, Vorhängen und Heizung. Im Heckbereich der Tatami-Landschaft hockten Hidehasa, der Bullenschlächter, und seine beiden blutarmen Mitverschwörer Nagata und Osaki und spielten mit Akira unter den Portraits eines bekannten, rechtsradikalen Attentäters und des tragischen Schriftstellers Yukio Mishima, der sich seinerzeit den Bauch aufgeschlitzt hatte, um die Armee zu einer kaisertreuen Rebellion aufzustacheln. Die drei Hurra-Patrioten begrüßten mich, indem sie aufsprangen, sich in einer militärischen Reihe aufstellten und sich zugleich auf Hidehasas Kommando »*Rei!*« hin in meine Richtung verbeugten. Ich kam mir vor wie ein Shinto-Schrein am Neujahrsmorgen, verbeugte mich dankbar zurück und murmelte: »*Yoroshiku onegaishimasu.*«

Ich dachte, der Junge würde mich vielleicht wiedererkennen und glucksend auf mich zukrabbeln und sagen: »*Onkel Kenji – danke für alles, was du für mich tust!*« Er würdigte mich keines Blickes. Er spielte mit einer Rassel aus einem Kasten, der von derartigem Spielzeug überquoll, und brabbelte unverständliches Zeug. So viel zum Thema Dankbarkeit. Hoffentlich behandelte er wenigstens die Oya-san besser, das würde ihr sicherlich eine große Hilfe und Erbauung sein, wenn sie beschloss, daheim mal nach dem Rechten zu sehen.

»Ich will jetzt von Ihnen wissen, was das für Männer waren und ob sie wieder auftauchen«, forderte die Vermieterin. »Ich habe nämlich den Verdacht, dass Sie mir nicht die ganze Wahrheit erzählt haben.«

»Können wir hinausgehen?«, fragte ich schüchtern, als sei es besser, wenn der Kleine das nicht mitanhörte. Sie raffte empört schnaufend ihre wattierte Jacke vom Haken und ging voran. Das musste als Antwort reichen.

»Ich muss Ihnen jetzt mal etwas sagen«, sagte ich und verbeugte mich vorsichtshalber schon mal tief, weil ich die größte Bombe gleich zu Beginn platzen lassen wollte. Hoffentlich respektierte sie die Würde und Unantastbarkeit einer ehrlichen Entschuldigung. »Ich habe Ihnen nicht die ganze Wahrheit gesagt. Akira ist nicht, wer Sie denken, das er ist, und er wird die kaiserliche Thronfolge nicht durcheinanderbringen.« Kurze Pause, sie schlug mich nicht, ich fuhr fort. »Ich entschuldige mich dafür, dass ich einen anderen Eindruck erweckt habe, aber ich wusste mir in diesem Moment nicht anders zu helfen.«

Sie sah mich an, wie sie in früheren Jahren einen Soßenfleck auf der Krawatte ihres Mannes, des Hornbrillenträgers, angesehen hätte.

»Das dachte ich mir schon. Ich hoffe, Sie halten mich nicht für senil. Ich werde es zum gegebenen Zeitpunkt auch meinem Bruder sagen. Er hängt schon sehr an dem Kleinen. Also? Weiter.«

»Er ist einfach nur ein ahnungsloser, unschuldiger

Junge, dessen Eltern in schlimmen Schwierigkeiten sind, und ich suche seine Eltern. Wenn sie noch leben, dann schweben sie vermutlich in höchster Gefahr, weil jemand, der viel Geld damit verdient, ihnen ihre inneren Organe herausnehmen will.«

»Das ist ja widerlich«, knurrte sie. »Und wieso legen Sie diesen Leuten nicht das Handwerk? Ich dachte, Sie wären ein Detektiv.«

»Ich bin dabei. Ich mache gute Fortschritte.« Ich wurde bereits einmal ordentlich verprügelt, einmal fast verprügelt und einmal in den Bauch geschossen. Wenn das nichts war!

»Ich kann nicht mehr ewig warten, Hamada-san. Dann muss ich und werde ich die Polizei einschalten. Mein Bruder ist zwar auch dagegen, weil er meint, sie sei von Kommunisten unterwandert. Aber er und seine Freunde haben auch wichtige Dinge zu tun. Wie Sie wissen, ist bald der Geburtstag unseres Kaisers – des echten Kaisers.«

»Ich stehe unendlich tief in Ihrer Schuld!« Man kann sich in Japan immer wieder verbeugen, ohne dass es albern aussieht. Je öfter, desto besser.

»Diese fürchterlichen Männer in den blauen Anzügen, wer sind die?«, fragte sie.

»Ich vermute, sie sind die Handlanger des Metzgers. Ich bin ihnen hart auf den Fersen. Nur noch ein wenig Geduld möchte ich erbitten. Hier sind Sie und Akira erst einmal sicher.« Weil die Verfolger niemals diesen Bus finden würden, dachte ich. Der Bus war das perfekte Versteck. Er sah genauso aus wie Hunderte dieser Busse in der Stadt und wenn Hidehasa nicht seine patriotischen Durchsagen und Gesänge mit der Bekanntmachung ersetzte, dass der wahre Thronerben in diesem Bus Rassel spielte, bestand nicht die Gefahr, dass jemand sie belästigen würde.

»Ich gebe Ihnen noch vierundzwanzig Stunden«, sagte die Vermieterin streng. »Dann gehe ich zur Polizei.«

»Ich danke Ihnen. Wieder und wieder danke ich Ihnen. Bitte, vertrauen Sie mir noch einmal, denn ich habe mir Ihre Ermahnung zu Herzen genommen und bin ein guter Detektiv.«

Noch eine Verbeugung, die sie mit einer Neigung ihres Kopfes erwiderte, dann sah sie mich an, als hätte ich noch etwas zu sagen.

»Und?«, sagte sie. »Haben Sie mir nicht noch etwas zu sagen?«

Ich war sehr verunsichert. »Danke!«, sagte ich noch einmal. Wenn ich nicht bald mit dem Verbeugen aufhörte, würde die Wunde platzen.

»Das meine ich nicht. Wie ist die Sache mit der jungen Yoshiwara-san ausgegangen?«

»Oh!«, rief ich. »Wunderbar. Wir kommen blendend miteinander aus. Sie ist ... eine ganz fabelhafte Person, wirklich.«

Die Vermieterin nickte ihr säuerliches Vermieterinnen-Nicken. »Hatte ich doch Recht. Ihre Tante berichtete, das Mädchen sei außerordentlich schwierig und sonderbar. Genau wie Sie. Sie sieht Ihnen sogar ein bisschen ähnlich. Es freut mich jedenfalls, dass ich mit Ihnen beiden den richtigen Riecher hatte.«

»Absolut. Absolut. Noch einmal Dank, danke für alles.«

Sie verschwand ohne ein weiteres Wort im Bus. Ich mochte sie in diesem Moment so sehr, dass ich ihr beinahe noch gesagt hätte, wie es um ihr Haus bestellt war, aber ich brachte es immer noch nicht über das Herz. Stattdessen fasste ich den felsenfesten Entschluss, sie nicht zu enttäuschen.

Ich hatte ein Loch im Bauch, ich hatte eine riesige Beule auf der Stirn, ich hatte seit Tagen keine feste Nahrung mehr zu mir genommen – aber das alles machte mich erst richtig wild. Ich brannte darauf, aufzuräumen. Mit den taubenblauen Herren, mit dem richtigen Doktor Nagai und mit Morita, dem Kredithai. Und wenn das alles vollbracht war, dann würde ich mich Mika zuwenden und fragen, was sie sich eigentlich dabei gedacht hatte, mich niederzuschießen, und dann würde ich ihre Entschuldigung annehmen und sie wieder über mich herfallen lassen.

Nach meinem Ermittlungsflop in Sachen Nagai beschloss ich, mir jetzt die taubenblauen Herren vorzunehmen. Peinliche Verwechslungen und Irrtümer waren hier kaum möglich, ihr »Welthauptquartier« unweit von Fujiyoshida am Fuße des heiligen Berges war unverwechselbar. Ich würde den Laden aufmischen und auseinander nehmen. Ich wusste zwar noch nicht genau, wie, aber das würde mir schon noch einfallen. Ich brauchte nur ein Taxi zum Fuji-san und fand auch schnell ein öffentliches Telefon.

»Mensch, Hamada! Wo hast du denn gesteckt? Weißt

du eigentlich, welche Sorgen wir uns deinetwegen gemacht haben?«

»Ich musste dringend verreisen, aber jetzt bin ich wieder hier. Ich habe gerade mit meiner Vermieterin gesprochen, die sehr froh ist, dass wir so ein gutes Paar sind. Es geht mir gut, wirklich«, log ich heldenhaft, um Kiko nicht unnötig aufzuregen. Etsuko war nämlich bei Kiko – oder Kiko bei Etsuko. Die beiden kamen offenbar blendend miteinander aus. »Jetzt bin ich wieder da und ich muss schon wieder weg. Kannst du mich freundlicherweise fahren?«

»Ich habe meinen Job bei der Taxifirma gekündigt«, sagte sie. »Aber ich besorge einen Wagen.«

»Ich warte auf dich – in dreißig Minuten an der Autobahnauffahrt in Hatsudai.«

Sie tuckerte heran mit einem zwanzig Jahre alten Toyota-Minibus, die hinteren Sitzreihen waren abmontiert, dort verliefen zwei parallele Schienen im Boden. Auf den Schienen stand ein Rollstuhl und in dem Rollstuhl saß Kiko.

»Sag bloß nichts!«, zischte mir Etsuko warnend zu. Gut so, denn ich war gerade im Begriff, irgendwas unverzeihlich Dummes von mir zu gegeben. Etwas in der Richtung, dass das, was zu erledigen war, nichts für Leute im Rollstuhl war. Stattdessen rief ich: »Kiko! Ich bin so froh, dass du dabei bist.« Ich weiß nicht, was Etsuko mit ihr angestellt hatte, aber sie strahlte wieder fast wie früher.

»Wobei eigentlich?«, fragte sie.

»Ich muss mit einer Bande von fanatischen Irren aufräumen, die kleine Kinder quälen und alten Vermieterinnen ihr Haus über dem Kopf plattwalzen«, strahlte ich zurück. So kannte sie mich. Und so kannte ich sie.

»Na, worauf warten wir dann noch?«

Fünf Minuten später auf der Höhe von Takaido fuhren wir in einen Stau, der laut Verkehrsdurchsage drei Stunden dauern sollte. Vermutlich war eine Kolonne von hoch motivierten Gärtnern dabei, die Randbepflanzung von fünf auf die vorgeschriebenen drei Zentimeter zu stutzen. Kurz vor dem Jahreswechsel wird dieses Land von dem unerklärlichen Bedürfnis befallen, Ordnung zu schaffen. Jeder, außer Hamada, entrümpelt sein Haus, die Buddhastatuen in den Tempeln werden abgestaubt und die Autobahnmeisterei wollte auch nicht untätig bleiben. Rote Bremslichter, so weit das Auge reichte. So ging das immer, wenn man sich voller Elan an eine große Aufgabe machte – irgendein banaler Mist kam dazwischen und man fing an, nachzudenken, während die Begeisterung und der Mut langsam verpufften.

So auch bei mir. Alle drei Minuten ging es eine Wagenlänge voran und ich fragte mich selbstkritisch, was ich eigentlich vorhatte. Das fragte Etsuko auch. Nicht ausdrücklich, dafür hatte sie wahrscheinlich von Kiko inzwischen zu viel über meine sensible Seele erfahren. Sie fragte sehr japanisch, indem sie einfach nur schwieg, das Gesicht verkniff und wartete, bis ich etwas sagte.

»Ehrlich gesagt«, sagte ich dann schließlich kleinlaut. »Ich kann auch nur hoffen, dass mir rechtzeitig noch etwas einfällt. Ich habe immerhin einen groben Plan ...«

»*A-soo-desu-ka*«, sagte sie, was in diesem Zusammenhang ungefähr so viel hieß wie: »*Die nächste Ausfahrt ist in Chofu, da können wir umdrehen und nochmal in Ruhe über alles nachdenken.*«

Ausgerechnet an dieser Stelle floss der Verkehr wieder etwas schneller und die Umrisse der Berge kamen näher. Die Sonne hatte längst ihren Abstieg begonnen und die schneebedeckten Umrisse des Fuji dominierten den westlichen Horizont.

»Ich weiß jedenfalls, dass ich diese Leute irgendwie davon abhalten muss, mein Leben und das Leben von Leuten, die ich mag, zu ruinieren.«

»Ich verstehe dich gut«, sagte Etsuko. »Ich denke jeden Tag an meinen Bruder und wünschte mir, dass es irgendetwas gäbe, das ich für ihn tun könnte.« Sie sah oft in den Rückspiegel und sprach sehr leise. Ich drehte mich um und stellte fest, dass Kiko eingeschlafen war.

»Habe ich dir eigentlich schon gedankt, für alles, was du für sie tust?«, flüsterte ich. »Und für mich?«

»Nicht nötig«, wehrte sie ab. Und nach einer Weile wisperte sie, kopfschüttelnd, als erzähle sie ein Märchen: »Es war gestern, irgendwann am Nachmittag. Wir hatten überall angerufen und versucht, etwas über dich herauszufinden. Polizei, Krankenhäuser. Verdammt, sogar am Flughafen haben wir dich ausrufen lassen …«

»Es tut mir leid.«

»Nein, nein. Das meine ich nicht. Du warst weg und sie war überzeugt davon, dass du wie immer bis zum Hals in der Scheiße steckst. Und ich sagte: Beruhige dich, er wird schon wieder auftauchen. Und da …«

Sie biss sich auf die Lippen und ich sah Tränen in ihre Augen schießen.

»Was?«, flüsterte ich, so laut ich konnte.

»Sie ist aufgestanden! Sie hat sich mit beiden Armen auf den Lehnen abgestützt, kam hoch und plötzlich stand sie da und sagte: *Ich muss los und ihm helfen.* Ich konnte es nicht glauben. Es war wie ein Wunder. Dann ist sie umgefallen, klar. Aber sie stand. Wie früher im Ring, groß und stark und unbesiegbar. Später habe ich mit dem Arzt gesprochen und er sagte: *Nicht wahrscheinlich, aber möglich.* Was immer sie noch aus ihren Beinen herausholen kann ...« Sie schob sich mit der linken Hand die Hornbrille hoch und wischte sich mit dem rechten Ärmel die Tränen aus dem Gesicht. »Was immer noch in ihr steckt, es ist eine reine Willenssache. Keine Operation kann ihr mehr helfen. Aber ihr Wille kann. Irgendwann, sagte der Arzt, mit viel Therapie und eisernem Willen, könnte sie vielleicht irgendwann wieder laufen. An Krücken, niemals ohne Krücken. Aber sie könnte wieder laufen.«

Animal Ayukawa. Groß und stark und unbesiegbar. Ich drehte mich zu ihr um und sah sie schlummern. Das konnte sie für mich tun? Sich aus ihrem Rollstuhl erheben, wenn auch nur für zwei Sekunden, weil sie mir helfen wollte? Ich quetschte brennende Tränen zwischen meinen Lidern hervor.

»Wo warst du denn nun, zum Teufel?«, schniefte Etsuko.

»Die meiste Zeit im Koma.« Als ich die Geschichte mit all ihren Verästelungen zu Ende gebracht hatte, waren wir am Ende des Staus, wo ein Mitarbeiter der Verkehrsbetriebe neben der Fahrbahn eine grüne Fahne schwang und sich mit demütigen Verbeugungen für die erlittene Tortur entschuldigte. Das liebte ich so an diesem Land: Sie wussten einfach, was sie einem schuldig waren. »Schau mal – da hat sie mich erwischt ...« Etsuko, das Premierenpublikum für Hamadas neue Lieblingsgeschichte.

Sie erwies sich als unwürdig.

»Bist wohl auch noch stolz darauf, dich von dieser Gaga-Tante niederstrecken zu lassen«, knurrte sie. Vermutlich eifersüchtig. Auf Mika oder auf die heldenhaften Löcher in meinen *This Mankind enjoy beautiful Desert Sunset Navajo*-Sweatshirt.

Es dämmerte bereits, als wir durch die verstreuten Siedlungen im Schatten des Fuji fuhren, auf der Straße nach Aokigahara, dem Wald der Lebensmüden. Zur Linken türmte sich düster der perfekte Kegel des mächtigen Fuji auf. Nur auf seiner schneebedeckten Kuppe fing sich orangefarben das Licht der Abendsonne, die wir schon nicht mehr sehen konnten.

»Ich hatte mal einen Fahrgast«, erinnerte sich Etsuko mit Schaudern, »der gab als Ziel Aokigahara an und ich brachte ihn hier heraus. Der Typ war völlig am Ende. Er laberte wirres Zeug und rauchte eine Zigarette nach der anderen. Ich musste ständig halten, weil er so viel Sake in sich reinkippte, dass er unablässig pinkeln musste. Kein Wunder, denn er wollte sich in diesem Wald umbringen.« Aokigahara ist ein finsterer, verfluchter Ort, vom dem man ab und zu schaurige Geschichten hört. Es ist ein dichter Wald, undurchdringlich das Gehölz und tückisch die scharfkantigen Löcher überall, denn die missgebildeten Bäume, deren Äste sich wie Greifarme ausstrecken, wachsen auf erstarrte Lava. Kaum ein Wanderer in diesem Land der Wandervögel geht gerne in diesen Wald, denn angeblich funktioniert hier wegen geheimnisvoller Vulkanstrahlungen kein Kompass und auch kein Mobiltelefon. Trotzdem gibt es ein paar Spazierwege und am Eingang stehen Schilder, die sagen: »*Ihre Eltern haben Ihnen das Leben geschenkt. Werfen Sie es nicht weg. Rufen Sie unseren Notdienst an. 24 Stunden besetzt.*« Nach Aokigahara kamen jedes Jahr Hunderte von Verzweifelten, Gejagten, Todkranken und Verschuldeten, um sich hier das Leben zu nehmen. Wie viele es tatsächlich waren, wusste niemand. Das nächstliegende Dorf hatte inzwischen damit aufgehört, das weitläufige Gehölz nach verwesten Leichen abzusuchen, weil das immer wieder Schlagzeilen machte und dann kamen noch mehr Selbstmörder. Allein und frierend, betrunken oder einfach am Ende stolperten sie in die Dunkelheit, bis sie irgendwo einen passenden Platz fanden, um sich aufzuknüpfen oder die Tabletten zu schlucken. Am heiligen Berg, so dachten sie wohl, war der Weg in irgendein Paradies, das vielleicht auf sie wartete, weniger weit als anderswo.

Dass sie sich diesen unheimlichen Wald als Standort ausgewählt hatten, passte zu einer durch und durch verdorbenen Sekte.

»Und?«, fragte ich. »Hat dein Fahrgast es getan?«

»Ich setzte ihn am Saum des Waldes ab. Ich tat so, als sei das nur eine weitere Pinkelpause. Er wollte bezahlen, aber ich sagte: *Nein, ich warte hier, bis Sie zurückkommen*. Er wollte mir das Geld geben, aber ich lehnte ab. *Ich warte, bis Sie wiederkommen. Dann können Sie bezahlen*, sagte ich ihm. Er ging in den Wald und zehn Minuten später kam er wieder raus und sagte: *Bitte, zurück nach Shinjuku*. Die Stelle, wo ich ihn absetzte, das war gleich hier.«

Sie drosselte das Tempo und bog in einen Parkplatz ein. Rechts führte der Spazierweg mit dem Warnschild für Selbstmörder in den Wald. Linkerhand eine Schranke vor einem asphaltierten, schwächlich beleuchteten Weg und ein Wachhäuschen mit einem taubenblauen Mann darin.

Im allerletzten Tageslicht erkannte ich auf einem Schild das Zeichen, das aussah, als sei ein Ufo auf einer Hochzeitstorte gelandet. Wir waren am Ziel. Das Welthauptquartier der *Honri-kyo*.

»Vielleicht habe ich irgendwas verpasst«, meldete sich Kiko von hinten. »Aber sagt mir noch mal jemand, was genau wir hier wollen?«

»Keine Sorge, Hamada hat einen Plan«, verkündete Etsuko, die mich noch nicht sehr lange kannte. Kiko, die mich schon sehr lange kannte, schnaufte belustigt.

»Ich habe einen *groben* Plan«, stellte ich klar und hoffte, mir würde auf die Schnelle etwas einfallen, das als grober Plan gelten konnte. »Das Dreieck des Todes hat drei Ecken«, dozierte ich. »Es eignet sich deswegen wunderbar für meine altbewährte Schritt-Theorie. Danach schalten wir im ersten Schritt eine Ecke des Dreiecks aus, im zweiten Schritt die zweite und im dritten … naja, könnt ihr euch ja denken.«

»Hamada will die Sekte ausschalten«, dolmetschte Etsuko für Kiko, die immer noch schnaufte.

»Na ja, vielleicht nicht ausschalten. Aber ich denke, ich muss mal dringend vertraulich mit dem Guru Misohara reden.«

Inzwischen war der taubenblaue Mann im Wachhäuschen mit sich selbst übereingekommen, dass er bei uns einmal nach dem Rechten schauen musste. Er verließ seine von einem Kerosinbrenner geheizte Bude und kam auf uns zu. Ihm war kalt.

»Die Kerle in den blauen Anzügen sind der Sicherheitsdienst der Sekte – das hat mir mein Bruder erzählt«, erklärte Etsuko. »Alles junge Galgenvögel, die der Guru im Gefängnis rekrutiert hat. *bosozoku*-Vorstadtrocker und *chinpira*-Berufseinsteiger bei den *Yakuza*.«

Der frierende Lackaffe kam langsam auf uns zu und grinste, als habe er eine Mundharmonika verschluckt.

»Hast du eine Ahnung, wie viele von diesen Kerlen der Guru beschäftigt?«, fragte ich.

»Vielleicht vierzig oder fünfzig …«

Wunderbar. Bei meinem Glück hatten sie heute Abend wahrscheinlich ihr *bonen-kai* und waren allesamt im Welthauptquartier versammelt. Egal, ich musste mir den Weltraumguru vorknöpfen. Die Ermittlungen traten schon zu lange auf der Stelle, ich wollte endlich wissen, woran ich war und warum seine Idioten den kleinen Akira und meine Vermieterin nicht in Ruhe ließen. Es gab zahlreiche Samuraigeschichten, in denen die Helden unter wesentlich ungünstigeren Umständen obsiegt hatten.

»Es tut mir sehr leid, aber Sie können hier nicht parken«, sagte der taubenblaue Mann in der formvollendeten Höflichkeit eines wohlerzogenen Parkplatzwächters. Guru Misohara legte offenbar größten Wert darauf, dass seine Gorillas nach außen hin einen vorteilhaften Eindruck machten. Solange jedenfalls, bis sie die Häuser allein stehender, alter Damen mit Baggern platt walzten und einander in fremden Treppenhäusern umlegten. Der Mann war Mitte zwanzig, hoch gewachsen und hoch frisiert und hatte das intelligenzlose Gesicht eines jener Schlepper, die einen im Rotlichtbezirk jeder japanischen Großstadt vor den einschlägigen Bars ständig dumm anquatschten.

»Wir haben einen Termin«, sagte ich aufs Geratewohl.

»Lasst mich mal hier raus!«, Kiko rüttelte so heftig an ihrem arretierten Rollstuhl, dass der altersschwache Toyota ins Trudeln geriet. Etsuko würgte den Motor ab, sprang heraus und manövrierte den Rollstuhl vorsichtig auf zwei Stahlschienen herunter.

»Und mit wem haben Sie Ihren Termin?«, fragte der Pförtner.

»Mit Yamaguchi Kenzo«, nannte ich den Namen des Lippenmannes, der sozusagen in meinen Armen gestorben war.

Der Wächter zog die Stirn kraus. Manchmal und selbst im schwachen Licht der Innenbeleuchtung eines Autos ist es direkt ein Vergnügen zuzusehen, welche Mimik sich entwickelt, wenn untrainierte Menschen den exotischen Sport des Denkens ausüben.

»Wirklich?«, sagte er, zutiefst verunsichert, denn nach allem, was er vielleicht wusste, war Yamaguchi tot. Ein schwerer Konflikt. »Moment, da muss ich mal oben nachfragen. Wie ist Ihr werter Name?«

»Hora chinpira!«, hörte ich Kiko mit tiefer Stimme aus der Dämmerung rufen. Solch eine Sprache und solch einen Ton nehmen sich in Japan nur *Oya-bun* heraus, Anführer, Respektspersonen, Bosse. Jedem *ko-bun*, Unterling, ist es in Fleisch und Blut übergegangen, lieber ganz, ganz vorsichtig zu sein, wenn er derartig angeblafft wird. Der junge Mann stutzte.

»Kennst du mich nicht mehr?«, fragte Kiko mit rauer Stimme.

Seine Angriffsmuskeln versteiften sich unter seinem Anzug. Durch sein Spatzenhirn ratterten offensichtlich gerade die Namen und Gesichter der verschiedensten Bekanntschaften aus Gosse, Gerichtssaal und Gefängnis.

»Komm mal her und sieh mir ins Gesicht, wenn du dich traust.«

Er tat es tatsächlich. Überwältigt von der Neugierde, die dumme Leute in jede noch so offensichtliche Falle laufen ließ, getrieben von angekratztem Ehrgefühl. Er schlenderte betont lässig zum Rollstuhl, beugte sich vor und stellte wohl in diesem Moment fest, dass er *Animal Ayukawa* nicht kannte, doch machte gleichzeitig die intime Bekanntschaft ihrer stahlharten Stirn. Er ging zu Boden wie ein Sack. Ich quietschte auf dem Beifahrersitz vor unterdrücktem Jubelgeschrei.

»Freu dich nicht zu früh, Hamada«, grollte Kiko. »Das war erst der Anfang.«

»Ein grandioser Anfang!«, lobte ich und entstieg dem Wagen. »Ich gehe jetzt da rein und wenn ich in einer Stunde nicht wieder draußen bin, ruft ihr die Polizei.«

»Unfug. Ich komme mit«, sagte Kiko.

»Nein«, fuhr Etsuko sie streng an. »Wir können ihm da nicht mehr helfen. Er muss sich vielleicht durch das Unterholz anschleichen und schnell und lautlos in Deckung gehen. Er ist in solchen Sachen ausgebildet. Er ist ein Profi. Wir würden ihm nur im Weg sein.«

Allein die Tatsache, dass Etsuko das von mir dachte, machte mich für einen Moment glücklich und selbstbewusst. Bevor Kiko sie eines Besseren belehren konnte, griff ich ein.

»Danke, Kiko, dass du mir den Weg freigemacht hast. Aber wirklich, ab hier gehe ich besser alleine. Wieso verschnürt ihr nicht unseren jungen Freund hier und passt auf ihn auf? Wenn euch langweilig wird, haut ihm einfach immer wieder in die Fresse.«

Kiko fügte sich, zähneknirschend. Etsuko hatte einen wohltuenden Einfluss auf sie.

»In einer Stunde bin ich wieder da«, sagte ich und versuchte, auszusehen wie Pierce Brosnan. Mittlerweile war es aber schon so dunkel, dass es niemand bemerkte.

Hiro

Ich tauchte unter dem Schlagbaum durch und huschte lautlos wie ein Schatten einen Meter neben dem beleuchteten Weg entlang, falls die Strolche ihre Zufahrt mit Videokameras überwachten. Ich hielt mir dabei meinen Bauch, weil sich die Wunde bei jedem Schritt wichtig machte. Ich tat dabei so, als sei ich tatsächlich für derartige Manöver ausgebildet, das war wichtig für meine innere Einstellung.

Das ging für ungefähr hundert Meter gut, dann stolperte ich über herumliegendes Geäst und umarmte im Fall den nächstbesten Baumstamm wie einen lange vermissten Freund. Mein Bauch kreischte so laut vor Schmerz, dass ich dachte, ich hörte das Echo im Wald nachhallen. Dann dämmerte mir, dass doch wohl tatsächlich nicht mein Bauch, sondern ich selbst gekreischt haben musste. Ich humpelte schnell zurück in Richtung Parkplatz, weil ich schon ahnte, was passieren würde. Auf halber Strecke stieß ich fast mit Etsuko zusammen.

»Was ist passiert? Warum hast du so geschrien?« Sie packte mich an beiden Armen, dass es fast wehtat.

»Nichts, nichts!«, presste ich hervor. »Nur eine Maus. Ich habe Angst vor Mäusen. Geh wieder zurück und bleibe bei Kiko. Setzt euch in den Wagen und lasst den Motor laufen. Könnte sein, dass wir hier sehr schnell weg müssen.«

»Bist du sicher, dass du das alleine schaffst?«

»Ich bin dafür ausgebildet, das weißt du doch.«

»Ja, genau ...«, sagte sie in einem Ton, der ahnen ließ, dass Kiko inzwischen ihre gröbsten Wissenslücken gefüllt hatte.

»Vielleicht wirst du das hier brauchen – das haben wir bei dem Schrankenwart gefunden.« Sie drückte mir eine Pistole mit Schalldämpfer in die Hand.

»Oh, danke«, sagte ich, angenehm überrascht.

Sie klopfte mir freundschaftlich auf die Schultern und ich setzte meinen Weg nach oben fort. Hinter der dritten Biegung sah ich die drei Gebäude des Welthauptquartieres vor mir liegen. Eine niedrige, lang gezogene Baracke, vermutlich die Kaserne der Blauen Greifer. Eine hell beleuchtete Turnhalle, durch deren Fenster ich große Fotografien bekannter außerirdischer Persönlichkeiten erkennen konnte – offenbar die Andachtshalle, über die ich neulich in der Zeitung gelesen hatte. Und schräg dahinter ein etwas kleineres, silbrig glänzendes Haus, das aussah wie jenes Ufo, das auf dem Hochzeitskuchen landete. Wenn ich hier Guru gewesen wäre, dann hätte ich mein Quartier in dem kleinen Ufo-Haus gemacht und mich dort von all den armen Würstchen bedienen lassen. Auf dem Parkplatz standen fünf Kleinbusse, wohl die Dienstfahrzeuge der Blauen, und drei ausländische Limousinen für Captain Kirk. Ich orientierte mich kurz und stellte dabei fest, dass meine Wunde blutete. Jedenfalls war meine Hand, die den Bauch umfasst hielt, warm und feucht. In der anderen hielt ich die Pistole, die mir ein ungewohntes Gefühl der Stärke verlieh. Ich bin kein Freund von Waffen und ich hatte selbstverständlich noch nie eine benutzt. Aber ich war heilfroh, dass Etsuko sie mir nachgetragen hatte, und ich war entschlossen, damit bis zum Äußersten zu bluffen. Wenn ich überhaupt so weit kam, ohne zu verbluten. Ich presste die Hand gegen die Wunde, so fest es ging, und lief in geduckter Haltung über den Parkplatz, auf das Ufo-Haus zu. Seitlich hinter mir, an der Kaserne, flog eine Tür auf und ich konnte mich gerade noch hinter einen dunklen Mercedes ducken, als zwei Gestalten ins Freie traten und sich Zigaretten anzündeten. Sie trugen keine blauen Anzüge, sondern Freizeitkleidung. Blaue Trainingsanzüge. Sie schlenderten in meine Richtung.

»Also, was ist so wichtig, Hiro? Wieso willst du mich unbedingt sprechen?«, fragte einer. Der andere nahm einen tiefen Zug aus seiner Zigarette, die Glut warf einen feuerfarbenen Schein auf sein Gesicht.

»Ich will mich nicht beklagen, Masa«, stellte Hiro erst mal klar und zog wieder an seiner Kippe. Ich hatte kein Interesse daran, das intime Geflüster zweier Gangster zu belauschen, die offenbar ein Beziehungsproblem bequatschen wollten, aber ich hatte keine Wahl. Ich konnte unmöglich meinen Weg zum Ufo-Haus fortsetzen, ohne dass Masa und Hiro mich bemerkt hätten. Ich drückte mich gegen die eiskalte Flanke des Mercedes und versuchte, nicht zu atmen und mir vorzustellen, ich sei der unsichtbare Mann. Das war nicht ganz leicht, denn mein Atem stieg in weißen Wolken auf. Ein blasser Mond war am Himmel erschienen und bestrahlte den Schneegipfel des Fuji. Sterne funkelten.

»Das hört sich aber so an, als ob du dich beklagen wolltest. Glaubst du vielleicht, Seiji würde einen seiner eigenen Leute umbringen? Die Sache mit Yamaguchi war ein Unfall. Der kleine Schnüffler hat ihn umgelegt.« Aha. Yamaguchi war der Lippenmann aus meinem Treppenhaus und der kleine Schnüffler war sein mutmaßlicher Killer. Und Seiji war allem Anschein nach hier der Pfadfinderführer und ein echtes Arschloch, das seine eigenen Leute umlegte und mich zu Tode erschreckt hatte.

»Nein, nein«, beharrte Hiro. »Es war doch ganz anders. Der Schnüffler sollte schnellstmöglich nach Ibaraki ins Gefängnis kommen, wo ihn Misoharas Leute weich gekocht hätten. Deswegen musste Yamaguchi dran glauben. Das hat mir Shinzo gesagt.« Die Sache begann, unübersichtlich zu werden. Wer zum Teufel war Shinzo? Vielleicht der dritte Mann im Treppenhaus? »Seiji wollte, dass der Schnüffler mit der Mordwaffe in der Hand gefunden und festgenommen wird. Das war ein Befehl von Misohara, der schon dafür gesorgt hätte, dass der Schnüffler noch in dieser Nacht in Ibaraki gelandet wäre. Und deswegen hat Seiji dem armen Yamaguchi eine Kugel in den Kopf geschossen.«

»Du siehst Gespenster«, wehrte Masa ab. »Der Schnüffler hat Yamaguchi erschossen, Ende. Und dann hat er es irgendwie geschafft, sich aus dem Staub zu machen. Wir haben ihn einfach unterschätzt.«

Das tat gut. Trotzdem wäre der Schnüffler am liebsten diesem Masa mitten ins Gesicht gesprungen und hätte freudig Hiros Version bestätigt. Deswegen musste also der Mann auf der Treppe sterben – weil ich im Gefängnis zum Weichkochen gebraucht wurde. Ich beschloss, meine Vermieterin sofort in mein Testament aufzunehmen. Sie hatte mir durch ihr beherztes Eingreifen in jener Nacht vermutlich einen Aufenthalt in der Hölle erspart.

»Du verstehst mich nicht. Seiji ist nicht mehr normal – ich glaube, er fängt langsam selbst an, diesen Weltall-Mist zu glauben. Er verliert alle Hemmungen. Erinnerst du dich, was er mit dem kleinen Kind gemacht hat? Einer, der einem Kind so was antut, der ist nicht mehr normal!« Aha, dachte ich. Seiji, die Ratte, war es also, die dem kleinen Akira seine schrecklichen Brandwunden zugefügt hatte. Für einen Moment bedauerte ich, dass ich nicht rauchte – dicke, kubanische Zigarren rauchte, damit ich es ihm mit gleicher Münze heimzahlen konnte. »Seiji würde uns alle umlegen, wenn er sich damit bei Misohara weiter einschleimen könnte.« Tapferer, einsamer Hiro, dachte ich traurig. Vermutlich war er der nächste Todeskandidat auf Seijis Liste, wenn er nicht vorher an Lungenkrebs starb. Er hatte kaum die erste Zigarette aufgesogen, da zündete er sich schon die nächste an, die er genauso gierig verzehrte.

»Ich weiß nicht, wie es dir geht«, sagt der andere. »Aber ich bin hier wegen des Geldes. Verdammt gutes Geld dafür, dass man nichts anderes tut, als in einem blöden Anzug herumzulaufen und manchmal ein paar Leute zu erschrecken.«

»Genau. Aber man muss wissen, wann es genug ist«, sagte Hiro und etwas in seiner Stimme veränderte sich. »Irgendwann muss eben Schluss sein. Die Sache läuft aus dem Ruder. Wir glauben, es muss etwas geschehen.«

Wir?, dachte ich verblüfft. *Wir?*

»Was läuft aus dem Ruder? Was muss denn geschehen?«, fragte Masa, ganz offenbar ein Volltrottel. Hiro hatte das Wort »*Wir*« benutzt und das tat man in diesem Land nicht häufig – nur, um einen wichtigen Punkt zu machen.

»Wenn Seiji noch einmal so durchknallt wie neulich, als er plötzlich das Haus dieser Frau niedergewalzt hat – was glaubst du, wie lange wir noch weitermachen können? Die Polizei wird auf uns aufmerksam. Wir sind jedenfalls nicht erpicht darauf, seinetwegen unterzugehen und wieder dort zu landen, wo wir angefangen haben.«

»Ich vertraue Seiji«, verkündete Masa. So ein Idiot. Wo hatte er sich bloß aufgehalten, als das Hirn verteilt wurde? Selbst ich, ohne tieferes Wissen um Hintergründe und Motive, konnte allein aus Hiros Stimme und der Art, wie er *wir* sagte und sich nun vor Masa aufbaute, erkennen, dass es in dieser Situation unbedingt geraten war, schnell zu sagen: »*Du hast ja so Recht. Seiji ist ein verdammter Irrer. Wir müssen etwas gegen ihn unternehmen, sonst gehen wir noch alle vor die Hunde.*« Wenn einer in dieser Situation sagte: »*Ich vertraue Seiji*«, dann stellte er sich gegen das gesunde Gruppenempfinden und das war hier zu Lande nie ein kluger Standpunkt. Nicht einmal für anspruchslose Müllsortierer, nicht für Verwaltungsangestellte, nicht für Politiker, Feuerwehrleute, nicht für Lehrer, Schüler, Studenten und nicht für professionelle Sportler. Für niemanden in diesem Land war eine derartige Haltung gut – und schon ganz gewiss nicht für Gangster.

»Masa. Wir steigen aus«, sagte Hiro mit Grabesstimme.

»Wer steigt aus?«

»Wir alle.«

»Alle? Spinnst du? Wir machen hier so viel Geld! Denk doch mal nach! Ich mache da nicht mit.«

»Du bleibst also dabei?«, fragte Hiro noch einmal. Wenn ich nicht umstandshalber zu strenger Neutralität verpflichtet gewesen wäre, dann hätte ich an dieser Stelle aufspringen und rufen müssen: *»Masa, du hirnamputierter Molch! Gib Hiro sofort begeistert Recht, sage, dass auch du lieber aussteigen willst, und verbeuge dich tief!«*

Aber Masa sagte blöde: »Ja, ich bleibe dabei. Seiji hat ...«, und sank zwei Sekunden später, nach einem kurzen, spuckenden Geräusch, in sich zusammen. Sein Kopf schlug hart auf den Asphalt unter dem Kühlergrill des Mercedes und ich sah sein Gesicht, seine weit aufgerissenen Augen, mit denen er mich erkannte. Er schnappte, wollte etwas sagen, grunzte aber nur und aus seinem Mund blubberten Blutbläschen. Widerliches Ende – er tat mir leid. Schon schleifte ihn Hiro an den Füßen zurück zur Baracke, wo der Rest der Gruppe auf ihn wartete.

»Er wollte einfach nicht vernünftig werden«, hörte ich Hiro sagen.

»Wann gehen wir rein und erledigen die beiden?«, fragte einer.

»Packt alles zusammen«, sagte Hiro. »Dann schlagen wir los.«

Oh, herrlich, eine Meuterei – durchbrauste es mich freudenvoll. Die taubenblauen Männer hatten sich gegen ihren Anführer Seiji verschworen und Misohara verlor über Nacht seine Schutztruppe. Wenn ich nicht eine Hand dringend gebraucht hätte, um den Blutfluss an meinem Bauch zu stillen, dann hätte ich mir selbst zu meinem Mut und vor allem zu meinem perfekten Timing gratuliert. Die Tür zur Baracke wurde zugezogen, ich konnte wieder auftauchen und meinen Weg zu Misohara fortsetzen. Auf halber Strecke hielt ich inne und drehte mich um. So lange brauchte mein für solche Situationen geschulter Verstand, um zwei und zwei zusammenzuzählen. Meuterer murksten normalerweise ihre Chefs ab, also in diesem Fall diesen Seiji und Guru Misohara, die wahrscheinlich im Ufo-Haus beisammen hockten und die Tageseinnahmen zählten und aufteilten. Ich aber konnte mir nicht erlauben, Misohara zu verlieren. Ich war schließlich hier, um ihn zu vernehmen.

Bevor ich wusste, was ich tat, riss ich die Tür zur Baracke auf. Ich sah eine ganze Menge Leute in verschiedenen Stadien des Umkleidens und Einpackens. Sie schienen es alle plötzlich sehr eilig zu haben. Alle Gesichter waren mir zugewandt. Ich besaß ihre uneingeschränkte Aufmerksamkeit.

»*Konban-wa* – guten Abend«, sagte ich fröhlich wie ein Quizmaster. Als einer zu einer Waffe greifen wollte, schoss ich. Nicht auf ihn, sondern an die Decke. Zwar minderte der Schalldämpfer erheblich den Effekt, aber ich befand mich in einer Glückssträhne – die Kugel traf eine Deckenlampe, die effektvoll explodierte. Feine Splitter rieselten zu Boden. Sie mussten mich für einen Revolverhelden halten.

»Viele von Ihnen kennen mich schon«, fuhr ich unbekümmert fort. »Ich bin Hamada Kenji, der Schnüffler, den Sie unterschätzt haben. Und ich bin nicht allein. In drei Minuten ist das ganze Gelände hier von tausend Mann der Sondereingreiftruppe umstellt. Wir haben Hubschrauber und wir haben scharfe Hunde.« Ich wusste selbst nicht, woher ich das alles nahm – aber es steckte da irgendwo tief in mir drin – und es wirkte. »Ich weiß, dass Sie einen Schlussstrich ziehen wollten, deswegen gebe ich Ihnen großmütig diese eine Chance. Verschwinden Sie jetzt.«

Sie unterbrachen ihre Aufräumarbeiten und blickten unschlüssig auf Hiro, offenbar den Aufrührer der Palastrevolte. Im Licht erkannte ich in ihm einen der Kerle, die vor meinem Haus herumgelungert hatten.

»Drei Minuten«, sagte ich, bevor er etwas sagen konnte, und schaute seelenruhig auf die Uhr. Zum Glück stand ihr Entschluss schon fest und mein Auftauchen bestärkte sie nur darin. Hiro gab ein Zeichen und sie setzten sich in Bewegung. Raus aus der Baracke und rein in die Busse. Kurz nachdem der erste Motor angelassen wurde, erstrahlten starke Leuchter am Ufo-Haus.

»Was geht hier vor?«, schrie eine hysterische Stimme. Die blauen Männer liefen in der Hamada-Haltung zu ihren Bussen – gebückt und mit schnellen Schritten. »Sofort alle zurück an ihren Platz! Das ist ein Befehl!«, geiferte der Mann, der die Treppen hinuntergerannt kam. Es war derselbe, der mich mit seinem Daumen und Zeigefinger anderntags vor dem Hazienda-Haus so erschreckt hatte. Diesmal aber hielt er eine echte Waffe in der Hand. Und er schoss. Die Kugel zerschlug die Windschutzscheibe des ersten Busses, ohne weiteren Schaden anzurichten. Hiro tauchte neben mir auf, zielte und feuerte. Ich sah Seijis unsympathisches Gesicht explodieren und wünschte, ich wäre auf einem anderen Planeten. Dann wandte sich dieser Hiro an mich. *Erschieß ihn!*, schrie jemand in meinem Kopf. Knall ihn ab, bevor er dich umbringt!

Ich weiß nicht, welcher Glücksgöttin ich es zu verdanken hatte, aber in diesem Moment erklang von fern durch das Tal, aber deutlich hörbar über die Fluchtgeräusche der Taubenblauen das Rattern eines Hubschraubers. Vielleicht der romantische Abendausflug eines exzentrischen Millionärs, vielleicht eine Luftlandeübung der amerikanischen Stationierungsstreitkräfte – ich würde es nie erfahren. Jedenfalls reichte das Geräusch, um Hiro in Trab zu setzen und in den letzten Bus springen zu lassen. Mit quietschenden Reifen brausten die vier Fahrzeuge davon und ließen mich allein – mit Misohara. Ich war so erleichtert, dass ich mir mit der linken Hand den Angstschweiß von der Stirn wischte. Vom ästhetischen Standpunkt her gesehen ein schrecklicher Fehler, denn meine linke Hand war vom Bauchhalten blutüberströmt. Gleiches galt nun auch für mein Gesicht. Ich sah aus wie die Hauptfigur in einem Serienkiller-Film, aber als ich langsam und über den immer noch zuckenden Leichnam dieses Seiji hinweg die Treppen zu Misoharas Ufo-Haus erklomm und als er mich sah, begriff ich sofort, dass ich richtig gehandelt hatte. Mein Anblick als blutüberströmter Rächer ließ ihn gefrieren. Misohara war ein langhaariger, fetter Kerl, der in keine Hose und in keinen Anzug mehr passte und deswegen dazu übergegangen war, nur noch wallende, weiße Gewänder zu tragen. Er riss die Arme in die Luft, als erwarte er, hochgebeamt zu werden, und als das nicht geschah, ging er vor mir in die Knie. Vielleicht weniger vor mir als vor der Pistole, die auf ihn gerichtet war.

»Tun Sie mir nichts«, wimmerte er. »Bitte, verschonen Sie mein Leben.«

»Hamada!«, hörte ich eine Stimme hinter mir rufen. Es war Etsuko. Als die Flotte der fliehenden Busse an ihnen vorbeirauschte, war meinen Freundinnen wohl klar geworden, dass meine gute Ausbildung und meine unnachgiebige Haltung wieder einmal zum Erfolg geführt hatten. Etsuko war eben aus dem Transporter gesprungen und stolperte fast über den toten Seiji. »Himmel! Igitt! Was ist das?«, quiekte sie. Aus dem Laderaum hörte ich Kiko rufen: »Hol mich hier raus!«

»Ich will nicht sterben«, jammerte der dicke Guru, sein Gesicht hinter beiden Händen verborgen. Ich sank ebenfalls auf die Knie, die Hand, die die Waffe hielt, zitterte. Selbst wenn ich ihn hätte erschießen wollen, aus weniger als einem Meter Entfernung, ich konnte ihn so unmöglich treffen. Ich war dabei, schon wieder das Bewusstsein zu verlieren.

Aber ich war noch nicht so weit. Ich blutete und mir war schlecht vor Angst und Erleichterung, aber ich wollte jetzt nicht ohnmächtig werden, ohne meine Antworten.

»Wo ist Hisashi Ogata?«, fragte ich.

»Was?«, fragte der Fettsack, der mich bis zu diesem Moment vermutlich für den Kapitän eines Klingonenschiffes gehalten hatte.

»Wo ist er?«

»Ich weiß es nicht. Fragen Sie Morita. Und Nagai. Ich weiß nichts.«

»Wieso waren Ihre Leute hinter dem Kind her?« Ich schob mich auf Knien zu ihm, so dass die Wahrscheinlichkeit eines Treffers aus der flatternden Pistole höher wurde.

»Befehl«, rief er. »Befehl von Morita. Morita wollte das Kind.«

»Warum?«, schrie ich und fühlte, wie es meinen Bauch zerfetzte.

»Ich weiß es nicht!« Misohara, der Mann, der in besseren Tagen hoch verschuldeten Menschen 500.000 Yen für eine Audienz abknöpfte, sank vor mir zusammen und verbeugte sich, als sei ich eine böse Gottheit. »Seiji wusste alles. Aber Sie haben Seiji erschossen. Ich weiß nichts. Ich bin hier nur der Guru.«

Jetzt sank ich auch vornüber. Wir lagen uns gegenüber wie zwei übermüdete Portallöwen.

»Hamada. Du blutest wie ein Schwein!«, hörte ich Etsuko ausrufen und dann fühlte ich an meinem Bauch die schnellen, entschlossenen Bewegungen einer resoluten Frau, die im Erste-Hilfe-Kurs gut aufgepasst hatte. »Ein Verband! Ich brauche das Verbandszeug!«, schrie Etsuko.

Das Letzte, was ich sah, waren Kiko und ihr Rollstuhl, unten am Fuß der Treppe hinter Seijis Leichnam. Wie sie sich auf den Armlehnen hochstützte und stand.

Sie stand tatsächlich. Groß und stark und unbesiegbar. Was für ein erhebender Anblick.

»Kiko!«, flüsterte ich.

Dann kam, lässig wie eine alte Bekannte, die Ohnmacht zurück.

Misohara

Es waren um acht Uhr lediglich drei Grad in Tokio gemessen worden und ein Frontensystem aus Sibirien hatte über Nacht gut fünfzig Zentimeter Neuschnee in der Gegend um Niigata abgeladen, was zu einigem Ungemach im Berufsverkehr geführt hatte. Die Hauptstadt aber konnte sich auf einen weiteren strahlenden Sonnentag freuen und damit zurück ins Studio. Ich schlug die Augen auf und sah gerade noch, wie die Wettermaus mit roter Santa-Claus-Mütze und roten Handschuhen dümmlich in die Kamera winkte, dann wurde sie von der beliebten Steaksoßen-Werbung abgelöst. Die fettreichen Fleischstreifen brutzelten auf dem Grill und ich glaubte, das köstliche Aroma riechen zu können. Und dann noch die leckere Steaksoße. Mein Magen jaulte auf vor Hunger. Ich blinzelte in die Morgensonne, die durch das östliche Fenster fiel, und fand mich auf einem fremden Lager, das aussah wie die Lümmelwiese eines orientalischen Playboys. Ein Gebirge aus bestickten Kissen in den grellsten Farben. Die Wände des Raumes waren verunziert mit den aberwitzigsten Kritzeleien von amoklaufenden

Hypothenusen, wirren Strichen und sonderbaren Lettern. Langsam kam die Erinnerung an den letzten Abend zurück und ich begriff, dass ich mich wohl im Audienzzimmer des Weltraumgurus befinden musste. Ich richtete mich mühsam auf und wurde von meinem Bauch dafür sofort scharf zurechtgewiesen. Ich war gar nicht hungrig. Meine Wunde tat wieder höllisch weh. Ich wollte danach sehen, aber das war nicht so einfach, denn sie hatten mich in eines der wallenden Gewänder des Funayoshi Misohara gesteckt, in dem Platz für zwei von meiner Größe gewesen wäre. Mühsam krempelte ich den Stoff hoch und sah einen neuen Verband, fachmännisch angelegt. Sauber, kein Blut.

Misohara lag zusammengerollt wie ein Hund am Fußende des Lagers auf dem Teppich. Er hatte ein blaues Auge und ein gebrochenes Nasenbein. Etsuko hatte ihm anscheinend schöne Grüße von ihrem Bruder ausgerichtet. Misoharas Hände und Füße waren gefesselt und er schnarchte. Kiko und Etsuko lagen eng beieinander in einem anderen Bereich der Kissenlandschaft und schnarchten ebenfalls. Der graue Wicht, den wir gestern Abend am Eingang getroffen hatten, saß in der Ecke, ebenfalls gefesselt und mit einem Knebel im Mund, damit er die Erwachsenen nicht störte. Er funkelte mich aus feindseligen Augen an.

»O-*hayoo*«, flüsterte ich böse und er konnte meinem Blick nicht standhalten.

Im Fernsehen sagten sie, dass die Schauspielerin Nakayama Miho einen neuen Hund geschenkt bekommen hatte, einen Dackel, den sie sehr süß fand und mit Käse fütterte, den er sehr süß fand. Morgennachrichten in einem glücklichen Land. Ich suchte nach der Fernbedienung. Wie ihr verstorbener Bruder konnte wohl auch Etsuko nur schlafen, wenn der Fernseher lief. Einsame Seelen aus der Provinz in einer großen Stadt. Aber jetzt hatte sie ja eine Freundin gefunden. Ich grinste die beiden an und betätigte den »Aus«-Knopf. Sofort schlug Etsuko ihre Augen auf.

»Leg dich sofort wieder hin!«, zischte sie mich an. »Du bist verletzt!«

Das weckte den Guru, der sofort wegrobben wollte, aber es weckte nicht Kiko, die schlief wie ein Engel.

»Schon gut«, sagte ich leise und ließ mich wieder in die Kissen sinken. »Ich fühle mich schon viel besser.«

Etsuko rappelte sich hoch und der Guru robbte noch weiter zurück und machte sich an der Wand ganz klein.

»Wir hätten dich sofort ins Krankenhaus bringen müssen«, sagte Etsuko vorwurfsvoll, so als hätte ich darum gebettelt, hier bleiben zu dürfen. »Aber das ging nicht.«

»Wieso nicht?«

Sie knieten neben mir nieder und brachte ihren Mund ganz nah an mein Ohr, damit Misohara nichts hörte. »Weißt du das nicht mehr? Du hast einen Menschen umgebracht. Wenn wir einen Krankenwagen gerufen hätten, wärst du in ziemlichen Schwierigkeiten.«

»Der da draußen?« Ich dachte an Seiji mit dem explodieren Gesicht. »Das war ich nicht! Das war ein Kerl namens Hiro.«

»Ach so. Es sah jedenfalls so aus, als hättest du ihn erschossen.«

»Ich erschieße niemanden«, sagte ich laut. Und weil der fette Misohara daraufhin so deutlich hörbar erleichtert seufzte, bellte ich scharf in seine Richtung: »Ich beiße meine Feinde tot.«

»Wir haben die Leiche in den Wald gebracht«, flüsterte Etsuko weiter. Tote taubenblaue Männer hatten jedenfalls kein Glück in Bestattungsfragen. Seiji war nach Lippenmann schon der Zweite, der ohne Trauerfeier entsorgt wurde. Nicht, dass viele Gäste erwartet worden wären.

Kiko regte sich und Etsuko stand auf, blickte aus dem Fenster und erstarrte.

»Was, zum Teufel, ist das?«, fragte sie laut.

»Was?« Kiko rieb sich die Augen. »Was ist was?«

»Das da draußen? Was sind das für Leute?«

Sie war so verblüfft, dass sie gar nicht bemerkte, wie ich aufstand, und mich dafür auch nicht rügte. Auf dem Platz vor der außerirdischen Turnhalle standen mindestens zweihundert Leute herum, in Mänteln und mit Mützen und Handschuhen – aber sie froren trotzdem. Sie atmeten kleine Wolken aus. Weiß der Himmel, wie lange sie schon dort warteten. Alle Typen Japans waren vertreten: Frauen und Männer, ältere Herrschaften in vornehmem Zwirn und Bauarbeiter in ihren aufgeplusterten Hosen. Studenten, Akademiker und Hausfrauen, Bauern in wattierten Jacken, Verwaltungsangestellte, Zahnarzthelferinnen und Fernfahrer in Leder.

»Sie sind zur Audienz hier«, meldete sich Misohara kläglich.

»Oh, Scheiße«, sagte Etsuko. »Sieh dir all diese Leute an ...«

»Hilft mir vielleicht mal einer?«, rief Kiko. »Ich will auch was sehen.«

Während Etsuko sich um sie kümmerte, robbte der Guru zu mir herüber und sah zu mir auf wie der Dackel von Nakayama Miho.

»Ich weiß nicht, wer Sie sind und was Sie von mir wollen«, flüsterte er. »Aber wir können diese Sache zu einem guten Ende bringen. Gut für beide Seiten.«

»*Nani* – was?«, blaffte ich ihn an.

»Jeder der Frauen und Männer da draußen trägt 500.000 Yen in bar bei sich, um mich zu sehen. Können Sie rechnen?«

Zweihundert mal 500.000 – nein, in so hohen Zahlen konnte ich nicht rechnen.

»Ich gebe Ihnen das ganze Geld«, zischelte er und sabberte dabei vor Aufregung. »Wenn Sie mich in Ruhe lassen und verschwinden. Hören Sie? Ich gebe Ihnen alles! Wenn Sie mich nur losbinden und mich mit meinen Audienzen anfangen lassen, sind Sie bis zum Mittag reiche Leute!«

Dieser Mann wurde tatsächlich von Außerirdischen geleitet.

»Ich habe eine bessere Idee«, sagte ich, auf ihn herabsehend. »Warum kassieren wir nicht eine Million von jedem und dafür dürfen sie auch mich sehen und meine Freundinnen hier. Und wer noch hundert Yen drauflegt, der darf auch einen Blick auf dieses graue Häuflein Elend da in der Ecke werfen. Wie wäre das?«

Misohara musste wohl annehmen, ich meinte es ernst, denn er dachte lange nach.

»Sie verstehen nicht«, sagte er schließlich. »Die Leute da draußen, die brauchen mich. Sie geben mir ihr Geld gerne. Sie drängen es mir förmlich auf. Denn ich bin ihr Licht in dieser Welt. Ich kann ihnen helfen, ihre Probleme in den Griff zu bekommen. Sie vertrauen mir und sie hoffen, dass ich ihnen ein gutes Karma bringe und den Weg zu den Sternen weise. Ich bin ihr Erlöser.«

Ich kämpfte meinen Zorn nieder, weil der unangenehm und schmerzhaft in meinem verwundeten Bauch rumorte, und versuchte, sachlich zu bleiben. Das gelang nur mäßig.

»Sie sind ein verlauster, ehemaliger Gefängniswärter mit einer eingeschlagenen Nase und einem blauen Auge«, stellte ich klar. »Sie kriechen auf dem Boden rum und sehen aus wie ein Gespenst, das seine Kontaktlinsen sucht. Soll ich mal die Tür aufmachen und fragen, wer für diesen Anblick 500.000 Yen bezahlen will?«

Das hatte gesessen. Misohara sah aus, als würde er jeden Moment anfangen zu weinen.

»Tu das nicht, Hamada«, hörte ich hinter mir Etsuko sagen. »Denk an meinen Bruder. Der hat sein Leben ruiniert, weil er diesem Bastard hier geglaubt hat. Genau wie die Menschen da draußen. Du darfst sie nicht verhöhnen.«

Widerspruch aus dieser Ecke war nicht, worauf ich gefasst war. »Ich darf sie nicht verhöhnen?«, brauste ich sie an. Sie sah plötzlich kleiner aus. Und sehr traurig. Mein Zorn verpuffte schlagartig. »Du hast Recht«, sagte ich, bevor ich selbst ganz begriffen hatte, warum. Da draußen war das Schreckensgemälde der postindustriellen Gesellschaft aufmarschiert. Zombies ihrer Zeit. Sie alle waren ordentlich gekleidet, aber wer hinter die Mäntel sehen konnte, der erblickte das geistige Lumpenproletariat einer sinnentleerten Gesellschaft. Ziellos und verwirrt. Einsam und restlos überfordert von all dem Mist des Lebens, der immer komplizierter wurde und auf den niemand eine klügere Antwort geben konnte als die, dass Nakayama Miho neuerdings einen Käse fressenden Dackel hatte. Sie dürsteten nach Wahrheit, Trost und Hoffnung, sie gingen zum Geldverleiher wie zum Therapeuten und warfen ihre Yen einem Scharlatan vor die Füße, weil ausgerechnet der anbot, was alle anderen ihnen verweigerte: die Logik des Lebens. Einige würden im weiteren Verlauf ihrer Suche in der Gosse landen und mittwochabends um Curryreis und gekochtes Ei bei der Vereinten Kirche des Weltuntergangs anstehen. Andere würden sich umbringen und dabei auch noch glauben, dass diese eine richtige Entscheidung war, und einige wenige würden es vielleicht schaffen und langsam und mühevoll wieder auf die Beine kommen. Nein, ich durfte sie nicht verhöhnen. Ein paar Schritte auf dem falschen Weg, eine widerliche Krankheit vielleicht, ein Schicksalsschlag aus heiterem Himmel oder eine weitere missglückte Liebe und ich selbst konnte mich vielleicht dort einreihen. Die da draußen waren jedermann und waren vielleicht auch irgendwo Hamada.

»Sag du, was wir tun sollen«, forderte ich Etsuko auf.

Sie seufzte: »Wir schicken ihn raus und lassen ihn sagen, dass sie ein andermal wiederkommen sollen. Mehr können wir nicht tun.«

»Doch, das können wir«, mischte sich Kiko ein. »Wir

lassen ihn sagen, dass von jetzt an kein Geld mehr für Audienzen zu bezahlen ist. Und dass sie ihr Geld von nun an sparen und ihre Schulden schnell zurückzahlen sollen und keine neuen Schulden mehr machen. Das ist ein Befehl aus dem Weltraum.«

»Haben Sie das gehört?«, fragte ich Misohara, der inzwischen schon wieder von mir weggerobbt war.

»Ich kann das nicht tun«, winselte er. »Das würde ihren Glauben zerstören.«

»Umso besser!« Etsuko öffnete seine Fesseln und wies ihm die Tür. »Ich zähle bis drei und wenn Sie dann nicht draußen stehen und genau das sagen, was Sie gerade gehört haben, dann ...«

Sie musste gar nicht weiterreden. Schon riss Misohara die Tür auf und beide Arme in die Luft. Was genau er sagte, verstand ich nicht, weil ich plötzlich eine vertraute Melodie hörte. *Liebe macht Sodbrennen.* Kiko und Etsuko hatten an alles gedacht – sogar daran, mein ausgepowertes Handy an ein Ladegerät anzuschließen. Kiko saß am nächsten daran und hob es auf, ich war aber zu sehr mit Misoharas Erscheinen beschäftigt, so dass ich ihr sagte: »Würdest du das Gespräch bitte annehmen?«

Ich sah den Guru in seinem weißen Gespensteranzug barfuß in die klirrende Kälte treten und hörte, wie er sich räusperte und rief: »Liebe Freunde, das Mutterschiff hat eine überraschende Nachricht gefunkt ...«, und dann hörte ich Kiko, die sagte: »Jemand von Sony Music für dich.«

Bis auf ein, zwei plötzliche und heftige Erdbeben hatte nichts meine Fassung so sehr erschüttert wie diese kurzen

Worte. Draußen stand Misohara barfuß auf eiskaltem Treppengestein und schickte seine Gemeinde nach Hause, überwacht von Etsuko unsichtbar hinter dem Vorhang, in der Ecke eines byzantinischen Kissenparadieses hockte ein geknebelter, übellauniger taubenblauer Mann und da saß meine beste Freundin in ihrem Rollstuhl und hielt mir das Handy mit dem vielleicht wichtigsten Anruf meines Lebens hin. Ich räusperte mich wie noch nie zuvor.

»Hallo, hier ist Hamada!«, sagte ich. Auch ein guter Titel für meine erste CD. *Hallo, hier ist Hamada*. Schnurstracks geradeaus. Mitten zwischen die Augen. Ein Sänger und Songschreiber, der sich nicht verstecken musste. Einer, der etwas zu sagen hatte und sich nichts vormachen ließ. Ich eben.

»*Osore-irimasu* – ich bin voller Ehrfurcht«, piepste eine Stimme, die entweder einem kleinen Vögelchen oder einer Telefonistin gehörte. »Sie hatten die Güte, uns ein Tonband mit Ihren Gesangsaufnahmen zu schicken.«

»Ja?«

»Ich wollte nur bestätigen, dass dieses Band bei uns eingegangen ist und dass es in allernächster Zeit von unseren Talentscouts angehört werden wird.«

»Ah-soo-desu-ka?«, sagte ich, was in diesem Zusammenhang ungefähr so viel hieß wie: *Ach*, *Scheiße* …

»Bitte entschuldigen Sie vielmals die Störung«, fiepste das Vögelchen und legte auf.

»War es was Wichtiges?«, fragte Kiko, der keine Verwerfung meiner Gesichtszüge entging.

»Nur die Plattenfirma«, sagte ich, als überlegte ich

schon, mir eine neue Nummer zuzulegen, weil die jeden Tag zehn Mal bei mir anriefen und ich das langsam lästig fand.

»Gut.« Kiko hielt sich nicht lange mit unnützem Kram auf. »Dann sieh dir bitte mal an, was Etsuko und ich gestern Nacht hier gefunden haben.« Sie rollte, während der schlotternde Misohara draußen seine bemerkenswerte Predigt hielt, ins Nebenzimmer und zu einem Aktenschrank. Sie riss die unterste Schublade auf. Daraus zog sie mehrere kleine Pappkisten und reichte sie mir. Ich öffnete den ersten Deckel und blickte auf einige Hundert ID-Karten. Männer, Frauen, Jung und Alt. Name, Geburtsdatum, Wohnort, Foto.

»Mitglieder der Sekte?«, fragte ich.

»Nein. Alles tote Leute«, sagte Kiko.

»Was? Haben diese Strolche die etwa auf dem Gewissen …?«

»Nein. Diese Leute sind alle eines natürlichen Todes gestorben. Sie sind schon längst tot. Wir haben in der Nacht das Haus durchsucht und sind auf diese Kiste gestoßen. Misohara hat gestanden, dass es die eingezogenen Papiere von Menschen sind, die in letzter Zeit in Tokio gestorben sind. Einer seiner Sklaven arbeitet in der Behörde des Amtes, die die Papiere der Verstorbenen einzieht und vernichtet. Aber er brachte sie stattdessen hierher. Es dauert Jahre, bis ein Toter aus allen Büchern und allen Registern verschwunden ist, sagt Misohara.«

»Ja, und?« Ich wollte die Kiste nicht in meinen Händen halten. Hunderte von Leichen.

»Das ist ein Trick von dieser Sekte, kapierst du? Sie

führen tote Leute in ihren Büchern. Sie weisen diese Leute als ihre Anhänger aus und machen sich damit größer, als sie wirklich sind. Es sind die toten Seelen.«

»Wer? Was?«

»Das ist ein Buch, das ich unlängst gelesen habe. Von einem Russen namens Gogol. Die toten Seelen.«

»Ich wusste nicht ...«, dass du Bücher unbekannter, russischer Dichter liest, wollte ich sagen. Stattdessen sagte ich: »Ich wusste nicht, dass so was sinnvoll sein kann.«

»Für deren Zwecke schon«, sagte Kiko. »Steuerhinterziehung, Parteispenden, Geldwäsche ... was du willst. Die toten Seelen mucksen sich nicht. Du hast da nur die Kiste aus Minato, Nerima und Ota. Da sind noch mehr Kisten.«

Jetzt verstand ich langsam, welchen Schatz ich hier in den Händen hielt. Es war nicht strafbar, Leute in die Irre zu führen und ihnen das Geld für irgendwelche Weltraummärchen aus der Tasche zu ziehen. Aber die Schurkereien, die die *Honri-kyo* mit diesen falschen Identitäten anrichten konnten, waren enorm. Wenn diese Kisten zum Staatsanwalt gingen, dann hatte Misohara nichts mehr zu lachen. Das Religionsprivileg, das Leute wie ihn vor jeder staatlichen Verfolgung schützte, würde aufgehoben und sein ganzer Laden würde auf den Kopf gestellt werden.

»Danke, Kiko«, sagte ich, sprachlos.

»Ach, was«, lächelte sie breit und knuffte mich in den Oberschenkel, dass ich aufstöhnte. »Wir haben hier nur ein bisschen rumgestöbert. Pures Anfängerglück. Du bist der Detektiv, der für diese Sachen ausgebildet ist.«

Ich ging trotz der Schmerzen in meinem Bein neben

ihrem Rollstuhl auf die Knie, legte meine Arme um ihre Schultern und küsste sie ganz fest auf die Wange.

»Ich liebe dich«, sagte ich. »Als ich dich gestern sah, als du aufgestanden bist und mir helfen wolltest ...«

Sie klopfte mir auf die Schultern. »Schon gut, Hamada. Denk nicht mehr darüber nach.«

Im Audienzzimmer entstand Unruhe, Misohara war zurück. Er zitterte am ganzen Leib und sank sofort zu Boden, um die Eiszapfen von seinen nackten Füßen zu entfernen.

»Gut gemacht«, lobte Etsuko.

»Ich hasse Sie«, schrie der Guru.

Und schon hörte ich wieder die vertraute Melodie von *Liebe macht Sodbrennen.*

»Hamada!«, raunzte ich in das Telefon. Wenn es schon wieder die Plattenfirma mit ihren Talentscouts war, dann sollte sie wissen, dass ich es nicht nötig hatte, freundlich mit ihnen umzugehen.

»Hier ist Matsumoto, Rudi Matsumoto.«

»*Oyahoo gozaimuasu* – guten Morgen«, wünschte ich, doch ein wenig enttäuscht.

»Ich hoffe, ich habe Sie nicht geweckt«, quäkte Rudi Matsumoto.

»Nein«, beruhigte ich ihn. »Ich verstehe Sie übrigens gut. Sie müssen nicht so schreien.«

»Gut, gut. Ich habe schon gestern die ganze Zeit versucht, Sie zu erreichen, aber ich bekam immer wieder nur diese Ansage ...«

»Meine Batterie war leer.«

»*Ah-soo-desu-ka.* Hören Sie, Hamada-san. Ich habe

Neuigkeiten. Ich habe mich umgehört, wie versprochen. Ich habe alles über diesen Arzt, Dr. Nagai, herausgefunden.«

»Weiter, weiter«, drängelte ich. Nachdem die erste Ecke des tödlichen Dreiecks zerknirscht und demoralisiert in seinem weißen Gewand auf bestickten Kissen hockte, den haarigen Kopf in den Händen vergraben, war ich begierig, die nächste Adresse für meinen Feldzug der Gerechten zu erfahren.

»Dr. Nagai unterhält eine Privatpraxis im Shibuya-Bezirk. Im fünften und sechsten Stockwerk eines Bürohauses in einer Seitengasse der Omotesando. Ich vermute, dass er dort seine schmutzigen Geschäfte mit den Organen abwickelt.«

Rudi, Rudi, dacht ich voller Mitleid. Der Boxer hieß Rocky und die Stadt hieß Genua und nicht Chiuso. Ist dies dein Schicksal – niemals auf dem richtigen Dampfer zu sein?

»Danke, Matsumoto-san«, sagte ich feierlich und vorsichtig. »Diese Klinik habe ich mir aber schon sehr genau angesehen. Genauer, als ich zunächst vorhatte. Fehlanzeige. Der Arzt dort heißt zwar auch Nagai, aber er ist der falsche Dr. Nagai. Der richtige heißt mit Vornamen Eisaku. Der muss irgendwo anders wohnen. Ich bin gerade dabei, das herauszufinden.«

»Sonderbar«, grübelte Rudi. »Nach allem, was ich weiß, heißt der falsche Nagai an der Omotesando aber sehr wohl Eisaku mit Vornamen. Ich halte weiter die Ohren offen. *Mata-nee* …«

Rudi Matsumoto hatte es geschafft, dass mir ein leiser,

aber eisiger Schauer den Rücken herunterrieselte. Ich musste Gewissheit haben und ich war am richtigen Ort. Mit wenigen entschlossenen Schritten war ich bei dem Guru und zog ihn unsanft am Kragen seines Burnusses auf meine Blickhöhe.

»Dr. Nagai Eisaku«, sagte ich.

»Den kenne ich nicht«, quietschte der Fettwanst, sah mir tief in die Augen und besann sich sofort eines Besseren. »Oder sagten Sie Nagai Eisaku? Ja, ich kenne ihn. Flüchtig.«

»Wo ist seine Klinik?«

»In einer Seitengasse der Omotesando. Bitte, nicht mehr schlagen.«

Oh, verdammt, dachte ich benommen. Dr. Tod hatte mich auf dem OP-Tisch gehabt und dann hat er mich laufen lassen.

Vermutlich nicht, weil er mich so gerne mochte.

»Was ist das nur für eine nervtötende Melodie?«, fragte Etsuko ungeduldig.

Schon wieder *Liebe macht Sodbrennen*. Ich war an diesem Morgen gefragter denn je.

»Hamada-san!« Es war meine Vermieterin und sie klang nicht froh. Wahrscheinlich waren die 24 Stunden, die sie mir als Gnadenfrist gegeben hatte, gerade abgelaufen »Wo sind Sie?«, schrie sie mich an, dann brach sie in klagendes Geheul aus. Ich nahm an, sie stand vor der Ruine ihres Hauses.

»Es ist weg!«, jammerte sie.

»Ich habe die Männer in den blauen Anzügen unschädlich gemacht!«, schrie ich gequält zurück. »Alle auf einmal! Von ihnen droht keine Gefahr mehr!« Ich verstand ihren Schmerz. Sie hatte ihr ganzes Leben in diesem Haus verbracht und nun war es weg, ohne dass sie auch nur eine Schürze aus dem Schrank retten konnte. »Bitte, vertrauen Sie mir. *Moshi-wake gozaimasen* – ich kann Ihnen gar nicht sagen, wie leid mir das tut. Ihr Haus haben die Mistkerle von der Sekte abgerissen. Aber wir haben den Schuldigen hier und wir werden ihn vor Gericht bringen und er wird ihnen ein neues Haus hinstellen müssen!«

»Wovon reden Sie?«, kläffte sie mich an. »Es ist weg. Das Kind ist weg! Zwei Männer haben uns aufgelauert und das Kind aus dem Bus verschleppt, als mein Bruder einkaufen war!«

Wie hatte der richtige Dr. Nagai doch so scheinheilig bemerkt? *»Jeder Mensch hat ein bestimmtes Maß an Glück. Ihres könnte bald aufgebraucht sein.«* Wahrscheinlich wusste er genau, wovon er sprach.

Akira

Wir hatten dem Guru und dem letzten blauen Mann die Hände und die Füße verschnürt, damit sie nicht auf dumme Gedanken kamen, und sie hinter Kikos Rollstuhl auf den Wagen gepackt. Etsuko brauste in mörderischem Tempo die abschüssige *Chuo*-Autobahn Richtung Tokio hinunter. In den oberen Lagen der Berge, die dicht und steil neben der Fahrbahn in die Höhe strebten, lag wie Puderzucker Schnee auf den Bäumen und lieferte einen malerischen Kontrast zum strahlend blauen Himmel. Ein friedliches Bild, das so gar nicht in diese beschissene Welt passen wollte. Meine Stimmung oszillierte zwischen Verzweiflung, Wut und Angst um den kleinen Jungen, den meine liebe Tante Hiroko mir anvertraut hatte und den ich durch meine unendliche Dummheit dem Bösen preisgegeben hatte. Ich brauchte gar nicht so lange nachzudenken, um dahinter zu kommen, wieso Dr. Tod mich zusammengeflickt hatte und wieder laufen ließ. Er wollte das Kind und ich sollte ihn zu ihm führen. Hatte er nicht selbst bedauert, dass Organe von Kindern unter fünfzehn Jahren nicht entnommen werden durften? Offenbar hatte er einen gut bezahlenden Kunden für eines oder auch mehrere Organe des kleinen Akira. Mir wurde so schlecht, während ich das dachte, dass ich kurz davor war, Etsuko um eine Kotzpause zu bitten. Ich war Nagais menschliche Wünschelrute gewesen. Ich Trottel war von der Klinik aus nach Hause gelatscht und hatte dann nichts Besseres zu tun, als Oya-san in ihrem Versteck aufzusuchen. Jeder halb Blinde hätte mir aus Nagais Todesklinik einfach folgen können, stand schon zwei Stunden später vor dem Propagandabus im Meiji-Park und musste nur noch auf einen passenden Moment warten, wenn der bullige Hidehasa nicht da war, um die alte Frau und die beiden rechtsgerichteten Asthmatiker zu überwältigen. Das Opfer konnte er bequem zu Fuß zurück in die Nagai-Klinik bringen, denn die lag nur fünfzehn Fußminuten vom Meiji-Park entfernt.

»Hamada, was ist los? Was tun wir jetzt?«, fragte Etsuko.

»Still – lass ihn denken«, ermahnte Kiko von hinten.

Sehr freundlich, aber ich konnte gar nicht denken. Ich jammerte innerlich und fraß mich auf, ich bedauerte, bereute, verfluchte und wünschte – aber denken konnte ich nicht.

»Wir müssen diese Klinik aufmischen«, dachte ich laut. »Vielleicht ist es noch nicht zu spät.« Ich erklärte den beiden, welches Schicksal möglicherweise auf den kleinen Akira wartete, und wenn Etsuko nicht schon das Letzte aus dem altersschwachen Motor herausgeholt hätte, dann wäre sie noch fester auf das Gas gestiegen.

»Sie täuschen sich«, regte sich mürrischer Widerspruch in der hinteren Ecke der Kabine. Der böse, blaue Mann von der Pforte hatte seine Sprache wiedergefunden. »Dem Jungen wird nichts passieren.«

»Und woher willst du das wissen?«, blaffte ich ihn an.

»Wir sollten ihn ausfindig machen – erinnern Sie sich?« Oh ja. Natürlich erinnerte ich mich.

»Was weißt du?«

»Zuerst versprechen Sie mir, dass Sie mich in der Stadt laufen lassen und ich nie wieder von Ihnen höre.«

»Ich verspreche es«, sagte ich schnell. Verdammt, in einer Welt, in der kleine Kinder entführt wurden, um sie als Ersatzteillager zu benutzen, konnte man auch ein Versprechen wieder brechen. Der blaue Mann mühte sich auf Knien vor und hockte sich neben Kiko.

»Seiji, unser Anführer, der jetzt tot ist, wollte unbedingt das Kind. Zuerst hat er es benutzt, um die beiden Penner zu erschrecken, damit die Dr. Nagai ihre Nieren überschrieben und Morita abkassieren konnte.«

»Weiter ...«

»Er hat eine Zigarette auf dem Kind ausgedrückt und die beiden mussten zusehen«, sagte mit gesenktem Kopf der Jüngling.

»Und du und deine Kumpels, ihr habt dabei auch zugesehen, ja?«, schrie ich.

»Es war furchtbar.« Der Kerl senkte den Kopf noch tiefer und ließ uns damit wissen, dass er sich sehr schuldig fühlte. Sein Glück, sonst hätte die Faust von *Animal Ayukawa*, die schon geballt war, ihn getroffen, wo es am meisten wehtat. »Seiji setzte die beiden unter Druck. Er bekam dafür Geld von Morita. Sie unterschrieben schließlich alle Papiere und damit war die Sache erledigt. Seiji kassierte eine schöne Stange Geld.«

»Weiter ...«

»Dann wurde befohlen, dass wir das Kind für ein paar Stunden in diesem Haus in Chiba abgeben sollten. Da wohnte die Mutter dieses Mannes. Sie hatte noch das Haus, das sie an Morita überschreiben konnte, aber sie sagte, sie würde es nur tun, wenn sie den Jungen noch einmal sehen könnte. Also brachten wir den Kleinen zu ihr. Aber dann tauchten Sie auf und haben Yamaguchi und uns alle sehr dumm aussehen lassen.«

»Wer hat das befohlen?«

»Der da! Unsere Befehle bekamen wir immer von Seiji und er bekam sie von dem da.«

Misohara versuchte, sich ganz klein zu machen. »Ich musste!«, winselte er. »Morita und Nagai sind zwei wirklich rücksichtslose Männer, die kennen keine Skrupel! Ich habe sie vor Jahren im Knast in Ibaraki kennen gelernt und wir hatten einige gemeinsame Interessen. Aber das änderte sich. Morita will immer nur Geld und Nagai will seit einiger Zeit nur noch Nieren und Lebern und sowas. Herzen sogar. Was sollte ich tun? Ihn anzeigen? Ich wollte nur in Ruhe meine Religion ausüben. Aber ich war derjenige, der die guten Kontakte ins Gefängnis hat und auf den Seijis Truppe hörte, weil Seiji die Hälfte meiner Einnahmen kassierte. Ich habe auch nur meine Befehle empfangen.«

So war das also: Misohara und seine Bande aus gestrauchelten Halbwüchsigen, angeführt von diesem gemeingefährlichen Seiji, dem ein noch schrecklicheres

Ende zu wünschen gewesen wäre als nur eine freundliche Kugel ins Gesicht, hatten für Morita und Dr. Nagai gearbeitet. Sie hatten die hoch verschuldeten und verzweifelten Sektenmitglieder – und sicher auch andere, wenn es sich gerade ergab – gejagt, gequält und erschreckt und Dr. Nagai zugeführt. Sie waren die Hyänen, die eine Drecksarbeit verrichteten, die Morita nicht einmal mehr seinen eigenen Eintreibern zumuten wollte.

»Die Leute hätten sich sowieso umgebracht«, rief der Guru leutselig. »So haben sie mit ihrem Tod wenigstens noch anderen das Leben gerettet.«

»Wie viele?«, fragte ich und wünschte mir einen großen Eimer Eiswasser, um das Brennen in meinem Bauch zu löschen.

»Nicht mehr als zwanzig, insgesamt«, sagte der Jüngling, dessen Gesicht mittlerweile genauso blau war wie sein zerknitterter Anzug, und senkte wieder seinen Kopf. »Die Frau und der Mann mit dem Kind waren die Letzten. Aber nachdem wir sahen, was Seiji mit dem Kind tat, da beschlossen die meisten von uns, dass wir das nicht mehr mitmachen wollten.«

»Das ehrt euch wirklich!«, grunzte ich bitter und wusste, dass er das auch so sah.

»Ich habe auch eine Frage«, Etsuko stierte mit großen Augen auf die Straße, die sie mit 120 Stundenkilometern konsumierte, und ich wollte noch vorschlagen, dass sie vielleicht lieber links ranfahren sollte, bevor sie ihre Frage stellte. Aber da war es schon zu spät.

»War unter diesen zwanzig Menschen vielleicht auch einer mit Namen Yoshiwara Hikari?«

»Fragen Sie mich das?«, sagte Misohara unschuldig. »Sie sollten ihn fragen, ich weiß doch nichts. Ich habe mit der ganzen Sache nichts zu tun.«

»Ja«, schluckte der junge Mann. »Ja, ich erinnere mich genau an ihn. Er hatte unterschrieben, dass er eine Niere abgeben wollte, aber dann hatte er es sich anders überlegt. Wir sollten ihn überreden, sein Versprechen zu halten. Aber als wir ihn fanden, hatte er sich schon aufgehängt. Dr. Nagai war sehr böse. »

»Schnauze jetzt!«, brauste ihn Kiko an und versetzte ihm einen Hieb auf den Kopf, der sich für Leute, die Kiko aus dem Ring kannten, schon lange angekündigt hatte. Ich legte meine Hand auf Etsukos Bein und schrubbelte tröstend hin und her, weil ich sonst auch nicht wusste, was ich tun sollte. Sie atmete die Luft stoßweise aus und hielt eisern die Spur. Ich bewunderte sie dafür. Sie schluckte schwer und kämpfte mit einem riesigen Kloß in ihrem Hals.

»Wir holen uns diesen Bastard. Wir holen ihn uns jetzt sofort. Und dann darfst du mit ihm machen, was du willst«, versprach ich.

»Lasst ihn mir!«, rief Kiko, die in ihrem Rollstuhl vor unterdrückter Wut vibrierte.

Als der junge Mann zehn Minuten später wieder zu sich kam und in die Gegend blinzelte wie der geprügelte Hund, der er schließlich auch war, knöpfte ich ihn mir wieder vor. Ich kniete jetzt auf dem Beifahrersitz, ihm zugewandt: »Also, Freundchen, wir waren noch nicht ganz fertig. Du erwähntest, dass der kleine Junge nicht in Gefahr sei. Wie kommst du darauf?«

»Er wurde gebraucht«, stammelte mein Zeuge, während er sich mit einer Grimasse den Kopf rieb. »Für jemanden, der offenbar sehr wichtig war. Wir sollten ihn aufspüren und bei Morita abliefern. Morita persönlich wollte ihn.«

»Wollte ihn? Wofür?«

»Wie sollte ich das wissen, glauben Sie denn, Seiji hätte uns irgendwas gesagt?«, winselte der junge Mann. »Ich weiß nur, dass Morita den kleinen Jungen wollte. Vielleicht hat er sich schon immer einen Sohn gewünscht!«

Es war, als sehe ich in diesem Moment aus der Ferne etwas heranfliegen. Aus blauem Himmel. Zuerst konnte man meinen, es sei ein Vogel oder ein Flugzeug. Aber es kam näher. Es hielt genau auf mich zu. Ganz langsam erst, aber es wurde immer schneller, je näher es kam. Es wurde rund und groß. Es war eine schwarze Kanonenkugel, auf der mein Name geschrieben stand und die zielsicher aus dem Nichts herangebraust kam und mich genau in die Brust traf. *»Oh, bitte, Ken, zeige ihn mir. Zeige mir deinen Neffen!«,* hörte ich eine Stimme rufen.

»Hamada, ist was?«, fragte Kiko besorgt. Ich drehte mich um und sank in den unbequemen Sitz.

»Sie wollte das Kind!«, stöhnte ich.

»Wer ist sie?«, fragte Etsuko.

Bankier Morita hatte Seiji den Auftrag gegeben, den kleinen Akira, dessen Eltern ja doch nur wertlose Penner waren, die noch nicht einmal mehr alle Nieren besaßen, zu entführen und zu seiner Frau Mika zu bringen, die wegen ihrer Fehlgeburt und der Operation mehr und mehr durchdrehte. Mika war nicht mehr sie selbst. Sie kleidete sich wie Audrey Hepburn, verbrachte ihre Abende in einem Gigolo-Club und vergaß ihren Porsche ständig im Halteverbot. *Vielleicht sollte ich ihr ein Hündchen kaufen*, dachte wahrscheinlich Bankier Morita. Aber das Hündchen tat es nicht. *Dann kaufe ich ihr eben ein Menschlein*, mochte er gedacht haben und das war der Punkt, an dem der kleine Akira ins Spiel kam. Und ich. Ich hatte sie im Club gefunden und ihre Zeche bezahlt und sie erfuhr von ihrem Mann, dass dieser sonderbare kleine Kerl nicht nur reich war und die Schulden seines Jugendfreundes bezahlen wollte, sondern zufälligerweise auch noch der Pflegevater jenes Kindes war, das Morita-san, als übergewichtiger, aber liebender Ehegatte seiner Frau zugedacht hatte. Man musste das Kind nur noch finden. Deswegen war sie zu mir gekommen. Deswegen wollte sie unbedingt meinen Neffen sehen. Deswegen hatte sie die grauen Gangster an das Hazienda-Haus gerufen, die mich erschreckten und vor denen sie mich rettete, damit ich ihr alles beichtete. Während der Beichte war sie rausgerannt, um ihren Freund, den Doktor Tod, zu verständigen, und dann hatte sie mich vor der Klinik niedergeschossen, damit er mich wieder herrichten konnte und ich sie danach zu dem Jungen führte. Ich konnte Etsuko nicht einmal mehr rechtzeitig warnen, ich riss in voller Fahrt die Tür auf und erbrach, was immer noch von Dr. Nagais Infusion in meinem Magen war, auf die Autobahn. Etsuko stieg in die Eisen und fuhr auf den Standstreifen.

»Geht es dir jetzt besser?«, fragte sie vorsichtig.

»Nein«, sagte ich.

»Sie erinnern sich aber an Ihr Versprechen, ja?«, krähte der junge Mann. »Wenn wir in der Stadt sind, lassen Sie mich frei!«

»Schnauze, habe ich gesagt!« *Animal Ayakawas* Dampframme schickte ihn schon wieder zu Boden. »Es tut mir leid, Hamada«, hörte ich Kiko sagen. »Schon wieder die falsche Frau, oder?«

Niemand kannte mich besser als Kiko.

Meine Vermieterin befand sich in einem Zustand der Auflösung, der mich erschreckte. Sie hatte viel geweint, ihre Augen waren blutunterlaufen. Sie sah mich kommen und blickte schluchzend in die andere Richtung. Ihr Bruder Hidehasa, dem sie vermutlich sehr ernste Vorhaltungen gemacht hatte, obwohl er doch nur Milch und Windeln einkaufen wollte, saß zusammengesunken unter den Portraits des Attentäters und Mishimas und kochte in seiner Schuld. Seine beiden anämischen Freunde waren zerbeult und aufgeschabt und starrten mit leerem Blick aus dem Fenster.

»Sie hatten Pistolen!«, sagte einer der Blutarmen, als ich den Bus bestieg.

»Oh, ihr Weichlinge«, wies Hidehasa ihn zurecht. »Hamada-san hat auch eine Kugel abbekommen! In den Bauch. Und? Er hat weiter gekämpft wie ein Mann! Und ihr Memmen?«

Ich musste etwas sagen, Leute wie sie waren erpicht darauf, sich schon wegen eines geringeren Versagens einen Finger abzuschneiden oder Schlimmeres anzutun. Das Bildnis von Mishima, dem Bauchschlitzer, wirkte plötzlich wie ein Menetekel. Ich sank auf die Knie und verbeugte mich vor den vier unglücklichen Businsassen.

»Sie alle haben wirklich Großes geleistet«, sagte ich. »Ich danke Ihnen von Herzen. Keinen von Ihnen trifft irgendeine Schuld. Ich habe versagt. Ich habe leichtsinnigerweise die Verfolger zu Ihrem Versteck geführt. Ich bin für alles verantwortlich.«

»Ach, Hamada«, seufzte meine Vermieterin, die sich jetzt nun wirklich keine Illusionen mehr machte. »Tun Sie, was Sie wollen, aber bringen Sie den Jungen in Sicherheit. Ich würde es nicht überleben, wenn dem kleinen Akira etwas passierte.«

Es waren zwei Männer, die am Morgen den Bus gestürmt hatten. Nagata und Osaki hatten sie gleich erkannt. Es waren die beiden Helden, die sie zusammen mit dem dicken Morita vor ein paar Tagen aus dem Hazienda-Haus geworfen hatten.

Ich war leer. Keine Ideen mehr, keine Ahnung, was ich tun sollte. Das Einzige, was mir in diesem Moment noch Kraft gab, war die Aussage eines immer noch bewusstlosen jungen Delinquenten draußen im Ladebereich eines altersschwachen Minibusses, der gesagt hatte, dass Akira nichts passieren würde. Wenn Mika so dringend ein Kind wollte und Akira dieses Kind war, dann würde sie ihn vielleicht in diesem Moment mit irgendwelchem Süßholz vollsäuseln und ihm mit einem goldenen Löffel seinen Brei geben. Ich würde dieser Irren das Kind zum baldmöglichen Zeitpunkt einfach wieder wegnehmen, so viel stand fest. Wenn nötig, würde ich dazu sogar die Polizei einschalten.

»Ich bin sicher, dass es ihm gut geht«, sagte ich ohne Schwung.

»Das reicht mir nicht!«, schrie die Oya-san, die sich hochrappelte und vor mir aufbaute wie die Rachegöttin einer blutrünstigen, indischen Religion. »Ich will, dass er bei seinen Eltern ist, wo ein Kind hingehört. Die Leute, die ihn abgeholt haben, die ...«, sie schluchzte laut auf. »Einer hat ihn, meinen kleinen Akira, unter den Arm geklemmt wie ein Stück Holz. Er soll nicht bei diesen Leuten bleiben. Tun Sie was!«, schrie sie mich tränenüberströmt an. »Ich habe schon mein Haus verloren.« Sie wusste es also. Hatte es vermutlich die ganze Zeit gewusst. Sie stammte noch aus einer Generation, in der Häuser verloren gehen, ohne dass man gleich in Tränen ausbricht. Bewundernswert. »Aber ich werde nicht zusehen, wie dieser Junge verloren geht! Sie verdammter, dummer Möchtegern-Detektiv!«

»Ja. Tun Sie was!«, echote ihr Bruder, der sich ebenfalls erhob. »Ich weiß schon, dass der Junge nichts mit der Thronfolge zu tun hat. Aber wissen Sie was? Das ist mir egal! Er ist für mich wie ein Sohn.«

»Okay, okay«, stammelte ich und kramte in meiner Tasche nach der Telefonnummer, für die ich so viel Geld bezahlt hatte. Mikas Handy. Vielleicht war sie doch noch nicht so verrückt, dass ich nicht mehr mit ihr reden konnte. Vielleicht war sie wirklich nur unglücklich und vielleicht hatte dieses »Geschenk« ihres verbrecherischen Mannes auch bei ihr ein gewisses Befremden ausgelöst. Vielleicht war noch nicht alles verloren und ich konnte sie wieder lieben.

Das dachte ich wirklich.

Ich lag wieder einmal völlig daneben.

»Ken!«, hörte ich sie flöten. Sie hatte wohl meine Nummer auf dem Display erkannt. »Ich hatte mich schon lange gefragt, warum du mich nicht angerufen hattest.«

»Mein Name ist nicht Ken«, sagte ich, während ich versuchte, die bebende Stimme im Zaum zu halten. »Hier ist Hamada Kenji. Und ich will den Jungen zurückhaben. Du darfst noch ein bisschen mit ihm spielen und ich werde mit seinen Eltern reden, und vielleicht erlauben sie dir, ab und zu mal bei ihnen vorbeizuschauen und ihn zu streicheln. Aber jetzt will ich ihn wiederhaben. Wo ist er?«

Ich hockte auf dem Boden, um mich herum Oya-san, ihr Bruder, die beiden Anämiker und Etsuko, die inzwischen unbemerkt den Bus bestiegen hatte. Alle starrten auf mich herab und hielten den Atem an.

»Ach, Ken«, sagte die Irre. »Du ahnst nicht, wie viel mir es bedeutet, dass du gerade jetzt anrufst. Und wie viel mir dieses Kind bedeutet.«

Ich nickte, als säße ich ihr gegenüber, das Handy so fest an mein Ohr gepresst, dass es wehtat.

»Doch, doch. Ich weiß, wie sehr du dir ein Kind wünscht, Mika. Aber versteh doch, dieses Kind ist nicht dein Kind. Und es wird niemals dein Kind werden. Es wurde gestohlen.«

Lange Pause. Dann sagte sie die Worte, die ich bis ans Ende meines Lebens hören werde und die mich zu einer Eissäule gefrieren ließen.

»Ich brauche nur sein Herz. Dann wird *mein* Kind leben. Gerade beginnt die Operation. Wünsch uns Glück, Ken …«

Leitung tot.

Gespräch beendet.

»Was?«, schrien alle auf mich ein.

»Es war keine Fehlgeburt«, sagte ich und blickte in verständnislose Gesichter. »Sie hatte ein Baby. Aber das Kind war krank. Das Kind brauchte ein neues Herz …«

Mika

Es ist mir egal, ob die Ampel dreimal rot zeigt, wir müssen da durch! Jetzt und auf der Stelle!«, schrie Hidehasa seinen verschreckten Fahrer Nagata an und dann griff er sich das Mikrofon.

»Dies ist ein Notfall«, donnerte seine Stimme mit 1000 Watt aus den Dachlautsprechern auf die mittäglich belebten Straßen. »Es geht um Menschenleben. Machen Sie Platz und lassen Sie uns durch! Ja, Sie da in dem roten Nissan. Weg da! Sofort!«

Er schrie so laut, dass der arme Kerl in dem roten Nissan denken musste, Gottes Strafgericht habe ihn eingeholt. Sofort kurbelte er seinen Wagen aus dem Weg und der anämische Nagata steuerte den Bus wie eine Rakete die Aoyama-Doori hinunter.

»Da vorne kommt die Kreuzung zur Omotesando. Da rein und die zweite links!«, schrie ich. »Gleich hinter *Louis Vuitton*!«

»Aus dem Weg, wir haben einen Notfall!« schrie Hidehasa. Überall wandten sich die Köpfe erschrockener Bummler in unsere Richtung, der Verkehr kam weitestgehend zum Erliegen, jeder machte uns Platz – oder wäre zermatscht worden. Kamikaze-Nagata trat auf das Gas, als lenke er einen Panzer. Hinter uns versuchte der Minibus, den Etsuko steuerte, mit unserem Tempo mitzuhalten. Ansonsten wagte niemand, sich auch nur zu bewegen. Wir mischten den Verkehr in Tokio auf, wie noch nie jemand vor uns es gewagt hatte.

»Der weiße Mercedes – los nach rechts! Mach die Bahn frei!«, brüllte Hidehasa, dessen Halsschlagader die Ausmaße einer Python erreicht hatte. Sein Gesicht war rot wie die Ampeln, die wir überfuhren. Seine Hände, die das Mikrofon hielten, zitterten. Der weiße Mercedes stellte längst kein Hindernis mehr da. Und auch nicht der Lieferwagen, der danach kam. Ich glaubte, im Augenwinkel zu sehen, wie er in eine Schaufensterfront mit der neuesten Sommermode eintauchte.

Als wir gleich hinter *Louis Vuitton* nach links in die erschreckend enge Seitengasse einbogen, dachte ich für einen fürchterlichen Moment, dass wir umfallen würden – so eng nahm Nagata die Kurve.

»*Bakayaroo* – Vollidiot!«, schrie Hidehasa, der sich an einem der vier Sitze festklammerte und vergessen hatte, das Mikrofon auszuschalten. Diesen Schrei, da war ich mir sicher, hörte man noch am anderen Ende der Stadt.

Da waren wir. Vor dem Haus, in dem Dr. Nagais fürchterliche Klinik untergebracht war. Ich entrang Hidehasa das Mikrofon und schrie so laut ich konnte.

»Dr. Nagai! Rühren Sie das Kind nicht an!« Die Gasse war so eng, dass zwischen dem Bus und den Häuserfronten links und rechts kaum zehn Zentimeter Platz waren. Das Fenster, das am nächsten zum Lautsprecher war, zersprang unter dem Druck meiner Stimme. Menschen sammelten sich an beiden Enden der Gasse und glotzten verständnislos auf unseren patriotischen Bus. »In diesem Haus soll gerade ein Mord geschehen«, schrie ich ihnen zu. »Ein widerlicher, gemeiner Mord an einem sechs Monate alten Kind! Dr. Nagai! Kommen Sie raus! Alles ist vorbei.«

Jemand klopfte an der Bustür und Nagata öffnete. Es war Etsuko.

»Hamada!«, rief sie und trat von einem Bein auf das andere, als könne sie das Wasser nicht mehr halten. »Wir sind hier falsch.«

»Nein!«, brüllte ich sie an. Ich hatte nicht die Kraft, diese Auseinandersetzung noch einmal zu führen. Nicht jetzt. »Dieser Doktor Nagai ist der richtige und nicht der falsche. Ich weiß es!«

»Kann schon sein«, schrie Etsuko zurück. »Aber der Kerl im Auto, der uns den Tipp gab, der sagt, dass Dr. Nagai hier nicht operiert. Nicht, wenn er eine Transplantation macht. In der Klinik ist niemand. Nagai operiert in seinem Privathaus.«

»Scheiße!«, schrie ich so laut und so verzweifelt, dass die Menschentraube, die uns einschloss, erschreckt zusammenzuckte und einige Schritte nach hinten wich. Die Zeit galoppierte uns davon, Akira lag vielleicht schon mit roten Zeichnungen auf seinem kleinen, süßen Brustkorb auf dem Todestisch und wir standen vor dem falschen Haus!

»Wo?«, jammerte ich kraftlos, gefasst darauf, dass die neue Adresse zehn Kilometer weiter östlich lag.

»Die Straße runter. 500 Meter. Das Betonhaus auf der linken Seite!«

Sie konnte kaum aus der Tür springen, da gab Nagata schon Gas und brauste schnurgerade auf ungefähr 50 verwirrte Passanten zu, die sich in der Gasse versammelt hatten, um dieses ungewöhnliche Spektakel zu bezeugen. Sie stoben auseinander wie eine Kolonie von Meeresvögeln, in die der Blitz einschlagen wollte. Hinter uns jaulten die Sirenen der Polizei auf. Jemand musste ihnen gesteckt haben, dass ein Bus der Rechten wiederholt die zulässige Phongrenze überschritten hatte.

Das Haus, vor dem wir mit quietschenden, qualmenden Reifen stoppten, war unscheinbar und grau, genau so, wie ich Dr. Nagai kennen gelernt hatte.

Farblos böse, unscheinbar schlecht.

»Ich gehe rein!«

»Bleiben Sie stehen!«, schrie ein dicker Polizist in schwarzer Motorradkluft, der auf mich zurannte und aussah wie eine tanzende Fleischwurst. »Ich will sofort Ihre Papiere sehen!«

Er kam mit wild fuchtelnden Armen bis auf etwa acht Meter an mich heran, dann stieß er mit einem Rollstuhl zusammen, der unversehens seine Bahn kreuzte.

Eine zwei Meter hohe Mauer umgab das Haus. Der Eingang eine Stahltür. Ich drückte ohne Erfolg die Klinke und hämmerte dagegen. Ein paar Meter die Straße hinunter gewahrte ich einen roten Porsche, der im Halteverbot stand.

»Versuchen Sie das hier!« Hidehasa drückte mir eine schwere Axt in die Hand.

Ein Hieb und ich wusste, dass es sinnlos war. Ein Kratzer erschien auf der Tür und der Stiel der Axt federte in meiner Hand nach, dass ich Mühe hatte, nicht umzufallen.

»Fahr den Bus zurück und nimm Anlauf«, befahl Hidehasa seinem Fahrer. »Los – rein in die Tür und wenn die halbe Wand umfällt, umso besser!«

Etsuko zog mich am Kragen aus der Kollisionsbahn.

»Hier, Hamada, du solltest jetzt besser die Pistole wieder an dich nehmen.«

»Ich will niemanden umbringen«, jammerte ich, denn ich wusste, dass ich genau das vielleicht tun musste. Nagata brachte den Bus in Position, dahinter rang Kiko mit einem schwarzen Lederfetischisten, den nur sein weißer Motorradhelm vor dem Schlimmsten bewahrte.

»Dann ziel eben auf die Beine. Besser damit als mit der Axt!«

Ich warf die Axt zu Boden und ergriff die Schusswaffe.

»Ich habe auch eine«, sagte sie und entsicherte sie vor meinen Augen. »Aus der Schublade des Gurus. Ich komme mit dir.«

Bevor ich protestieren konnte, gab Nagata Vollgas und der Bus rammte mit apokalyptischem Donner eine zwei Meter breite Bresche in Dr. Nagais graues Eigenheim. Als Nagata geräuschvoll den Rückwärtsgang einwürgte, waren Etsuko und ich bereits hineingeschlüpft. Hidehasa kam gleich hinter uns – mit der Axt. Gut so, denn die Haustür war verschlossen. Glas und Holz splitterten, als der Bruder meiner Vermieterin uns den Weg freischlug.

Dr. Nagai hatte einen ausgesuchten Geschmack für Kunst und er hatte das nötige Kleingeld. Der Flur seiner unscheinbaren Betonburg war raffiniert mit Gemälden ausstaffiert, antikes Zeug war mit viel Liebe und Sachverstand auf Anrichten und Borden verteilt. Der Fußboden ausgelegt mit hochklassigen Orientteppichen. Wir machten uns nicht die Mühe, die Schuhe abzulegen, sondern rannten den Flur hinunter, unterwegs Türen aufreißend und in kopfloser Verzweiflung nach Dr. Nagai rufend.

Das Gebäude hatte drei Ebenen – eine Etage über uns vermutete ich die Schlafräume, aber es führte keine sichtbare Treppe nach unten. Einzig hinter dem Wohnzimmer war der Garten zur Hälfte von einem klaffenden Abgrund ausgefüllt, der als Lichtkanal für das untere Stockwerk diente. In diesen verborgenen, verbotenen Teil des Anwesens kam man sicherlich nur durch eine geheime Tür oder von einer Tiefgarage aus, deren Einfahrt zu suchen wir jetzt keine Zeit hatten. Die Betonschlucht war gut drei Meter tief, unten lag Kies rund um einen kleinen, friedlichen Goldfischteich.

»Hier herunter«, winkte ich Etsuko heran.

»Springen? Du wirst dir das Genick brechen!«

»Ich hole ein Seil!« Schon war der hilfreiche Hidehasa wieder verschwunden. Die Gasse war inzwischen belebt von dem Geheul von mindestens einem Dutzend Polizeisirenen. Ich hörte den aufgeregten Sopran meiner Vermieterin: »Und wo, bitte sehr, waren Sie, als mein Haus zerstört wurde?«

Sie, Kiko und die Blutarmen hielten uns die Polizei vom Leibe. Wobei ich im Moment nicht einmal sicher war, ob ich das, was zu tun war, tatsächlich ohne Polizeischutz tun wollte.

Endlich konnte Hidehasa sich mit dem Seil wieder zu uns durcharbeiten, schlang das eine Ende um einen Baum und ließ das andere in den Abgrund gleiten.

»Ich halte!«, sagte er.

Ich zwängte die Pistole in meinen Hosenbund, hoffte, dass sie nicht losgehen würde, umfasste mit beiden Händen das Seil und ließ mich unvorsichtig schnell hinab, wobei meine Hände in Flammen aufgingen. Ich konnte kaum die Waffe halten, so sehr brannten meine Handflächen nach nur drei Metern abseilen.

Heisere Schmerzenszischer ausstoßend erblickte ich mein Spiegelbild in einer großen, dunklen Fensterfront. Während Etsuko mir nach unten nachfolgte, ergriff ich einen faustgroßen Zierstein aus dem Kieselbeet und schleuderte ihn auf die Glasfläche. Das berstende Glas gab den Blick auf genau die Szene frei, die ich schon in meinen schlimmsten Phantasien vor mir gesehen hatte.

Zwei Operationstische, darauf, unter Laken, zwei kleine Körper. Bunte Lichter blinkten an Pumpen und Messgeräten.

Dr. Nagai, in weißem Kittel, mit Mundschutz und Kappe, stand zwischen den beiden Tischen. So weit das Bild aus meinem Albtraum. Nicht geträumt hatte ich mir, dass hinter Dr. Nagai Mika Morita stand, ebenfalls in einem weißen Kittel, mit Mütze und Mundschutz. Operationsassistentin Mika. Ich erkannte sie an ihren süßen, abstehenden Ohren und der Agatha-Christie-Pistole, die sie auf den Kopf des Arztes gerichtet hielt.

»Tun Sie es, sofort!«, kreischte sie. Sie war so weggetreten, so eingenommen von dem, was geschehen sollte, dass sie nicht einmal den Lärm bemerkte, den eine in sich zusammenfallende Glasfront verursachte. »Tun Sie es oder ich schieße!«

Dr. Nagai indes war unsere Ankunft nicht entgangen. Ich sah seine Augen sich weiten, ob aus Angst oder Reue, Verzweiflung oder Hoffnung, konnte ich nicht erkennen.

»Ich kann es nicht!«, hörte ich seine bebende Stimme. »Ich werde kein Kind umbringen!«

»Ich sagte: Tun Sie es!« Mika drückte ihm den Lauf ihrer Pistole, die sie mit beiden Händen umklammert hielt, so fest gegen den Schädel, dass der ganze Kopf nach vorne kippte. Dann riss sie die Waffe plötzlich von seinem Kopf und richtete sie zu meinem unermesslichen Schrecken auf den kleinen Jungen. »Wenn ich ihn erschieße, dann können Sie, ja? Sein Herz schlägt doch noch weiter, ja? Dann tun Sie es.«

»Ich werde nichts tun! Ich operiere nicht!«, jaulte Dr. Nagai auf. »Es ist zu spät und ich bringe kein gesundes Kind um!«

»Mika«, sagte ich streng und ging einen Schritt auf sie zu. Das bewirkte zumindest, dass sie die Waffe nicht mehr auf Akira richtete, sondern auf mich. Inzwischen war Etsuko neben mir erschienen. Wir beide zielten auf ihre Beine.

»Mein Kind soll leben«, heulte die Irre. Dann feuerte sie ohne Vorwarnung drei Schüsse auf uns ab. Wir duckten uns geistesgegenwärtig und ich hörte die Projektile an meinem Kopf vorbeisirren, am Beton abprallen und sich irgendwo in das Kiesbeet eingraben. Als ich wieder hochblickte, hatte Mika ihre Waffe schon wieder auf Dr. Nagai gerichtet. Von oben erklang das unverkennbare Geräusch, das entsteht, wenn Polizisten gezwungen sind, das Anwesen eines wohlhabenden und einflussreichen, mutmaßlich unbescholtenen Bürgers zu betreten, ohne dass sie vorher kurz Bescheid gegeben haben. Zaudernde Schritte und vorsichtige, verhaltene Rufe. Man konnte bis hier herunter hören, wie leid ihnen das alles tat.

»Da sind Sie ja endlich!«, schnauzte Hidehasa sie an. Man konnte über die politischen Ansichten des Bullenschlächters durchaus geteilter Meinung sein. Aber er hatte ganz sicher Schneid. »Wollen Sie vielleicht etwas unternehmen? Da unten soll ein Mord geschehen! Ein Mord an einem kleinen Kind!«

Es folgten mehr zaudernde Schritte und mehr vorsichtige Rufe. Irgendein Schlaumeier konnte es nicht lassen, die Klingel zu betätigen, obwohl die Haustür eingeschlagen war.

»Mika. Es ist vorbei«, versuchte ich, die Rasende zur Vernunft zu bringen. »Vielleicht gibt es noch Hoffnung für dein Kind. Vielleicht im Ausland.«

»Glaubst du, das hätte ich nicht alles versucht?« Tränen erstickten ihre Stimme. »Mein kleiner Tomohiro. Er ist schwach, er würde nicht einmal den Flug überleben. Mein kleiner Tomo soll leben.«

»Und der kleine Akira soll dafür sterben? Das kannst du nicht wollen, Mika. Leg die Waffe weg. Bitte.«

Überragende Hamada-Psychologie. Mika nahm tatsächlich die Waffe von Dr. Nagais Hinterkopf und ließ beide Arme sinken, dann sank sie selbst in sich zusammen. Ich ging langsam auf sie zu. Über das zersplitterte Glas, in das dunkle, jetzt nicht mehr aseptische und nicht mehr geheime Reich von Dr. Tod.

»Es tut mir leid, ich verstehe deinen Schmerz«, sagte ich in weichem Ton.

Die Waffe, die ohnehin nur in meinen aufgescheuerten Händen schmerzte, legte ich auf den Boden, damit Mika sah, dass sie mir vertrauen konnte. Sie scherte sich einen Dreck darum, ob sie mir vertrauen konnte oder nicht. Sie riss, kaum dass ich auf zwei Schritte herangekommen war, ihre Lady-Waffe hoch und zielte auf mich. Diesmal wollte sie sichergehen. Sie zielte genau in mein Gesicht.

»Du hast alles zerstört. Du wirst mit uns sterben«, schrie sie und drückte ab.

Ich spürte nichts. Sie hatte offenbar keine Kugel mehr im Magazin gehabt, sonst wäre ich tot gewesen. Woher kam aber dann der Schuss?, fragte ich mich noch und da sah ich auch schon das Blut auf ihrem weißen Kittel und hörte schnelle Schritte von hinten näher kommen.

»Oh, Scheiße, ich glaube, ich habe sie erschossen«, sagte Etsuko unter Schock. »Das wollte ich nicht. Ich habe auf die Beine gezielt ...«

»Danke, danke«, stöhnte Dr. Tod. »Danke, dass Sie gekommen sind. Sie hätte uns alle umgebracht. Sie war verrückt ... Sie war ...« Er stammelte noch irgendetwas und ging halb bewusstlos vor dem OP-Tisch auf die Knie. Ich umarmte die verletzte Mika, riss ihr den Mundschutz vom Gesicht. Vielleicht war sie nicht tödlich getroffen. Nicht jeder Schuss in den Bauch musste einen Menschen gleich umbringen und ich wusste, wovon ich sprach. Als wollte sie meiner Diagnose widersprechen, spuckte sie Blut und verdrehte schauerlich ihre einst so schönen Augen. Ihre Lippen formten mühsam die Worte: »Mein Kind, ich will mein Kind halten.« Ihre Hand streckte sich in Richtung des Tisches, auf dem der kleine, kranke Tomo lag. Etsuko, unschlüssig, verwirrt, mit den Nerven am Ende, rüttelte Dr. Nagai wach.

»Tun Sie doch was. Geben Sie ihr wenigstens das Kind!«

»Geben Sie es ihr«, sagte Nagai tonlos. »Das Kind ist tot. Vor einer halben Stunde gestorben.«

Etsuko nahm das weiß eingewickelte Bündel vom Tisch und reichte es mir, ihr Gesicht zitterte und zuckte genauso wie meines, ihre Augen schwammen, genau wie meine, in Tränen.

Wir sahen uns wirklich verdammt ähnlich. Vielleicht sollte ich sie doch fragen, ob sie mich heiraten wollte. Ich schuldete meiner Vermieterin mehr als einen Gefallen.

Mit dem, was wohl ihre letzte Kraft sein musste, umarmte Mika ihren Tomo und dann sah sie mich an. Mit diesem Blick, unerträglich und unversöhnlich. Der Blick einer gemeinen, rücksichtslosen Mörderin aus Liebe.

»Mein Tomo …«, wisperte sie und drückte ihren blutigen Mund auf die kalte Stirn des Kindes.

»Was geht hier vor?« Endlich hatten die Helden von der Polizei uns gefunden. »Stehen Sie auf! Niemand rührt sich! Werfen Sie die Waffen weg!«

Glasklare Anweisungen.

»Ruhig, ganz ruhig«, sagte ich, vielleicht traf Hamadas Glückskeks-Psychologie bei ihnen auf mehr Resonanz.

»Verzeihen Sie unser Eindringen, Dr. Nagai«, sagte ein Beamter in Zivil.

Nagai war inzwischen völlig zu Boden gesunken und sah mir ins Gesicht.

»Sieht aus, als sei mein Vorrat an Glück nun endlich aufgebraucht«, lächelte er schräg und unheimlich.

»Wissen Sie was? *Das* nenne ich Glück …«, sagte ich.

Dann hatte mich der erste Polizist am Wickel.

Tote Seelen

Man kann der Polizei viele Vorhaltungen machen, aber nicht die, dass sie nicht gründlich und ordentlich vorging, wenn endlich alles vorbei war. Noch als sie uns abführten, trafen aus entgegengesetzter Richtung die ersten Vermessungstrupps von der Spurensicherung ein, die, da hatte ich keine Zweifel, mehrseitige Analysen der Flugbahnen aller abgefeuerten Geschosse anfertigen würden. Sie würden mit Lupe und Millimetermaß jeden Winkel des Nagai-Anwesens inspizieren, jeden Kieselstein rund um den Goldfischteich einzeln in Plastik verpacken und im Labor untersuchen und am Ende wochenlang Berichte schreiben, die dann ordnungsgemäß abgestempelt und abgeheftet wurden und danach ungelesen im Archiv verschwanden. Ein wesentlicher Grund dafür, dass meine Freunde und ich nicht die nächsten Tage und Wochen in Untersuchungshaft und bei langweiligen Verhören verbringen mussten, war die Tatsache, dass Dr. Nagai, noch bevor er überhaupt offiziell zu den erschreckenden Vorgängen in seinem Hause befragt wurde, ein umfassendes Geständnis ablegte. Etsuko hatte wegen des tödlichen

Schusses nichts zu befürchten – Nagai bestätigte die Notwehrsituation und gab zu Protokoll, dass es ohne Etsukos Schuss zu einem weitaus schlimmeren Blutbad gekommen wäre.

Der zweite wesentliche Grund betrat gewichtig und mit versteinerter Buddhamiene am späten Nachmittag die Szenerie und klopfte mir aufmunternd auf die Schultern: Kommissar Yoshino, ehemals Leiter der Abteilung »Organisiertes Verbrechen« im Innenministerium und der einzige Polizist, den ich mochte, und der Mann, dem ich und der mir wegen der Takahana-Sache ewige Dankbarkeit und Respekt schuldete. Seine Karriere jedenfalls hatte durch diesen Fall ihre längst fällige dritte Brennstufe gezündet und an der Art, wie ihn die ermittelnden Beamten anredeten, ansahen und vor ihm kuschten, war klar zu erkennen, dass Yoshino hier als eine Art König, wenn nicht als Gottheit betrachtet wurde. Er schickte die niederen Chargen weg und ließ sich von mir alles berichten. Obwohl er, wie er mir augenzwinkernd mitteilte, eigentlich ein ganz anderes Ressort führte, unterschrieb er kurzerhand ein paar Anweisungen, drückte seinen Stempel auf mehrere Dutzend Formulare und wir konnten gehen.

Von ihm erfuhr ich von Nagais Geständnis und davon, dass Dr. Tod geltend machte, dass es ihm durchaus nicht um das Geld gegangen sei, sondern darum, Menschenleben zu retten. Die insgesamt zwanzig Organspender aus Kreisen der *Honri-kyo*-Sekte seien zu nichts gezwungen worden. Einige wenige seien fest entschlossene Selbstmordkandidaten gewesen, die sich auf ihre Reise zu den Sternen sogar gefreut hatten und deren Leben ohnehin verwirkt war und denen er auf diese Art wenigstens noch die Gelegenheit geben konnte, etwas Gutes zu tun. Sie alle hatten entsprechende Erklärungen unterschrieben. Andere, unter ihnen auch die Eltern des kleinen Jungen, hätten lediglich mit einer Niere ausgeholfen und wären dafür reichlich entlohnt worden. Dass das Geld dafür sofort an die Morita-Bank überwiesen wurde, ergebe sich aus der Logik der Situation. So sei eben die Marktwirtschaft. Ich wusste, dass er log. Hatten Hisashi und seine Frau nicht dem Kumpel von Rudi Matsumoto berichtet, dass sie nicht nur ihre Niere, sondern praktisch ihr ganzes Innenleben verkauft hatten?

Yoshino nickte auf eine Art, die mir sagte, dass alles irgendwann ans Licht kommen würde. *Nur nichts überstürzen*, eine alte japanische Polizistenweisheit.

»Ich werde jedenfalls dafür sorgen, dass Dr. Nagai kein Skalpell mehr in die Hand bekommt«, grollte der Kommissar.

»Ich frage mich, wieso man ihn nach seiner ersten Verurteilung noch weiter praktizieren ließ«, sagte ich frech.

Yoshino lächelte weise.

»So ist das nun mal. Manchmal werden gewisse Dinge einfach übersehen. Und ein andermal fließt eine Menge Geld und ein Politiker oder ein hoher Bürokrat setzt seine Unterschrift unter ein Dokument oder lässt ein anderes Dokument verschwinden und alles ist vergessen. So etwas habe ich täglich auf dem Tisch.«

Schmiergeld und verschwundene Dokumente? Ich dachte an die Kartons mit den Tausenden von Ausweisen irgendwelcher Verstorbener, mit denen man unter anderem trefflich jede Spende an jeden Verantwortungsträger verstecken konnte. Ich berichtete Yoshino von unserem Fund im Wolkenkuckucksheim des Gurus. Er war im Bilde. Die prall gefüllten Kisten mit Personalausweisen waren in Etsukos Lieferwagen entdeckt worden und als Beweisstück Nummer 435a-f in den Katalog aufgenommen worden.

»Die brauchen wir gar nicht«, brummte er. »Misohara sitzt mit dieser Organsache und nach den Aussagen dieses jungen Kerls aus Ihrem Lieferwagen schon so tief im Dreck, dass sein Religionsprivileg nichtig ist. Er wird sich noch wünschen, das Mutterschiff käme endlich zu seiner Rettung.« Der Guru, so berichtete Yoshino weiter, jammerte den Verhörbeamten in der Zelle so lange etwas von außerirdischen Mächten und Signalen aus dem Weltraum vor, bis sie ihn allein im Verhörraum sitzen ließen, um draußen auf dem Flur Zigaretten zu rauchen.

Ich hatte zwei Ecken im Dreieck des Schreckens unschädlich gemacht.

An das Dritte kam ich nicht heran, eröffnete mir Yoshino.

»Morita ist unantastbar«, sagte er. »An dem beißen sich schon ganz andere Leute seit einiger Zeit immer wieder die Zähne aus.«

»Da sind sicher auch einige Goldzähne darunter«, sagte ich scharfsinnig. Morita schmierte nach links und rechts. Jetzt, wo er Misohara und seine toten Seelen nicht mehr hatte, kamen manche Zahlungen vielleicht vorübergehend ins Stocken. Aber Morita ging deswegen nicht unter.

»Sehen Sie es mal so, Hamada-san«, lächelte Yoshino traurig. »Wir stecken in einer schweren Wirtschaftskrise. Und Moritas Branche ist die einzige, die floriert. Alle anderen Banken gehen Pleite – seine ist eine der wenigen, die schwarze Zahlen schreibt. Und er teilt seine Reichtümer auf sehr solidarische Weise mit einigen wichtigen Leuten.«

Natürlich war auch er verhört worden. Schließlich waren es seine Leibwächter, die den kleinen Akira entführt hatten. Aber sie schworen, dass sie diese Tat nur aus Gefälligkeit gegenüber Mika Morita begangen hatten. Ihr Gatte wusste von nichts. Die beiden Halbstarken würden gemachte Männer sein, wenn sie nach ein paar Jahren wieder aus dem Knast kamen. Überhaupt konnte der fette Morita jedes Wissen und jede Beteiligung an Mikas Umtrieben weit von sich weisen. Sie hatte also ein Kind zur Welt gebracht? Davon wusste er nichts. Vermutlich war der Vater einer dieser Gigolos, die sie regelmäßig aufsuchte. Morita konnte nachweisen, dass das Ehepaar in getrennten Wohnungen lebte und sich äußerst selten begegnete. Wer Mika sah und daneben ihn, der ins Leichenschauhaus kam, um sie zu identifizieren, der glaubte ihm aufs Wort. Selbst als Tote sah diese Frau noch lebendiger und gesünder aus als dieser schmalzige Fettsack. Mit all dem Dreck, mit den gestohlenen Organen und den Erpressungsaktionen der grauen Männer und ihres Anführers Seiji hatte er selbstverständlich nichts zu tun und zeigte sich schockiert und entsetzt über solche schrecklichen Vorgänge. Er log wie gedruckt, aber man konnte ihm nichts nachweisen.

»Vergessen Sie Morita«, empfahl mir Yoshino. »Es

gibt nur eine Waffe gegen Leute wie ihn – bleiben Sie sauber, kaufen Sie nur, was Sie sich auch wirklich leisten können, und halten Sie sich von diesen verfluchten Schnellkreditautomaten fern, die an jeder Ecke stehen. Ich meine – 500.000 Yen ohne Sicherheit, dafür mit Zinsen, die jedem nach ein paar Tagen schon das Rückgrat brechen. So etwas müsste doch verboten werden.«

»Das finde ich auch«, sagte ich. Ich wurde den Eindruck nicht los, dass Yoshino mir irgendetwas Wichtiges sagen wollte.

»Man muss sich das mal vorstellen! Allein auf Grund der Nummer im Personalausweis und einer Postanschrift …«

»Oh, nein …«, sagte ich und bekam einen träumerischen Gesichtsausdruck.

»Käme auf einen Versuch an«, grinste Yoshino. »Kanagawa!«, brüllte er und in die gläserne Zelle, in der wir saßen, stürmte ein uniformierter Wicht und stand stramm. »Holen Sie mir die Akte von Beweisstück 435a-f.«

»Sofort«, rief der Wicht und war zehn Sekunden später wieder da, übergab Yoshino ein Formular und trollte sich wieder.

»Das sind insgesamt fast 5000 Ausweise. Können Sie sich vorstellen, was das an Verwaltungsaufwand bedeutet? Noch mehr Formulare. Erklärungen, Befragungen, Familienbesuche und Friedhofsvisiten, um zu klären, ob auch wirklich alle tot sind … Sie verstehen schon.« Während er sprach, riss Yoshino die Akte 435a-f in tausend Fetzen. »So etwas hält uns doch nur von der richtigen Arbeit ab. Ganz zu schweigen von dem unerträglichen Gesichtsverlust, den so ein Zwischenfall der verantwortlichen Behörde bereiten würde …«

»Ich liebe Sie«, sagte ich.

»Ich weiß«, sagte er. »Jetzt verschwinden Sie und nehmen Sie Ihre Freunde mit. Und vergessen Sie nicht diese unselige Kiste mit den Ausweisen der toten Leute …«

Die Oya-san war nicht dabei, sie weigerte sich, vom Bett des kleinen Akira auch nur aufzustehen. Auch ihr Bruder, der Bullenschlächter, wollte lieber im Krankenhaus auf der Kinderstation bleiben. Und weil es das japanische Verständnis von Loyalität gegenüber seinem *Oyabun* so vorschrieb oder weil er ebenfalls den kleinen Akira lieb gewonnen hatte, blieb auch der blutarme Osaki auf der Kinderstation zurück.

Akira schlief noch mit einem seligen Grinsen auf dem Gesicht, und war überall an Kabel angeschlossen. Er sah aus wie ein Spagettigericht. Akira war immer noch nicht aus der Narkose, in die Dr. Tod ihn geschickt hatte, erwacht, aber alle Messungen waren normal, sagten die Ärzte. Die alte Dame saß neben dem Bettchen, streichelte mit dem Zeigefinger seinen Fuß, der unter der Decke hervorragte, und ich hörte sie leise versprechen, dass der liebe Onkel Hamada seine Eltern sicherlich bald wiedergefunden hätte und dass dann alles gut werde. »Dein lieber Onkel Hamada ist nämlich der beste Detektiv der Welt …«, hörte ich sie flüstern.

Ich beschloss, dass ich eine neue Wohnung brauchte. Erstens würde mich der Baulärm umbringen, wenn sie sich direkt unter meinem Fenster ein neues Haus hinstellte, und zweitens schreckte ich davor zurück, bei einer

Vermieterin zu wohnen, die mich den lieben Onkel Hamada nannte. Ich stand vielleicht endlich mitten in der Midlife-Crisis, aber ich war, verdammt noch mal, noch nicht weit genug, um ein lieber Onkel zu sein. Und außerdem wollte ich nie, niemals wieder ein Detektiv sein. Nicht einmal der beste der Welt. Wenn ich Detektiv war, starben Menschen, die ich liebte, und ich wollte doch endlich jemanden zum Lieben.

Außerdem hatte ich immer noch keine Ahnung, wo ich seine Eltern finden sollte.

Nagata brachte uns durch den Feierabendverkehr in Hidehasas leicht eierndem Kampfbus zu *Wild Mans Catcherstall* nach Shinjuku – das war die Adresse, die Kiko ihm genannt hatte. Sie wollte dort nur ein paar Sachen zusammenpacken. Dann würden sie bei Etsuko einziehen. Ich brauchte keinen Dolmetscher, um zu verstehen, dass ich weder die eine noch die andere fragen musste, ob sie mich heiraten wollte. Sie saßen zusammen auf den Tatami im Kampfbus, hatten die Arme umeinander gelegt und streichelten einander die Gesichter.

Ich fühlte mich so allein wie kaum je zuvor und doch gönnte ich ihnen ihr Glück. Ich weinte sogar ein bisschen, aber vermutlich nur, weil ich mir selbst so leid tat. Michiko tot, Hiroko tot, Mika tot.

Irgendetwas in meinem Leben führte nirgendwohin außer auf den Friedhof.

Der Abschied war kurz und schmerzlos. Ich half Kiko aus dem Bus in ihren Rollstuhl, aber fühlte schon, dass meine Hilfe nicht ganz willkommen war. Etsuko wollte das allein regeln.

»Mach es gut, Hamada.«

»Und melde dich mal ...«

»Viel Glück, ihr beiden!«

»Und dir auch!« Kiko strahlte wie ich sie zuletzt nach ihrem dritten, entscheidenden Sieg gegen *Banzai Betty* hatte strahlen sehen. »Danke, danke, danke«, sagte ich, verbeugte mich und verschwand schnell im Bus.

»Und jetzt?«, fragte Nagata.

»Was für ein Tag ist heute?«, fragte ich. Als wäre mein Leben so aufregend, dass ich jeden Tag um diese Uhrzeit etwas anderes vorhatte.

»Mittwoch, glaube ich. Morgen ist jedenfalls der Geburtstag unserer Majestät, des Kaisers. Und das ist Donnerstag.«

»*Banzai!*«, sagte ich.

Mittwoch, also. Der Sonnenuntergang an diesem Mittwoch war wie ein Geschenk. Der Himmel am westlichen Horizont erstrahlte in verschiedenen Orangetönen und wer nur ein wenig höher stand als ich, der konnte gewiss am fernen Horizont die Silhouette des Fuji sehen, wie sie mächtig und stolz über den niedrigeren Bergen präsidierte. Im unendlichen Abendblau des Himmels blinkte sogar ein einsamer, aber sehr heller Stern.

»Seien Sie so gut und bringen mich zum Shinjuku-Park«, bat ich ihn. »Ich bin verdammt hungrig und da gibt es immer mittwochabends Curryreis mit gekochtem Ei bei der Kirche vom Ende der Welt oder so was.«

»Hört sich gut an«, sagte er und ließ offen, ob er die Kirche oder den Curryreis meinte.

»Oh, Hamada-san«, begrüßte mich Rudi Matsumoto mit vollen Backen kauend. »Dass ich Sie noch einmal wiedersehe!«

»Es tut mir leid, dass ich nicht früher mit Ihnen sprechen konnte«, sagte ich und hockte mich mit meinem Plastikteller neben ihn auf eine Plastikplane. Die Vereinte Kirche vom Weltuntergang mochte vielleicht weltanschaulich gesehen nur unwesentlich über Guru Misoharas Weltraumphantasien rangieren, aber sie servierte einen verdammt guten Curryreis.

»Und hatte ich Recht?«, fragte Rudi.

»Und wie. Dr. Nagai an der Omotesando. Volltreffer. Wir haben ihn unschädlich gemacht. Danke, Matsumoto-san.«

Er drohte mir spielerisch mit seinem Plastiklöffel. »Sie dachten bestimmt: Ach, der alte Rudi mit seiner verkorksten Lebensgeschichte, der erzählt bestimmt wieder nur Mist. Das dachten Sie doch, oder?«

Ich senkte den Kopf. Ich hatte soeben beschlossen, nie wieder aus Höflichkeit zu lügen. »Ja, das dachte ich wohl. Aber ich habe mich geirrt.«

Rudi grinste über das ganze Gesicht. »Danke. Ich weiß Ihre Offenheit zu schätzen. Es gibt nämlich nur zwei Orte auf der Welt, wo man als Japaner so sein kann, wie man immer schon gerne sein wollte. Nur *honne* und kein *tatemae* mehr. Der eine Ort ist die finale Krebsstation im Krankenhaus und der zweite ist hier bei uns. In der Gosse. Hier gibt es keine Lügen mehr und kein Herumgedruckse und keine falschen Komplimente und so was alles. Hier ist die reine Wahrheit.«

»Dann haben Sie es ja gut getroffen«, dachte ich noch, und da traf es mich schon wie ein Hammerschlag. Hier war mein Platz! Hier oder auf der Krebsstation.

Also hier.

»Nein, nein«, lachte Rudi, der Gedanken lesen konnte, obwohl es mittlerweile schon ganz dunkel war. »So war das nicht gemeint. Sie taugen nicht für das Leben auf der Straße, Hamada-san. Vielleicht irgendwann später mal. Aber jetzt noch nicht.«

Schweigend und gedankenvoll schaufelten wir unseren Curryreis in uns hinein. Als er seine Mahlzeit beendet hatte, rülpste Rudi und sagte: »Und nun zum Geschäftlichen. Ich habe mich weiter umgehört, wie versprochen. Und ich habe dreitausend Mal versucht, Sie auf Ihrem Handy anzurufen, aber es ging niemand dran. Also hinterließ ich eine Nachricht. Aber niemand rief zurück.«

»Ich war damit beschäftigt, Dr. Nagai zu überfallen«, entschuldigte ich mich.

»Danke dafür«, sagte Rudi. »Was ich Ihnen mitteilen wollte, war dies: Ich habe die beiden Leute gefunden, die Sie suchten. Ihren Ogata Hisashi und seine Frau.« Ich war sprachlos – wie er das genoss. »Sie hatten sich versteckt, aber nicht gut genug für Rudi Matsumoto. Sie sitzen übrigens dort drüben.«

Ich sprang auf und schaute in die Richtung, die er mir gezeigt hatte. Zwei Schatten im fahlen Licht einer Parklaterne. Sie saßen auf einem Stück Karton, eng beieinander, damit der eine warme Mantel, den sie besaßen, für beide reichte. Lange, wirre, verfilzte Harre. Ich konnte Hisashis

Gesicht nicht erkennen, aber ich wusste, dass er es war, als ich sah, was er tat. Er spielte Gameboy. Dieser hyperintelligente, ewige Versager. Da saß er wie ein Kind und spielte irgendein blödes Geschicklichkeitsspiel. Seine Frau klammerte sich an ihn, entweder um ihn warm zu halten oder weil sie in der bedauernswerten Lage war, in dieser Welt ohne ihn noch schlechter dazustehen als mit ihm.

Das war Liebe, dachte ich und es stach mir tief ins Herz. Warum konnte ich so etwas nicht haben? Ich hätte alles dafür gegeben – alles! Für einen anderen Menschen, der mich ganz festhielt und zu mir stand, selbst wenn ich nichts als Unsinn machte. Der mich liebte und festhielt, selbst wenn ich schuld daran war, dass wir mit jeweils nur einer Niere durch das Leben gehen mussten.

»Sie müssen ihn wohl sehr mögen«, sagte Rudi fromm, als er meine Tränen sah.

»Ich hasse ihn«, wimmerte ich.

Matsumoto nickte traurig. »Bitte, tun Sie ihm nichts zuleide. Er ist am Ende. Er ist einer derjenigen, die diesen Winter bestimmt nicht überleben werden, wenn nicht ein Wunder geschieht. Das Einzige, was ihn am Leben erhält, ist seine Frau. Und die Hoffnung, dass er sein Kind wiedersieht.«

Rudi hatte nicht übertrieben, als er sagte, dass dies der einzige Ort war, an dem alle Schranken fielen. Ich umarmte ihn, er umarmte mich und ich weinte einfach drauflos in die muffeligen Falten seines alten Mantels.

»Er hat alles, was ich immer wollte«, schniefte ich. »Alles ... was ... ich ... nie bekomme ...«

Rudi klopfte mir seelenvoll auf den Rücken und sagte »*Ah-soo-desu-ka*«. Das bedeutete in diesem Zusammenhang so viel wie: »*Hamada, Hamada – du arme Sau* …«

Bevor ich die Aufmerksamkeit der Eheleute Ogata erregen konnte, zog ich Rudi beiseite.

»Hören Sie gut zu, Matsumoto-san«, sagte ich, meine Fassung wieder gewinnend. »Sie kennen ja meine Wohnung, nicht wahr? Hier ist der Schlüssel. Ich möchte, dass sie die beiden, sobald ich gegangen bin, dorthin bringen. Nehmen Sie ein Taxi, hier ist das Geld. Sagen Sie Ogata und seiner Frau, dass diese Wohnung jetzt ihnen gehört. Ich sorge dafür, dass die Miete bezahlt wird, solange sie dort bleiben wollen. Es wird in nächster Zeit ein wenig laut werden, nebenan ist eine Baustelle …«

»Ich weiß wirklich nicht, ob sie den beiden so etwas zumuten können«, lächelte Rudi dankbar.

»Die Vermieterin ist ein alter Drache, aber sie weiß alles. Und wenn sich die beiden ihr vorstellen und einen schönen Gruß vom Onkel Hamada sagen, dann hat sie eine Überraschung für sie. Sie hütet nämlich das Kind für die beiden …«

Rudi drückte ergriffen meine Hand. »Bald ist Weihnachten. Gelobt sei Jesus Christus«, sagte er.

»Was?«

»Nichts. Nur so ein Spruch aus der Vereinten Kirche vom Weltuntergang …«

»Sie machen wirklich guten Curryreis.«

»Oh ja. Den besten in der Stadt. Ich danke Ihnen«, sagte Rudi. »Danke, dass Sie zwei Menschen von der Straße holen. Das ist so …«

»Ich bin noch nicht ganz fertig«, unterbrach ich ihn schnell, bevor er sich zu sehr aufregte.

Das Beste kam ja noch.

»Wie viele Obdachlose kennen Sie? Ich meine, insgesamt?«

»Moment mal, Hamada-san. Ich erkenne Ihre guten Absichten an – aber die Wohnung reicht bei aller Liebe nur für zwei Erwachsene und ein Kind.«

Das brachte mich zum Lachen. Ich lachte wie schon lange nicht mehr und boxte ihn dabei in die Rippen.

»Wie viele?«, gluckste ich.

»Hier in Tokio? Dreieinhalbtausend würde ich schätzen. Worauf wollen Sie hinaus?«

Ich zog ihn zurück dorthin, wo wir unseren Curryreis verzehrt hatten und wo ich die kleinen Kisten stehen gelassen hatte.

»Sie kennen doch Moritas Schnellkreditautomaten«, sagte ich. »500.000 Yen in bar, ohne Sicherheit ohne Fragen allein durch Eingabe der Adresse und der Ausweisnummer …«

»Natürlich kennen wir die Automaten«, grollte er. »Wenn es sie nicht gäbe, wären wir nicht so viele.«

»Gut …«, sagte ich. Und während ich Rudi die Sache mit Misoharas erschwindelten Papieren erklärte, kam ich mir vor wie der Held einer antiken Sage, der das Heer aus dem Schattenreich entfesselt hatte und auf seine Feinde hetzte. Fünftausend Ausweise, fünftausend tote Seelen würden in dieser Nacht und für den größten Teil des morgigen Tages über Morita herfallen. Kalte, knochige Hände würden sich aus Gräbern ausstrecken und seine verfluchten Schnellkreditautomaten einen nach dem anderen bis auf den letzten Yen ausräumen. Und wenn die Maschinen in Tokio leer waren, dann würden die toten Seelen sich ein Taxi nach Chiba nehmen oder nach Odawara. Oder sie würden erster Klasse mit dem *Shinkansen* nach Nagoya fahren und weiter nach Kyoto und Osaka und wenn nötig bis hinunter nach Fukuoka. Fünftausend mal 500000 Yen – unwiederbringlich an Verstorbene verliehen. So hoch konnte ich nun wirklich nicht mehr rechnen. Es war vielleicht nicht genug, um ihn vollends zu vernichten. Aber bestimmt genug, um ihm sehr, sehr weh zu tun. Fünftausend mal 500000 Yen – endlich wirklich einmal so, wie Morita es in seiner Werbung versprach: *Schnelles Geld, ohne Frage, ohne Probleme.*

Als ich Rudi Matsumoto die Kisten vor die Brust schob, wollte er sie gleich zurückschieben.

»Hamada-san«, protestierte er. »Wir können das nicht tun. Wir sind vielleicht der Abschaum der Gesellschaft. Aber wir tun nichts Illegales.«

»Es ist nicht illegal. Sie haben den Segen von ganz oben«, frohlockte ich.

»Von wo oben?«

Ich streckte meinen Zeigefinger in die Richtung jenes einsamen, strahlenden Sternes, der hell wie nie zuvor am Nachthimmel stand. »Von oben. So hoch. Sie und ich, wir können uns gar nicht vorstellen, wie hoch das ist.«

Langsam schlossen sich seine Arme um die Kisten. »Jeder von uns könnte versuchen, nochmal neu anzufangen. Das ist alles, wovon alle immer reden, wissen Sie das,

Hamada-san? Noch einmal eine Chance bekommen und neu anfangen.«

»Hier ist die Chance. Und das Beste ist – Sie tun etwas wirklich Gutes damit. Sie erweisen der Menschheit einen Dienst. Sie nehmen Morita ein wenig von dem Geld wieder ab, das er Ihnen abgenommen hat.«

»Sie wissen nicht, was das für uns bedeutet«, sagte Rudi gerührt. Jetzt musste er weinen.

»Sie haben recht – das weiß ich wirklich nicht.«

Ich umarmte ihn wieder und dann machte ich mich auf den Weg.

»Aber Sie denken an die beiden dort drüben, nicht wahr?«

»Bevor ich noch irgendwas anderes tue«, schwor er, »bringe ich sie in ihr neues Zuhause. In Ihre Wohnung.«

»*Mata-nee*, Matsumoto-san.«

»Hamada«, sagte Tamura, als handelte es sich um die Antwort auf die Frage, wer der größte Stinker im ganzen Land sei.

»Mann, da bist du ja endlich!«, rief Kobayashi, der einen roten Partyhut trug und Spuren von Lippenstift in seinem Gesicht.

»Heute ist *Bonen-kai*!«, ergänzte Yuki. »Wir überlegen gerade, welche Strafspielchen wir machen und ob Tamura nicht doch noch ein Karaoke-Gerät besorgen sollte.«

»Wir haben uns schon ernsthafte Sorgen um dich gemacht«, sagte Sabu finster. »Und Tamura ist stinksauer auf dich. Du elender Verräter.«

Ich ließ mich verwirrt auf meinem Platz nieder. Tamura stellte mir missmutig meine Whiskeyflasche hin, als ob sie eine tote Ratte wäre.

»Lauter Fremde«, grunzte er vorwurfsvoll. Man musste Tamura schon viele Jahre lang kennen, um aus diesen beiden Worten die ganze Geschichte, das ganze Drama herauszulesen, das sie so unheilvoll verbargen. Ich war offensichtlich verantwortlich dafür, dass ein unbekanntes Gesicht in der *Little Box* aufgetaucht war. Ein Laufkunde, ein Fremder. Tamura verabscheute Gäste, die er nicht kannte. Seine verknorpelte Physionomie ließ offen, ob er den Eindringling verprügelt oder einfach nicht mit ihm gesprochen hatte. Ich hoffte nur, dass es kein taubenblauer Mann war und keiner von Moritas Leuten, die sich danebenbenommen hatten. Ich kippte meinen Whiskey hinunter und zuckte die Schultern.

»Es tut mir leid, was immer ich getan habe. Wer war es denn?«

»Du Arschloch hast unser Geheimnis in alle Welt herausposaunt«, stänkerte Sabu.

»*Nani* – was?«

»Demnächst müssen wir hier wahrscheinlich auch noch anbauen, damit die Fans von *Panama Hamada* auch einen Sitzplatz finden«, sagte Kobayashi und rollte die Augen. »Tamura ist sehr, sehr böse.«

»Ich weiß nicht, was ihr habt! Ich habe niemandem auch nur ein Sterbenswörtchen ...« Na ja, das stimmte nicht ganz. Ich hatte ein Lied geschrieben. *Little Box*.

Kleine Vertraute Heimat
Neben den Gleisen der
Inokashira-Linie.
Zwei Minuten zu Fuß
Vom Bahnhof Kugayama
Steht die Zeit still und
Der schweigsame
Tamura hat meine Whiskeyflasche
Und das Godzilla-Poster hängt immer noch
an der Wand
Und lädt ein zur
Philosophie – hii hii …

Aber das konnten die Trunkenbolde nicht wissen, denn ich hatte diesen Song, den ich nicht einmal für besonders geglückt hielt, noch niemals jemandem vorgesungen. Aber ich hatte ihn auf mein Demoband gespielt.

»Wir sitzen hier friedlich und wollen unser *Bonen-kai* feiern und uns betrinken, und da platzt plötzlich dieser geschniegelte Heini hier herein und fragt, welcher von uns Hamada Kenji sei«, berichtete Sabu. »Und ich sage: *Keiner!* Und er sagt: *Wo finde ich ihn?*«

Kobayashi sprang ein: »Und ich sage: *Rufen Sie ihn auf dem Handy an!* Und er sagt: *Habe ich schon, es meldet sich keiner.*«

Yuki übernahm. »Und dann schaut er sich hier um und sagt: *Alles genau wie in dem Song. Der Whiskey, die drei Versager, der Wirt, der nicht spricht, und sogar das Godzilla-Poster.*«

»Und ich sage: *Moment mal – was denn für drei Ver-*

sager?«, sagte Sabu. »Und er sagte: *Ach, nicht so wichtig. Aber dieser Hamada Kenji ist wirklich genial. Ein Talent, wie es im Buche steht. Ich werde ihn ganz groß rausbringen. Bitte, geben Sie ihm meine Karte. Wenn er hier auftaucht, dann soll er mich sofort zurückrufen. Zu jeder Tages- und Nachtzeit.* Hier ist die Karte. Ruf ihn also sofort zurück.«

»Panama Hamada«, schmatzte Tamura feindselig.

Ich war sprachlos.

»Da bist du aber sprachlos, was?«, sagte Yuki.

Ich kippte den zweiten Whiskey hinunter und schüttete gleich den nächsten ein.

»Ich wollte mit meinem Song nur ausdrücken, wie viel mir dieser Ort hier bedeutet«, stotterte ich. »Die Kneipe und ihr, meine Freunde …«

»Danke. Wenn deine CD rauskommt, werden sie bestimmt Touren hierher veranstalten«, sagte Sabu düster. »Wie in Disneyland. Bloß heißt es dann natürlich nicht Disneyland, sondern *Panama-Hamada-Land. Hereinspaziert, hereinspaziert, verehrte Damen und Herren, liebe Hamada-Fans! Und hier an der Theke sehen Sie die berühmten drei Versager. Bitte fotografieren Sie nicht mit Blitz, das regt sie nur unnötig auf* …«

»Es tut mir leid. Es tut mir so leid.« Ich ließ meine Stirn auf den Tresen sinken, damit sie auch wirklich verstanden, dass ich es ernst meinte. »Ich wollte nichts weiter als meine Gefühle ausdrücken. Ich hielt das für eine gute Idee …«

»Und was jetzt?«, fragte Kobayashi. »Du wirst ein Popstar und wir sind ein Witz.«

»Nein, nein«, wehrte ich schnell ab. »Ich will nicht mehr singen. Ich bin fertig damit.«

»Wirklich?« Yuki schien ehrlich betroffen. »Dabei wärst du der erste Mensch in meinem Leben gewesen, den ich im Fernsehen gesehen hätte und von dem ich hätte sagen können: *Hey, den habe ich mal gekannt …*«

»Tut mir leid, aber ich will das nicht mehr. Ich will … ich weiß auch nicht, was ich will.«

Jetzt nickten sie alle vier und Sabu klopfte mir sogar auf die Schulter.

»Ist ja schon gut. Wir alle machen Fehler. Hier – wenn du Hunger hast, da ist noch ein Penis übrig.«

Ruckartig hob ich meinen Kopf und blickte Tamura fest ins Auge.

»Ich muss nochmal dringend los!«, sagte Tamura schnell und bevor ich Luft holen und ihm die alles entscheidende Frage stellen konnte, war er verschwunden.

»Ich will nicht mehr ich sein«, sagte ich ins Nichts. »Und ich will nicht mehr hier sein. Ich will an einem Ort sein, wo ich nicht mehr ich bin, sondern nicht ich.« Ich war selbst nicht sicher, ob das Sinn ergab, aber es hatte meine Gefühle ziemlich exakt ausgedrückt.

»Ich kenne einen solchen Ort«, sagte Sabu nach einer ganzen Weile. »Ich war da selbst mal für ein halbes Jahr und das hat mich zu dem gemacht, was ich bin.«

»Was, wenn ich nicht werden will, wie du bist?«, fragte ich. Der Whiskey stieg mir langsam zu Kopf.

»Dann wirst du eben etwas anderes als du und ich. An dem Ort, den ich kenne, ist das möglich.«

Sabu wiegte den Kopf hin und her und sagte nach

langem Überlegen: »Vielleicht komme ich nochmal mit. Ich finde mich eigentlich auch Scheiße …«

»Wann können wir los?«

»Von mir aus sofort.«

»Worauf warten wir noch?«

»Ach, Scheiße. Ihr macht das ganze *Bonen-kai* kaputt!«, quengelte Kobayashi. »Vielleicht besorgt Tamura gerade das Karaoke-Gerät. Und Panama Hamada singt uns einen …«

»Unwahrscheinlich«, sagte ich im Hinausgehen. Und Yuki rettete den Abend, indem er die einfachen Worte sprach: »Hey, Kobayashi – schau mal. Da hängt ja immer noch dieses Godzilla-Poster an der Wand …«

Panama Hamada

Der Weg über die vereiste Serpentinenstraße war beschwerlich und nicht ungefährlich. Besonders nicht für Leute mit unserer Fußbekleidung.

Komisch, dachte ich, innerhalb von nicht einmal zwei Wochen hatte ich die lange Reise von Schlangenlederstiefeln auf Sandalen aus Reisstroh hinter mich gebracht und war wie durch ein Wunder zufrieden. Sabu schien ganz ähnlichen Gedanken nachzuhängen. Unten im Tal, in dem kleinen Dorf, wo wir kurzerhand bei einem verschlafenen Fachhändler unsere neue Ausstattung erworben hatten, ließ Sabu seinen Ferrari einfach stehen.

Im Halteverbot.

Ich war so ausgebrannt, fertig und leer, dass ich noch nicht einmal die Kälte an meinen Füßen spürte.

Von den riesigen Zedern, die rechts und links des Weges standen und deren Gezweig sich dort oben fast berührte, fielen Eiszapfen und Schneeklumpen herunter und landeten vor und hinter uns wie Geschosse.

Keines traf mich oder Sabu.

Lange, braune Kapuzenmäntel, in deren weiten Ärmeln wir unsere blaugefrorenen Hände verschwinden lassen konnten, waren der einzige Luxus, den wir uns noch gönnten. Und dies auch nur, weil die Temperatur in den Bergen von Fukushima auch an sonnigen Tagen oft unter zehn Grad minus fiel und wir nicht die Absicht hatten, uns zu Tode zu frieren. Der Morgen war sonnig und nicht sehr kalt.

»Wann warst du hier?«, fragte ich, vom Aufstieg schon reichlich außer Puste.

»Das ist schon ein paar Jahre her. Mein Vater war gerade gestorben und ich fühlte mich, als müsste ich viel nachdenken und irgendetwas wieder gutmachen.«

Sein Vater, der Betonkönig. Das andere Ende der Schmiergeldleiter – das Gegenstück zu meinem Vater.

»Und? Hast du etwas wieder gutgemacht?«, wollte ich wissen.

»Nichts«, schnaubte er. »Aber das war es ja eben …«

»War was?«

»Dass ich verstanden habe, dass nichts gutzumachen ist.« Er blieb stehen. »Du und ich. Dein Vater und mein Vater, jeder Mensch, jede Seele – jeder muss irgendjemand sein. Und jeder macht irgendetwas und niemand kann was dafür. Und wer herumläuft und nach dem Sinn fragt, der hat nichts verstanden. Und da, wo wir hingehen, kann man lernen, nicht nach dem Sinn zu fragen.«

Er ging weiter. Ich blieb noch eine Weile stehen und dachte an Mika. Der Bauchschuss, mein letztes Andenken an sie, verheilte schnell und tat gar nicht mehr weh. Mika, du unglückliche Seele. Jeder muss schließlich irgendjemand sein.

Dann hastete ich meinem Freund hinterher.

»Ich hätte das schon lange fragen müssen, aber – wo gehen wir eigentlich hin?«

»Hatte ich das nicht erwähnt? Ins Kloster *Sanen-ji.*«

»Das Zen-Kloster?«, fragte ich mit großen Augen. Ich hatte mal einen Bericht im Fernsehen gesehen. Die Mönche standen um halb fünf in der Frühe auf, meditierten, wurden mit einem Stock geschlagen, wenn sie dabei einschliefen. Sie mussten vor dem Frühstück barfuß durch die jahrhundertealten Holzkorridore eilen und sauber machen – jeden Fussel, jedes Staubkörnchen entfernen. Zur Belohnung durften sie sich danach mit eiskaltem Wasser waschen, irgendein ungewürztes, vegetarisches Breichen essen und dann zur nächsten Meditation antreten. Immer nur an die Wand starren und nichts denken.

Ich horchte kurz in mich hinein und stellte zu meinem Schrecken fest, dass mich das alles gar nicht so sehr erschreckte, wie es mich hätte erschrecken müssen.

Vielleicht würde am Ende das herauskommen, was ich wollte.

Ein anderer Hamada.

»Ich habe damals ungefähr ein halbes Jahr in *Sanen-ji* verbracht«, sagte Sabu. »Aber als wir gestern Abend zusammensaßen, da wurde mir klar, dass das noch nicht lange genug war. Dass ich noch nicht so weit bin.«

»Wie weit?«

»So weit, dass mir alles egal ist. Dass ich erleuchtet bin.«

»Woran merkt man denn, dass man erleuchtet ist?«

»Ich weiß es nicht. Ich stelle es mir so vor, dass es einem einfach scheißegal ist, ob man erleuchtet ist oder nicht. Keine Frage ist mehr offen, keine Antwort wird mehr gebraucht. Irgendwann, wenn man lange genug an die Wand starrt und über völlig sinnlose Fragen nachdenkt, macht es *Boom!* im Kopf und der Knoten hat sich geöffnet. Alle Rätsel der Welt sind gelöst, weil einfach keines mehr rätselhaft ist.«

»Du meinst, dass ich dann zum Beispiel gar nicht mehr wissen will, was eigentlich in Wirklichkeit diese Penisse sind, die Tamura an uns verfüttert.«

Er sah mich an, als käme ich von einem anderen Stern.

»Was? Willst du damit sagen, dass du nicht wusstest, was das ist?«

»Nein!«, rief ich so laut, dass sich eine weitere Schneeladung von einer hohen Zeder löste und zwei Zentimeter neben meinem Sandalenfuß auf den Boden schlug. »Was ist es? Der Fischhändler, der die Dinger lieferte, schien es enorm lustig zu finden.«

Dasselbe galt für Sabu. Er schüttelte den Kopf und gluckste. Dann setzte er, leise lachend und kopfschüttelnd, seinen Weg den Berg hinauf fort. Zum Kloster.

»Siehst du?«, kicherte er, als ich ihn endlich wieder eingeholt hatte. »Und wenn wir nur lange genug hier bleiben und in uns gehen, dann willst du gar nicht mehr wissen, was das ist. Dann ist dir einfach alles egal ...«

Und das erschien mir wie das beste Versprechen seit langem.

Vielleicht wie das beste Versprechen meines Lebens.

Gert Anhalt

Tote mögen keine Sushi

Roman

Hamada Ken ist Privatdetektiv in Tokio. Cool wie Humphrey Bogart will er sein, aber es reicht nicht ganz für die große Nummer. Doch da steht eines Tages der schwerreiche Unternehmer Takahana in Hamadas Bürocontainer und bietet ihm ein fürstliches Honorar für einen läppischen Job: Er soll als Geldbote nach »Frankfuroto« fliegen. Hamada wittert die Chance seines Lebens und greift zu.

Leider nehmen die Dinge eine unerwartete Wendung. In Frankfurt mischt man ihm ein Betäubungsmittel ins Essen und am nächsten Morgen erwacht er in einem Park neben einem enthaupteten Takahana-Manager. Das blutige Samuraischwert hält Hamada noch in der Hand.

Nun ist guter Rat teuer …

Knaur Taschenbuchverlag